JN316922

チーズ専門店④

ブルーベリー・チーズは大誤算

エイヴリー・エイムズ　赤尾秀子 訳

To Brie or Not to Brie

by Avery Aames

コージーブックス

TO BRIE OR NOT TO BRIE
by
Avery Aames

This edition published by arrangement with
The Berkley Publishing Group,
a member of Penguin Group (USA) Inc.
through Tuttle-Mori Agency,Inc.,Tokyo

挿画／後藤貴志

本書を姉妹キンバリーに
あなたはわたしの心の友
わたしは姉妹に恵まれました

ブルーベリー・チーズは大誤算

主要登場人物

シャーロット・ベセット……………………………………チーズ&ワイン専門店店主
バーナデット・ベセット…………………………………シャーロットの祖母。現職の町長
エティエン・ベセット……………………………………シャーロットの祖父
マシュー・ベセット………………………………………シャーロットのいとこで共同経営者
メレディス・ヴァンス……………………………………シャーロットの親友。学校教師
シルヴィ……………………………………………………マシューのもと妻。ブティック経営者
レベッカ・ズーク…………………………………………シャーロットの店の従業員
ティアン……………………………………………………シャーロットの店の従業員
ジョーダン・ペイス………………………………………チーズ製造業者。シャーロットの恋人
ジャッキー…………………………………………………ジョーダンの妹
セシリー……………………………………………………ジャッキーの娘
ヒューゴ・ハンター………………………………………アイスクリーム店の経営者
ジャコモ・カプリオッティ………………………………ジャッキーの夫
ヴィニー・カプリオッティ………………………………ジャコモの弟
ウンベルト・アーソ………………………………………警察署長。シャーロットの同級生
プルーデンス・ハート……………………………………ブティック経営者
フレックルズ………………………………………………〈ソー・インスパイアード・キルト〉経営者

エディ・ディレイニー……同店の従業員
デリラ……〈カントリー・キッチン〉経営者
アイリス・イシャーウッド……結婚式の装花担当者
オクタヴィア・ティブル……不動産業者。図書館司書。書店経営者
アナベル・ロッシ……もと書店経営者

1

「とってもおいしい……」

わたしはしあわせなため息をつくと、ほうれん草とゴートチーズのクロスティーニをもうひと口かじった。そしてまた、ため息。フランスパンの代わりにチャバタを使い、ためしに天日干しのドライトマトを刻んで入れてみたら、思った以上においしくできた。

〈フロマジュリー・ベセット〉のキッチンの、御影石のカウンターにはアペタイザーの新作が並んでいる。朝の六時からつくりはじめて、どれもなかなかおいしく仕上がった。ハラペーニョにマスカルポーネを詰め、ケージャンのスパイスをあれこれふってみたら、口のなかが火傷しそうになったけれど、きのこのリコッタ・チーズ詰めが、うまくバランスをとってくれた。全体として、オリジナル料理の出来はまあまあ満足いくものだった。

わたしはウォークイン冷蔵庫に入り、デザートに使うクリームの箱を取ろうとして、ふと手を止めた。なんだか煙臭いような……。

あわてて冷蔵庫から出てみると、コンロの上のソテーパンから炎があがり、その横にある小麦粉袋も燃えていた。クロスティーニに気をとられ、ベルギー・エシャロットを火にかけつぱなしだったのを忘れていたのだ。たぶんエシャロットの乾燥が不十分で、その水分がソテーパンの油をはね散らして火がついたのだろう。そしてその火が、隣の小麦粉袋に移ってしまったのだ。

「火事よ！」

わたしは店内に向かって叫んだ。といっても、いま〈フロマジュリー・ベセット〉には、わたしひとりしかいない。

まったく、ばかなシャーロット！　火から目を離しちゃいけないのに！

わたしは急いでコンロまで走り、ソテーパンに蓋をかぶせてガスのスイッチを切ると、鍋つかみで小麦粉の袋をばたばたたたいた。これでなんとか炎は消えたものの、煙は早くも天井まで届き、火災報知機が低いうなり音をたてはじめた。

わたしは鍋つかみを放り投げ、カウンターの下から籐のスツールを引っぱり出すと、報知器の真下まで持っていき、その上に立った。

「あらっ！《サクレ・ブル》」ショップの入口から声がして、レベッカが「シャーロット！」と叫びながらキッチンに飛びこんできた。そしてぴたっと立ち止まるや、わたしを見上げ、「何をしているんですか？」と訊いた。

「見てわからない？」わたしはスツールの上で爪先立って、報知器の赤いボタンを押そうと手をのばしていた。「あのボタンを押したいんだけど――」報知器の音はいまや耳をつんざくような金切り音だ。

「それじゃだめですよ」わたしのアシスタントは両手で耳をふさいだ。「電池をとってしまわないと」

そうか、そういうことね……。わたしは報知器のキャップをはずすと、電池をひっこぬいた。

一瞬にして警報音がやみ、ほっとしたとたん、足の裏に違和感を覚えた。あっ、と叫ぶ間もなく、両足の踵《かかと》がスツールの籐の座面をつきやぶって床へ――。

レベッカがポニーテールを揺らし、こちらへ駆けてきた。

「大丈夫ですか？　怪我は？」

床はゴム敷きなのでたいした衝撃はないけれど、むきだしの腕がスツールの縁にぶつかって痛かった。

「大丈夫よ。傷ついたのは心だけ」

「梯子《はしご》を使えばよかったのに」

「取りに行く余裕がなかったのよ。緊急事態だったの」

わたしはスツールの破れた座面から足を引きぬき、なんとか立ち上がった。服についた籐の破片を手で払い、チノパンの外に出しているセーターの裾を引っぱって皺《しわ》をのばす。

「それで、キッシュでもつくっていたんですか？」レベッカが訊いた。

「ううん、ちがうの」うちのショップでは、種々のキッシュを日替わりでつくって販売している。そしてきょうは、披露宴メニューの試作にとりかかるまえに、一ダースほどつくり終えていた。

「披露宴に出すアペタイザーの試作中だったのよ」

「そうか、そうですね、もちろん《ビアン・シュール》！」

わたしはにっこりした。レベッカはここで働くようになってから覚えたフランス語をときどき口にする。わたしの祖父母――〈フロマジュリー・ベセット〉の創業者で、その後わたしといとこのマシューがショップを引き継いだ――はフランス系移民だから、いまでもちょくちょく母国語を話すのだ。

「それで試作の出来はいかがでした？」と、レベッカ。

「まあまあよ、ひとつを除いて」そのひとつとは、例のベルギー・エシャロットだ。これは赤チコリのマーマレードのパイに入れるつもりだった。

わたしは手を洗おうと、キッチンのシンクに行った。

「カウンターのアイスクリームは何に使うんですか？」レベッカが訊いた。

「デザートの新作をいくつか考えているの」〈フロマジュリー・ベセット〉はチーズ・ショップだから、宴会のケータリングはしないのだけど、大親友から結婚披露宴の料理を一任された以上、バラエティに富んだおいしいメニューを精一杯、考えなくてはいけない。

「ひとりでやらずに、だれか手伝いを頼んだらよかったのに」

レベッカの言葉に、わたしは顔をしかめた。キッチンで大失敗をしたうえ、わたしより十歳若い、まだ二十代の彼女から、そういう的確な指摘をされるとは。

「だけど、あなたには頼めないと思ったから……」わたしは手を洗うと、ゴールドのストライプが入った白いタオルで拭いた。「きょうは休みのはずだったでしょ？　あなたはフィアンセと、彼の両親といっしょに過ごすと思っていたもの。アーミッシュの村を訪ねるツアーに参加する予定だったんじゃない？」

「デザートといえば――」レベッカはあからさまに話題を変えた。「チーズだけでつくったウェディングケーキがインターネットで紹介されていましたよ」

わたしは肩ごしにちらっと彼女を見た。フィアンセと喧嘩でもしたのかしら？　だからショップに来たの？

「彼と何かあったの？」

「とってもすてきなケーキでした」レベッカは両手でケーキの形を示した。「いろんなチーズをホイールごと重ねてあるんです。チェダーに、スモーク・ゴーダに、カッシェル・ブルーに……アッシュグローヴのダブル・グロスターも。そして、てっぺんにのっている新郎新婦の人形もチーズ製なんです」

わたしは片方の眉をぴくっとあげ、口をとがらせた。これは〝質問に答えてちょうだい〟という、わたしの定番の表情だ。

「何もありません」と、レベッカはいった。「わたしは元気です」

彼女の顔を見るかぎり、泣いたあとのようには見えなかった。たぶん、わたしの考えすぎなのだろう、休みのはずの彼女が思いがけずあらわれたから。

わたしはシンクの上にある、太陽の形をした鏡に自分の顔を映し、ぼや騒ぎで噴き出た汗をタオルでぬぐってキッチンを出た。

売り場のガラスの陳列ケースからブリー・チーズをとりだし、木のカウンターで半分にカットする。

レベッカがわたしの隣に来て、ピンクの爪でカウンターを小さくたたきながらいった。

「じつはシャーロット……わたしはアーミッシュ・ツアーに参加しなかったんです」

「どうして？」

「父にばったり会うのが怖かったからです。このまえ会ったときも、父はほとんど口をきいてくれませんでした」

レベッカのお父さんはアーミッシュで、実直な、心やさしい人だった。〝このまえ〟というのはおばあちゃんが亡くなったときで、遺品のショールをレベッカに渡しにわざわざここまで来てくれたのに、父娘はほとんど言葉をかわさなかった。レベッカのようにアーミッシュの暮らしを捨てた者に対し、コミュニティの年長者たちは深い失望と怒りを感じているのだろう。

「わたしって、わがままですかね」

「だれだって、ときには臆病になるわ」

「彼のご両親もそういってくれました」

「あなたの気持ちをわかってくれたのよ」

「では、わたしの話はこれくらいにして、せっかくショップに来たんですから何かお手伝いしますよ」

レベッカは、いつまでもぐずぐずいうタイプではなく、わたしは彼女のそんなところが好きだった。レベッカがここで働きはじめたのは、わたしが祖父母から経営を引き継いだ直後で、新装開店するときはディスプレイ用の木樽をどこに置こうか、チーズ以外の商品はどの棚にどうやって並べようかなど、ふたりで知恵をしぼった。ショップのイメージカラーをトスカーナ・ゴールドとワインレッドに決めたのも、彼女の勧めがあったからだ。レベッカがいなかったら、はたしてわたしはここまで〈フロマジュリー・ベセット〉をやってこられたかどうか……。

「だったら悪いけど、窓をあけて空気を入れ換えてくれる？」わたしは彼女に頼んだ。

「はい」レベッカは小走りでショップの奥に行くと裏口の窓をあけ、それからすぐ表の玄関を開いて、チーズの形をしたドアストップをさしこんだ。「ほかには？」

「冷蔵庫からブルーベリーをとってきてもらえる？」

レベッカはキッチンに置かれたクリームの箱に目をやり、それからチーズ・カウンターの上のブリーを見ていった。

「ひょっとして、ブリーとブルーベリーのアイスクリームをつくるとか？」

「そうなの。アイスクリーム・パーラーの〈イグルー〉と共同制作よ。オーナーのヒューゴは、アイスクリームの風味づけに関しては天才的だもの」

「レシピも彼の考案ですか？」

「ううん、基本レシピはわたしが考えたの」使わないほうのブリーにラップをかける。「それにヒューゴは――」

「とても謎めいていますよね。ちょくちょく町からいなくなって、いったい何をしているんでしょう？」

「見当もつかないわ」そもそもわたしは、いまレベッカにいわれるまで、彼が町からいなくなることに気づいていなかった。

「ヒューゴ・ハンターって、とてもハンサムじゃないですか？　漆黒の髪に漆黒の瞳。あの人を見ていると、稀代《きだい》の奇術師ハリー・フーディーニを思い出します」

わたしはブリーを脇にどかした。「ねえ、レベッカ、まるで〈イグルー〉のオーナーに恋したように聞こえるわよ」

「あら、それは絶対にありません」胸に十字を切る。「わたしが愛しているのは、ひとりきりですから。彼ほどすてきで、とびきりやさしい人はほかにいません」

「だれがとびきりやさしいんだい？」開いた玄関に、わが町の警察署長ウンベルト・アーソが立っていた。

「あなたじゃないことだけはたしかね」わたしは笑ってアーソにいった。

「そうかな。おふくろには、おまえはやさしいって、よくいわれるんだけどな」

アーソは、つば広のハットをぬいでから店内に入ってきた。彼はとても長身なので、ハットをかぶったままでは頭が戸口にぶつかるのだ。彼はカウンターのほうに来ながら、茶色の制服の胸前を撫《な》でて皺《しわ》をのばした。一見したところ、機嫌はよさそうだ。アーソは試食カウンターの前にあるラダーバックの椅子に腰をおろすと、鼻をくんくんさせた。

「何を焼いたんだ？」

「何も」

「嘘つけ。このにおいは、たまねぎだろ」

「ベルギー・エシャロットよ」

「うん、おれの好きなにおいだ」アーソはS字フックにぶらさがっているジェノア・サラミとセルベラ・ソーセージをぱしっ、ぱしっとたたいた。サラミとソーセージが大きく揺れる。

「ところで、きみの結婚式の日どりがついに決まったらしいじゃないか」

「その情報は間違ってるわ」

日どりについて、最愛の彼と話しあってはいるけれど、まだ結論は出ていなかった。彼はこの十二月がいいといい、わたしは来年の六月にしましょうといっているのだ。わたしとしては、そんなに急いだ挙式、しかも親友の結婚式のすぐあとというのは、どうも気がすすまなかった。

「いつものやつよね？」わたしはアーソに訊いた。うちのショップでは、キッシュのほかにサンドイッチも、毎朝つくって販売している。アーソのお気に入りは、細長いパンにヤールスバーグ・チーズとメープルシロップ漬けのハムをサンドしたもので、この半年ほど、彼はショップに来るとかならずこれを注文した。

　アーソは揺れるサラミを手で止めた。

「きょうはプロシュットとモルビエとペスト・ソースのやつをふたつもらおうかな」

　あら、珍しい。どうしたの？

「ふたつですか？」レベッカがウィンクした。「どなたかとピクニックでも？」

「きょうはいい天気だものね」秋のオハイオは、一年でもとりわけ美しく、木の葉は紅色や金色に輝いて、丘は琥珀《こはく》色に染まる。

「相手の女性はどなたですか？」と、レベッカ。

「女性なの？」と、わたし。

「たぶんデートですよね？」

　わたしがアーソの顔をじっと見ると、アーソは目をそらし、くちびるがほんの少しめくれた。

「さあ、署長、教えてくださいよ」

　レベッカは、アーソに対しては遠慮がなくなる。まるで兄に対するように容赦なくからかい、彼もそれを受けいれていた。わたしもちょくちょくアーソを冷やかすけれど、たいていは適度なところで引きさがる。彼はわたしに対しては、露骨に不機嫌になるからだ。

　アーソはハットのつばの縁を撫でながら、こういった。

「おれのことはほっといてくれよ」

「メレディスの結婚式には、その人を同伴するの？」と、わたし。式に招待された人は、されていない人を同伴できるのだ。

「当日になればわかるさ」アーソはにやりとした。

これ以上しつこく尋ねて、わたしが興味津々だと思われても困るので、わたしはガラスケースからサンドイッチをとりだすと、それにナプキンを添えてショップのゴールドの袋に入れた。そしてアーソに、レジのほうに来るよう手招きする。

彼が支払いをしているところへ、紫色のTシャツを着た観光客の一団が入ってきた。Tシャツの胸には、〝ぶどうを踏もう〟と書かれている。

そしてそのうしろから、プルーデンス・ハートが入ってきた。

「シャーロット！」プルーデンスはまっすぐわたしを目指してやってくる。カラシ色の細身のワンピースは、いまの彼女の表情にお似合いのような気がした。いつものことながら、何か不満があるらしい。プルーデンスは大きく深呼吸してからいった。「わたし、この耳でちゃんと聞いたわよ」

「何を聞いたんですか？」レベッカが尋ねる。

わたしはそっとレベッカをつついた。プルーデンスを刺激するようなことはいわないほうがいい。彼女はめったにうちのショップには来ないし、来るときはたいてい、噂を広めたいとか抗議したいことがあるときだ。

「ハーヴェスト・ムーン牧場が売却されたのよ」と、プルーデンス。

「えっ？」

わたしはかなり驚いた。親友のメレディスはこの牧場で結婚式と披露宴をする予定なのだ。町の北側にあるすてきな赤いランチハウスで、あずま屋と納屋があり、周囲には美しい草原が広がっている。そこが売却されたとなると、結婚式も延期になるのかしら？

「ほんとの話よ」と、プルーデンス。「もともとわたしが買う予定だったのに」

また始まったわ……。

プルーデンスは不動産業に興味があるのか、あれを買ったこれを買ったと吹聴するものの、いまのところ実際に買いとったのはブティックだけだった。そのブティックは、うちのショップの斜め向かいにある。

「それでだれが買ったんですか？」レベッカが訊いた。

「あの離婚経験者よ」プルーデンスはさもいやそうに顔をしかめた。

いったいだれのことなのか、わたしにはさっぱりわからない。

「わたしが買うつもりだったのに、彼女が横からさらっていったのよ」と、プルーデンス。

「あんな女、殺してやりたい――」と、そこで彼女はアーソに気づいた。アーソは首をかしげ、鋭い目で彼女をじっと見ている。プルーデンスはあわてた。

「あら署長、〝殺す〟なんて、ただの冗談よ。腹がたって、少し言葉が過ぎただけなの」顔から血の気が引いていく。「弁護士をたてて、きちんと話しあってもらうつもりだから……」

ショップの入口の、ぶどうの葉の形をした呼び鈴が鳴って、扉が開いた。

プルーデンスの目に怒りの炎が燃え上がった。そして肩をいからせ、店内に入ってきた女性のほうへ駆けていく。

「盗んだのは、この人よ！」

2

入ってきたのは、うちのパートタイマー、ティアン・テイラーだった。引き締まったからだに、きょうはバラ色のタンクトップのワンピースだ。

「あなた！」プルーデンスはティアンの真正面に立った。「あなたが盗んだのよ」

ティアンは胸を張り、ハイライトを入れた髪を指でかきあげる。

「わたしは何も盗んでいないわ」

「わたしから横どりしたじゃないの。あなたのせいで、わたしの計画は台無しだわ。いまここで――」大きく腕をふりあげる。

「わたしを殴る気？」ティアンは握ったこぶしを腰に当てた。

プルーデンスはアーソをふりむく。彼はレジのそばから一歩も動いていないものの、いつでも飛び出せる体勢に見えた。プルーデンスは少しひるんで、視線をティアンにもどした。

「あなたにはもっといいたいことがあるんだけど、時間がないから、きょうのところはこの程度にしておくわ」プルーデンスはそういうと、そのままティアンの横を通ってショップから出ていった。

「あんなようすで帰って、大丈夫でしょうかね?」と、レベッカ。

「ええ、大丈夫よ。プルーデンスのことだから、また何かべつの形で抗議してくるわ」

「彼女はどうして、いつもぴりぴりしているんでしょう?」

わたしは首をすくめた。それはプルーデンスが理想の男性と結ばれなかったからだ、という人もいれば、いいや、お金のことしか頭にないからだ、という人もいる。おそらくプルーデンスは、放置されたチーズのように、外皮が硬くなってしまったのだろう。

「危機的状況は去ったみたいだな」アーソは苦笑すると、「それじゃ、また」と手をあげ、帰っていった。

ティアンが小走りでカウンターまでやってきた。

「あのね、シャーロット、びっくりしないで聞いてちょうだいね」

プルーデンスの話から、ティアンの話の内容はおおよそ見当がついた。

「ハーヴェスト・ムーン牧場を買いとったのよ! うれしくてたまらないわ!」〝うれしい〟程度を超えているのは、表情からあきらかだった。「それでね、パートナーもできたの」

これにはいささかびっくりした。ついこのまえ離婚したばかりなのに、もう恋人ができたってこと?

「パートナーって、どういう意味?」わたしは訊いた。

「実務にはかかわらないで出資だけするビジネス・パートナーよ。でも、わたしはこれからもここで働くから、その点は心配しないでね。姉たちが町に越してきたから、自由時間はたっぷりあるわ」

二カ月まえ、ティアンのふたりのお姉さんがニューオーリンズからプロヴィデンスに引っ越してきた。長女はティアンの子どもたちの面倒をみて、ティアンとひとつ違いの次女は美容院を買いとり、なかなか繁盛している。

「わたしは結婚式をプロデュースしたいの」と、ティアン。「いまだってあのランチハウスは結婚式をやっているけど、わたしが思うものとはぜんぜん違うのよ。式を挙げるならぜひプロヴィデンスでって思われるようにしたいわ」

「プルーデンスもおなじようなことを考えていたのではないですか？」レベッカがいった。

「彼女の話を鵜呑《うの》みにしちゃだめよ。入札に参加もしていないんだから。わたしは牧場が売りに出されたのを聞いてすぐ金額を提示したわ。競争相手があらわれないから、買いとっただけよ」

「よくそんな資金があったわね」と、わたし。

ティアンはにやっとして、わたしに顔を近づけ声をおとした。

「ほら、さっきいったでしょ？　パートナーがいるのよ。それに、へそくりもあったしね。浮気夫は気づきもしなかったけど」ティアンはカウンターのこちらに入ってきて、わたしの両手を握った。「それでね、あと二日くらいで契約完了なの。全額現金払いよ。そのあとは、どうなると思う？　マシューとメレディスの結婚式が、わたしの手がける最初の大イベントになるの！」

大親友メレディスは、わたしのいとこと結婚するのだ。

「メレディスとはね、もう会って話したの」ティアンはつづけた。「わたしがウェディング・プランナーなら心強いっていってくれたわ。花嫁ひとりで考えるのはたいへんなのに、牧場のまえのオーナーは何もアイデアを出してくれなかったらしいの。それでね、時間がないから――」腕時計をたたく。「悪いんだけど、花嫁付添い人のドレスをフレックルズのお店で試着してくれない？　三十分くらいですむわ。メレディスも来ているのよ」

わたしはカウンターのブリー・チーズに目をやった。ぼや騒ぎのあとで、おちついて新作をつくりたかったのだけど……ドレスも見てみたいし……。

レベッカがわたしをつついた。「行ってください。店番はわたしがやりますから」

＊

〈ソー・インスパイアード・キルト〉の店内は、カラフルで楽しい。わたしはここに来ると、小さいころ祖母とふたりでお裁縫したことを思い出す。わが町プロヴィデンスの町長を務める祖母はプロヴィデンス劇場も運営しているので、寄せ集めの生地を家に持ち帰っては、わたしといっしょに舞台衣装を手づくりしたのだ。ネップヤーンのウールに、さわるとひんやりするコットン、大胆でエキゾチックな柄のジャージーなど、それはもう色も種類もさまざまな布地があった。色の変化で舞台のムードの変化を伝えることができる、と祖母はいう。

このショップのオーナーのフレックルズも、色にはとても敏感だった。いまは美しい秋をたたえ、店内の色調はぬくもりのある深い赤銅色とゴールドだ。ショーウィンドウの床にはシルクの葉を散らし、マネキンにはマスタード色のニットを着せていた。店内の壁を飾るのは、それぞれオハイオの歴史のひとこまを描いた茶系のキルトで、これもフレックルズの手づくりだ。

「こっちよ」ティアンは糸とレース、リボン、ボタンの棚を通りすぎていった。「試着は奥でやってるの。そうだ、エイミーとクレアも来ているわよ」

エイミーとクレアは、わたしの姪だ。といっても、わたしのいとこマシューの娘だから、正確には従姪《じゅうてつ》だけど、ふだんはもう単純に〝姪〟と呼んでいる。わたしたちの苗字はみんな「ベセット」だ。

「あの子たちの母親は来ていないの？」わたしはすぐティアンに訊いた。

「ええ、ありがたいことにね。自分のお店が忙しいんでしょ。試着はほら、あのきれいなカーテンの向こうよ」

ここはブティックではないから、お客さんが試着をすることはほとんどない。でもメレディスは、プロヴィデンスの裁縫名人フレックルズに婚礼衣装を依頼した。だからショップの奥、あのベルベットのカーテンで仕切られた向こうはもともと試着室ではなく、商品の保管室だ。

ティアンはカーテンを引くと、わたしを先に入らせた。内部は床から天井まで棚が並び、布地や付属品が置かれている。とても小柄なフレックルズが、満面の笑みでやってくると、両手を大きく広げた。

　わたしたちは軽く抱擁――。フレックルズの頭のてっぺんは、身長百六十センチ弱のわたしの顎《あご》の下だ。

「フレンチーたちは、どこ？」わたしはフレックルズに訊いた。フレンチーというのは、十三歳になる彼女の娘で、その下にまだ一歳の次女がいる。

「世界一のお父さんが外に連れていったわ。いま、紅葉のお勉強中なの。なかなか楽しそうでしょ？」

　フレックルズ夫妻は長女を自宅教育《ホームスクール》し、娘たちはたいていいつもこの部屋で遊んだり勉強したりしている。

「さて、これからはわたしたちが楽しむ番ね」フレックルズはVネックのセーター（彼女の大好きなオレンジ色だ）の袖をまくりあげ、両手をたたいた。「エイミー、クレア、こっちへ来てちょうだい！」

　まだ小学生の姪たちは、ふたつ並んだ籐の衝立《ついたて》の奥から走り出てくると、くるっと一回転してみせた。

「すてき！」わたしは声をあげた。

　フレックルズがふたごのためにつくってくれたのは、ふっくらふわふわした極薄の生地のドレスで、ブルーサファイア色だった。クレアとエイミーが、またバレリーナのように回転する。エイミーは最近背がのびて、ふたごの相方とほぼおなじ身長になっていた。

「すてき!」わたしはくりかえした。

「感想は〝すてき〟だけ?」クレアがわたしの顔をのぞきこむ。

「そうねえ、だったら……綿菓子みたいにおいしそう、とか?」

クレアがエイミーをつつき、エイミーは口をとがらせた。

「どうしたの?」わたしはエイミーに訊いた。

「このドレス、へなへなして、かわいすぎない?」エイミーはわたしとおなじでチーズをこよなく愛し、祖母とおなじで歌うこと、活動することが大好きだった。そして最近はスポーツに夢中で、時間さえあれば走ったり跳ねたりしている。理由はたぶん、思いを寄せる相手——ティアンの息子だ——が、スポーツ好きだからだろう。

「とってもきれいよ。自信をもっていいわ」わたしはふたりの手を握った。「メレディスはどこかしら?」

「エディといっしょに、あっちにいるわ」エイミーが三つめの籐の衝立を指さした。

「あら、エディ・ディレイニーが来ているの?」わたしは驚いて、フレックルズをふりむいた。エディはプルーデンスが経営するブティックの従業員なのだ。

「プルーデンスから横どりしたのよ」フレックルズは申し訳なさそうにほほえんだ。「エディの話だとね、お給料を二割カットされたんですって。彼女はひとり暮らしだから、生計をたてなきゃいけないでしょ? それに裁縫の腕はいいしね」

「とくに問題ないんじゃない?」横からティアンがいった。「シャーロットはどうしてそんな顔をするの？　ひょっとして、エディが苦手なの？」

じつは高校時代のとある出来事が原因で、わたしはエディにあまりいい印象をもっていなかった。でもこれまで、それを口にしたことは一度もない。

そのとき、衝立の奥からメレディスが出てきて、三面鏡の前に立った。

「ねえ、シャーロット、どうかしら？」

わたしは親友の美しい姿にうっとりした。メレディスは暗めのブロンドの髪をやわらかくカールさせ、日に焼けた健康的な顔はしあわせいっぱいに見える。

「すてきだわ」わたしがいうとエイミーが、ほらまたおなじよ、とクレアをつつき、クレアはくすくす笑った。

フレックルズがデザインしたサテンのウェディングドレスはすばらしかった。ネックラインは浅めで、身ごろはメレディスの細身のからだにぴったりして、純白のレイヤースカートが優雅に床まで垂れていた。まるでディズニーの、ガラスの靴をはいたお姫さまのよう……。

「エディ！」メレディスが呼んだ。「裾《すそ》はもう少し短いほうがよくない？」

衝立の奥からエディ・ディレイニーがあらわれた。かなり長身で手足も長い。そしてストレッチの黒いTシャツに黒いジーンズ、黒いブーツと全身黒ずくめで、黒髪はハリネズミのように逆立てたスパイキー・ショートだ。そしていま、口には長いまち針をくわえている。見れば、手首につけた針刺しまで黒かった。

エディは、こんにちはのひと言もなくメレディスの横に膝をつくと、鏡に映った姿をながめ、それからドレスに目をもどしてまち針を刺していった。

ティアンがわたしにささやく――「彼女のどこが苦手なの？　外見が《ドラゴン・タトゥーの女》にそっくりだから？」

「教えてよ」フレックルズもささやいた。「高校生のときのカンニング事件が原因？」

わたしはふたりのゴシップ好きにあきれた。それにしても、フレックルズはだれからカンニング事件の話を聞いたのだろう？　この話を知っているのは、わたしの大親友のメレディスくらいなのだけれど……。

「メレディスからは何も聞いていないわよ」フレックルズがわたしの心を読んだようにいった。「エディ本人から聞いたの。わたしは彼女が好きだわ。エネルギッシュだし、あのゴシック・ファッションもいいわね。このあたりじゃ珍しいから、お客さんを惹きつけるかもしれないわ」ここでいつものように、にこっとする。「商売繁盛は、ありがたいもの」

そのときカーテンが軽く揺れた。

「だれか来たみたいね。ちょっと見てくるわ」フレックルズが歩きかけると、いきなりカーテンが勢いよく開き、プルーデンスが入ってきた。彼女のうしろには、おなじく長身で痩せぎすのアイリス・イシャーウッドがいる。アイリスはその名前ゆえか、あるいは仕事の宣伝のためか、年じゅう花柄の服を着て、濃い青緑色のトートバッグを持っていた。そこには屋号とコピーがプリントされている――〝花のアイリス。力強く活き活きと咲く〟。

「ここにいたのね」プルーデンスがいった。

「何かあったの？」メレディスが訊く。

「気にしないで、メレディス。何もないから」ティアンはそういうと、メレディスとふたごを籐の衝立の奥に連れていくよう、フレックルズに合図した。そしてプルーデンスに近づいて、「ここじゃなんだから、お店のほうに行きましょう」といった。

「いやよ、ここで話すの」プルーデンスは腕を組む。

「ねえ、プルーデンス、やっぱりお店のほうにもどりましょうよ」アイリスがいつになくはっきりとプルーデンスにいった。ふだんの彼女は、園芸協会の会議の議長をしているときでさえ、めったに自分の意見をいわないのだ。

プルーデンスにはアイリスの言葉が聞こえなかったらしい。というのも、まばたきもせずににらみつづけていたからだ——ティアンではなく、このわたしを。いったいどうしたっていうの？

「もどりましょう」アイリスはくりかえすとプルーデンスの腕を引っぱり、プルーデンスはいやいや歩きはじめた。「あなたたちはどうする？」アイリスがこちらをふりむいて訊いた。

「わたしも行くわ」すぐにエディが答え、つかつか歩いてカーテンをあける。「シャーロットとティアンも行かない？」

エディはずいぶん積極的だった。以前の雇い主のプルーデンスが何をいいだすのかを、じかに聞きたいのだろうか？　ともかく、わたしとティアンは彼女たちについていった。

プルーデンスはレジの横まで行くとくるっとふりかえり、また恐ろしい目でわたしをにらんだ。

「いったいどうしたの？」わたしは身構えた。

「お願いよ、プルーデンス」と、ティアン。「牧場の件でわたしにいいたいことがあるなら――」

「そうじゃないのよ」アイリスが金髪のシャギーヘアを指でかきあげ、軽い調子でいった。「プルーデンスは、シャーロットのおばあちゃんのことで抗議したいの。よしなさいって、わたしは止めたんだけど」

「祖母が何をしたの？」と、わたし。

「《ハムレット》の公演よ」

祖母が運営するプロヴィデンス劇場はジャンルにこだわらずさまざまな演目をとりあげ、今年は初の古典作品《ハムレット》だった。

「それもヴィレッジ・グリーンで上演するんですって？」プルーデンスはいった。「いいかげんにしてほしいわよ、いまさらルネサンス時代のお芝居なんて」

「めずらしくていいかもしれないわ」と、わたしはいってみた。「祖母はルネサンスという時代を観客に伝えたいんだと思うの。ぶどうの搾り器とか、剣で戦うとか」

「観に来るのは貧乏人だけよ」

「そういう言い方はよくないわ、プルーデンス」ティアンがたしなめた。

プルーデンスは険しい目でティアンに指をつきつける。

「あなたこそ、わたしにそんな言い方はしないでちょうだい」

「わたしはわたしのいいたいことをいうの」と、ティアン。「シェイクスピアの作品を町の公園で上演するのは、とても教育的でいいと思うわ。知らないことを知るのは楽しいものよ」

わたしはティアンがここまで強くいうのをはじめて聞いたように思った。悩み、おちこんでいた時期に受けた離婚カウンセリングの効果かもしれない。

「あのね――」プルーデンスは自分の胸に手を当てた。「わたしはウェディング・プランナーになる予定だったの。それをあなたが邪魔したの」

「本音が出たわね」と、ティアン。

「どういう意味よ?」

「あなたがここに来たのは、シャーロットのおばあちゃんの件じゃなく、わたしが牧場を買ったことに文句をいうためよ」

「あそこはわたしが買うはずだったの」

「でもそれだけのお金は持っていないでしょ?」いきなりエディが口を開いた。「なぜなら……」声が少し震える。「ブティックが赤字で借金だらけだから」

あたりがしんと静まりかえった。プルーデンスの目が怒りに燃える。

「ほんとなの?」アイリスが友人の腕に手をのせた。「経営が苦しいの?」

プルーデンスの顔が真紅に染まった。

「恥ずかしいことじゃないわ」と、アイリス。「事業をやれば資金繰りに悩むものだもの。わたしだって、工具店だって、みんなおなじよ」

「みんなじゃないわ」ティアンがきっぱりといいきり、プルーデンスはたじろいだ。いや、彼女だけでなく、その場にいた全員が。

プルーデンスは顎をつきだして鼻をふくらませた。赤い布めがけて突進する闘牛さながら、怒りが全身から発散される——「わたしは違うわ。経営難なんかじゃありません」

どうかだれも、赤い布をひらつかせたりしませんように。わたしは心のなかでつぶやいた。

するとショップの玄関が開き、真っ赤な服に身をつつんだ女性が颯爽《さっそう》と入ってきた。

3

消防車のような真っ赤なミニ丈のワンピース姿で入ってきたのは、マシューの別れた妻でふたごの母親、シルヴィだった。靴のエスパドリーユまで真っ赤で、白氷のような純白の髪には赤いストライプ。

プルーデンスがうめき声をもらした。

「あの人はどこ？」シルヴィは挨拶もせずに、いつものイギリス訛りでいった。「わたしの夫を奪い、娘たちまで盗もうとしている人は、どこにいるの？」

わたしは一歩前に出ていった。

「お願いだから、シルヴィ、そんな言い方はしないでちょうだい。あなたは自分の意志で家を出たんでしょ？」

シルヴィは数年前、マシューと娘ふたりを残して、イングランドの両親のもとに帰っていった。でもその後、望んだような生活はできず、ふたたびこの町にあらわれて、良い母親であることを懸命にアピールした。彼女がふたごを愛し、大切に思っているのは、わたしも認める。ただ彼女は、マシューの愛をとりもどすことはできなかった。

「どうしたの？」メレディスがショップの奥からこちらにやってきた。ウェディングドレスから蜂蜜色のワンピースに着替えている。「あら、シルヴィ……」

「ほんと、あなたっていつも偉そうよねえ」シルヴィがいやみをいった。

メレディスはひとつ大きく深呼吸してから、「シルヴィ・ベセットさん」とフルネームで呼びかけた。シルヴィはなぜか――たぶんマシューへのあてつけだろうけど――離婚後もベセット姓を名乗っている。「ちょっとこっちへ来てくれないかしら？」メレディスはいかにも小学校の先生らしい口調でいい、手で自分の横を示した。

「わたしがブティックを経営していることを――」シルヴィはいった。「あなたは知っているはずよ。だったらふたごのドレスは、うちで買ってもよかったんじゃない？　手縫いのドレスなんて、わたしたちがお金に困っているように思われるわ。エイミー、クレア、こっちへいらっしゃい！」

ふたごはあのドレスを着たままやってきた。

シルヴィは娘たちを見て息をのむ。

「ずいぶんちゃらちゃらしたドレスねえ……」

「とてもすてきだわ」わたしはシルヴィの横に行った。

「だけど……」

「もっと大人になってちょうだい、子、子どもたちの、た、ために」わたしはシルヴィの耳もとでささやいた。

シルヴィは不満げながらも娘たちのほうへ行き、わたしはほっとひと息ついてショーウィンドウに目をやった。すると、外の通りにジョーダン・ペイスがいた。わたしの愛する人は額に手をかざし、窓ごしにこちらを見ている。胸がきゅんとなった。いつ見ても、ジョーダンは西部劇のスターみたいだと思う。なのにおいしいラザニアもつくれるし、最高品質のチーズの熟成方法も知っている。わたしは胸のときめきを抑え、手をふった。彼の顔に笑みが広がり、ほっぺたにえくぼができる。

ジョーダンはゆっくり店内に入ってくると、キルトを掛けた鉄製の展示用ラックの横で立ち止まった。わたしは小走りでそちらへ。

「調子はどうだい？」ジョーダンは左手をあげて、ゴールドの婚約指輪を見せた。

わたしもそっと、おなじことをする。指輪の内側の刻印はごくシンプルで、〝とこしえの愛〟という言葉とイニシャルだけだ。彼は指先でわたしの顎を撫で、わたしは彼のくちびるに軽くキス。

「今夜、夕飯をいっしょにどうだい？　うちまで来られるかな？」

ジョーダンの家は町の北側、丘陵地帯にある農場だ。牛を飼育し、チーズの熟成・保存用の洞窟《ケーヴ》もある。ふたりで食事をするときは、たいていランチハウスのポーチに出て、月の光に輝く草原をながめながらいただく。それはもう、まるで天国にいる気分。

ええ、いいわ、いっしょに夕飯をぜひ――。と、わたしがいいかけたところへ、彼の妹のジャッキーが入ってきた。お兄さんとおなじく黒髪で背が高く、いまはベビーカーを押している。なかにはお母さんにそっくりの、黒髪で美人の赤ちゃん。

「こんにちは、シャーロット」ジャッキーは軽く会釈した。

「シャ、シャ」ベビーカーからセシリーが声をあげる。一週間ほどまえからいえるようになり、わたしはセシリーに名前を呼ばれるたび、身も心もとろけそうになる。

「抱っこしてもいい？」わたしは赤ん坊が大好きだった。といっても何年かまえ、婚約者に捨てられてからは二度と男性を愛せないような気がして、母親になるなど夢のまた夢だと思っていた。かわいい姪たちがいるのだから、わたしにはそれで十分だと自分を納得させていたのだ。でもいま、セシリーを抱いてやわらかい頰にキスすると、胸の奥からこみあげるものがあった。ただ、そんな思いをジョーダンが察したら、わたしから離れていくかもしれない、と一抹の不安が頭をよぎる。だからジョーダンの顔は見ないようにした。彼も子どもをほしがっている、とは思うのだけど、面と向かって尋ねたことは一度もない。

「〝赤ちゃんサークル〟はどんな感じ？」わたしはジャッキーに訊いた。

「セシリーは気に入っているみたい」

「あなたも調子がよさそうじゃない？」

「気候がいいから。わたしはこの町が好きだわ。ここはわたしたちに合っているのね」握った手の甲で、セシリーの頰を撫でる。「ただ……」言葉がとぎれた。

「ただ……何？」

ジャッキーはわたしの背後に目をやった。わたしがふりむくと、少し離れたシルク生地の展示台のそばで、プルーデンスがエディに詰め寄っている。鼻と鼻がくっつかんばかりで、プルーデンスはエディの胸に指をつきつけていた。

「あちらのことは気にしなくていいわよ」わたしはジャッキーにいった。「プルーデンスはエディが自分のお店を辞めて怒っているんでしょ」

「外に出て話せない？」

「何か困ったことでもあるの？」

ジャッキーは腕をのばし、わたしからセシリーを引きとろうとした。するとセシリーがもがいて、わたしの背後にあるキルトの展示ラックをつかみ、ラックが倒れた。わたしはセシリーを抱いたまましゃがみこんで落ちたキルトを集め、ジャッキーもかがんでおなじことをする。そしてジョーダンも。

「ジャッキーはずっと夢を見てるんだよ」ジョーダンが小声でいった。

「それもひどい悪夢なの」ジャッキーも声をおとす。

「どんな夢？」

「あいつの夢さ」と、ジョーダン。

「ジャコモのこと？」ジャッキーが身元を隠してこの町に来たのは、夫ジャコモの暴力から逃れるためだった。

「あの人は意地でもわたしをさがしだすわ」ジャッキーはまだ正式には離婚できていなかった。「わたしもセシリーも、いつかきっと、彼に見つかってしまう」

ジョーダンは夫の暴力に苦しむ妹をプロヴィデンスに呼び寄せると、家を買い、仕事ができる環境を整えた。彼は兄として、愛する妹を守りぬくと固く心に決めている。

「見つかるとはかぎらないわよ。ね、ジョーダン？」わたしは彼にいった。

でもジョーダンが答えるより先にジャッキーが否定した。

「ううん、そんなに甘くないわ。ジャコモはカプリオッティ家の人間なのよ。その気になったら、どんな手を使ってでも見つけ出すわ」

そのとき、エディが小さな悲鳴をあげて、わたしたち三人はしゃがんだままそちらに目をやった。

プルーデンスがエディのTシャツの裾をつかんで「わたしの話を聞きなさい！」とわめき、エディは彼女の手をはらいのけた。

「頭がおかしいんじゃないの？」

「ええ、そうよ、おかしいのよ」

わたしはジャッキーにセシリーを返し、代わりに拾ったキルトをもらって立ち上がった。そして倒れた展示ラックを起こしてキルトを掛けなおしていく。

「ジョーダンがついているんだもの、あまり心配しないほうがいいわ」

「でも夢を見るのよ」ジャッキーは真剣な目でいった。「わたしたちの母には霊感があったの。ね、そうでしょ、ジョーダン？」

ジョーダンはくちびるを引き結んでいる。

セシリーが泣きはじめ、ジャッキーは赤ん坊の頭を胸に引きよせた。

「だからわたしにも霊感があると思うの。ずいぶん生々しい夢なのよ。ああ、ウィリアムがいてくれたら……」

ウィリアムというのは、ジャッキーに離婚申し立ての勇気を与えてくれた男性だった。でも夫は、ジャッキーとウィリアムとの関係を知ってさらなる暴力をふるった。そして悲しいことに、ウィリアムは交通事故でこの世を去った。

ジャッキーはセシリーをベビーカーにのせた。

「ごめんなさいね、シャーロット、つまらないメロドラマのような話につきあわせて」ジャッキーはそういうと、ショップの出口に向かった。

ジョーダンは妹とわたしを交互に見て、ためらっている。

「行ってちょうだい。ジャッキーのそばにいてあげて」

わたしがそういうと、ジョーダンはわたしの頬にキスをして妹のあとを追った。するとその直後、エディがわたしの横にとんできて、声には出さず口だけで「助けて」と訴えた。

プルーデンスもこちらに来て、話はまだ終わっていないとわめく。

「いいかげんにしてよ」と、エディ。「わたしには仕事を選ぶ権利があるわ」

「わたしのことで、おかしな噂をたてないでちょうだい」

「噂といえば――」アイリスが来て、玄関を指さした。「彼女はどうしたの？」

おそらくアイリスは、ジャッキーが思いつめた顔で帰ったのを見たのだろう。

「べつになんでもないわ」わたしは気楽な調子でいった。「女性にありがちなことよ」

「ふうん……。もしかして、新しい恋人の意外な事実を知ってしまったとか？」

「新しい恋人？」と、エディ。

「彼女はいま、だれともつきあっていないと思うけど」わたしはジャッキーとアーソがしばらくまえに別れたことを知っていた。

「あら、恋人ならいるわよ」アイリスは気をもたせるようにシャギーヘアをいじった。「彼女はヒューゴ・ハンターとつきあってるわ」

「〈イグルー〉のオーナーの？」エディはびっくりしたようで、それはわたしもおなじだった。

いったいいつから、つきあっているのかしら？　わたしはレベッカとの会話を思い出した——〈イグルー〉のオーナーは謎めいていますよね。

ひょっとして、ジャッキーが暴力夫の悪夢を見るようになったのは、ヒューゴに何かいわれたからかもしれない。彼はジャッキーの過去を知っているのかしら？

「それでジャッキーは、ヒューゴの何を知ったの？」と、エディ。

アイリスは声をおとした。「彼には過去があるのよ。ジャッキーも用心しなきゃ」

「あなたって、根が意地悪だものね」エディがいうと、アイリスの顔色が変わった。

「それはどういう意味？」

もう喧嘩はよしてほしい。そう思ったわたしはエディにいった。

「試着室のほうにもどらない？」

「アイリスがどんなに意地が悪いのかを知りたくないの？」

ええ、わたしは知りたくないわ。

「それ以上いったら承知しないわよ」アイリスは本気で怒っている。

プルーデンスが友人の手をとって引っぱった。

「もういいわ、アイリス、帰りましょう」アイリスはもがいたものの、プルーデンスのほうが背も高く、肉づきもいい。

ふたりが帰って入口の扉が閉まると、わたしはエディにいった。

「プルーデンスだけじゃなく、彼女の友人にまで喧嘩を売らないほうがいいわ」

「あの人を見ているといらいらするのよ」

「アイリスのこと？」

「ううん、プルーデンスのほう。アイリスは、だまされやすいタイプだわ。結婚直前に男に逃げられても、そこから何も学ばなかったみたい」ばかにしたように小さく笑う。

「アイリスにそんなことがあったの？」だったら、そういう悲しい経験からプルーデンスと彼女は親しくなったのかもしれない。「だけどちょっと待って……彼女には高校生のお嬢さんがいるんじゃない？」

「あの子は養子よ」

「あら、そうなの」

「犬のトリマーとデートしてるから、そのうち彼女ももっと明るくなるかもね」

「犬のトリマーって、〈テールワッガーズ〉のオーナーのこと？　彼女はストラットン・ウォルポールと交際しているの？」

わたしは目をまるくした。〈フロマジュリー・ベセット〉は、町のニュースや噂話の交換所のようになっているのに、聞き逃した話はひとつやふたつではないらしい。

4

アイスクリームの味見をする時間はなかなかつくれなかった。でも、あせってやってても良い結果にはならない。そう思って数日がたち、ようやく金曜日の午後なかば、わたしとレベッカはカウンターの前で、スプーンを手にとった。カウンターには、アイスクリームが入った小ぶりの陶器が四つ。店内では、〝ぶどうを踏もう〟と書かれたTシャツを着た男性観光客がふたり、のんびりと棚の商品を見てまわっている。

「お客さんがいるのに、味見をしてもいいものでしょうか?」と、レベッカ。

「大丈夫よ。でも、このカウンターのほうに来たらやめましょう」

レベッカはアイスクリームのひとつをスプーンですくって口にふくんだ。それからつぎのアイスクリームへ。わたしもおなじように、それぞれの味と香りを試した。ブリーとブルーベリー。ブリーといちご。チェダーとりんご。そしてシナモンのみ。四種類とも、〈イグルー〉のヒューゴ・ハンターがつくったバニラ・アイスクリームをベースにして、マスカルポーネを加えてある。

「シナモンがいい感じですね」と、レベッカ。「クリームが引き立ちます」

「同感だわ」わたしはもうひと口ずつ味わった。「でもいちばんいいのは……ブリーとブルーベリーのような気がするけど」

レベッカはうなずいた。「ナツメグが、ベリーの酸味とブリーの濃い味わいにうまくマッチしていますね」

ナツメグを加えるアイデアは、きのうの深夜に思いついた。

「シャーロット！」わたしのいとこでふたごの父親、そして来《きた》る結婚式で花婿となるマシューが、ワインを専売する別館《アネックス》からこちらにやってきた。焼けた肌に淡い黄色のシャツがよく合っている。マシューはキッチンの戸口から、わたしたちに声をかけた。

「これから地下を見てくるよ」地下はチーズの保管庫兼ワインセラーになっているのだ。チーズとワインを最適な状態で熟成させるために地下を改修し、その工事が完成してからまだひと月とたたない。地下ではワインのテイスティングもできるようにした。

「何か手伝うことはあるか？」

「ええ、これを味見してくれる？」わたしはブリー・ブルーベリーのアイスクリームをスプーンですくった。

マシューはそれを口に入れ、味わい、くちびるを舐めた。

「うん、おいしいよ。これならメレディスも気に入ると思う」マシューはそういうと背を向けた。

「ちょっと待って。ほかのアイスクリームも味見してくれない？」

「時間がないんだよ。地下のレイアウトを仕上げなきゃいけない」

マシューとメレディスは結婚式の前日、家族や親しい人を招待する〝リハーサル・ディナー〟をワイン・アネックスで行うことにしていた。そしてディナーが終わったら、お客さまたちを地下のセラーに案内する予定なのだ。といっても、完成してまだ間がないので、これからチーズのホイールやワインのボトルをうまくレイアウトし、〝古き良きヨーロッパ〟の雰囲気をかもしださなくてはいけない。

「やることが山積していて、時間がいくらあっても足りないよ」マシューは店内を見まわした。「きょうは暇そうだな」

「こういう時間帯もあるわ」

「見てまわるだけのお客さんなら、ちらほらいますよ」と、レベッカ。

わたしたちの視線を感じてしまったのか、観光客ふたりは何も買わずに帰っていった。すると入れ替わるようにふたごが入ってきた。

「ハーイ！　お父さん、レベッカ、シャーロット！」エイミーとクレアは声をそろえていった。

そしてふたごのうしろから「こんにちは《ボンジュール》」といいながら入ってきたのは、七十歳を過ぎてなおエネルギッシュで、一日たりとも家でじっとしていられないわたしの祖母だ。きょうの服装は、ワインレッドのペザントブラウスに、コーデュロイのスカート。

ショップの外の歩道では、わが家の愛犬ロケットが吠えている。むく毛がかわいい大型犬・ブリアード種のオスで、もともとはふたごの母親シルヴィが娘たちのために連れてきたのだけど、当然ながらわが家で暮らし、世話もわたしがしている。

ロケットはショップの玄関が閉まると吠えるのをやめ、クーンクーンと小さく鳴いた。リードでパーキングメーターにつながれるのが嫌いで、チーズのおやつをもらうのは大好き。そして自分もラグズ——ラグドール種のオス猫——のように、チーズ・ショップの店内の事務室でお昼寝したい、と思っているのだろう。

ふたごはカウンターまで走ってきた。

祖母の威勢の良さをうけついだエイミーが、まず口を開く。

「服を箱に詰めたの。玄関が段ボールだらけになっちゃった」

マシューはハネムーンから帰ってきたら、ふたごとともにメレディスの家に引っ越すことにしていた。うちとは数ブロックしか離れていないけれど、それでも段ボールとテープで荷造りをする音が聞こえてくると、わたしは胸がつまった。これからは朝起きても、夜寝るときも、ふたごの笑顔を見たり笑い声を聞いたりすることはできなくなるのだ……。

「結婚式まであとちょっとだよね」と、エイミー。

「エイミーとクレアのドレスは、とってもすてきだって聞きましたよ」レベッカがいった。

「そう、ほんとにきれいよね」と、わたし。わたし自身のドレスは現在、手直し中だった。試着したときにティアンから、腰の部分のシルエットがよくないという指摘をうけたからだ。とはいえ、ドレスの淡い金色はわたしの肌や髪色によく合っていた。

「髪は〈ティップ・トゥ・トー〉でセットしてもらうの！」クレアが珍しく興奮ぎみにいった。クレアの髪は薄いブロンドの直毛で、肩までまっすぐ、まるでカーテンのように垂れている。だからわたしはしょっちゅう、クレアのかわいらしい顔がもっとよく見えるよう、髪を耳にかけてやるのだ。

「美容院にはわたしもいっしょに行くわね」クレアにそういってから、わたしは祖母に訊いた。「その紙は何？」

「チラシよ」祖母は紫色の紙をひらひらさせた。「資金集めのランニング大会のチラシ」

「何の資金？」

「動物保護よ」

わたしは正直、びっくりした。たぶんそれが顔に出たのだろう、祖母が「そんなに驚かないでちょうだい」といった。でもこれまで、祖母はけっして動物好きなほうではなかったのだ。もちろん、うちのロケットとラグズはかわいがってくれる。なんといっても、ロケットは何かあるとすぐ人に鼻づらをこすりつけるし、ラグズは人間と〝会話〟ができる。それにしても、祖母に何か心境の変化でも？

「プロヴィデンス動物愛護財団はたくさんの命を救ってくれたのに、年じゅう資金不足で困ってるのよ」と、祖母。

正確な数字は知らないものの、財団が救った命は数百どころか数千にのぼるだろう。ラグズもロケットも、そこにふくまれる。

「おばあちゃん《グランメール》はほんと、休むことを知らないわね」わたしは祖母にいった。「町長をやって、劇団を主宰して、今度は動物の保護活動？」

祖母はチラシをたたいた。「大会名はね、〝ぶどうを踏もう〟よ」

「そうだったんですか！」レベッカがいった。「そのTシャツを着た観光客がふたり、ここにも来ましたよ」

「まあ！」祖母の顔がうれしそうに輝いた。「Tシャツは大ヒットなのよ」

「シャーロットは覚えていませんか？」と、レベッカ。「ほら、背の低いほうの人は、映画の悪役みたいな半開きの目で、もうひとりは二重顎でした」

「二重顎？」わたしにはそんなふうには見えなかったけれど。「わりとハンサムだったんじゃない？」

「でもここが――」レベッカは自分の顎の下をたたいた。「七面鳥の肉垂《にくすい》のようでした。どちらかがチーズを買っていたら、シャーロットもカウンターごしにもっとよく見えたでしょうけど」

「もう五十人以上がエントリーしたのよ」祖母はわたしたちにチラシを渡した。「ランニング・コースはね、ボズート・ワイナリーの敷地なの」

ボズート家はプロヴィデンスでも由緒ある農場のオーナーで、そのワイナリーはライトでフルーティなワインのほか、天然ソーダもつくっている。マシューによれば、ここのシュナン・ブランは優雅かつさわやかで、白ワインのなかでもひときわすばらしいとのこと。わたしたちが学生のころによく飲んだ、甘ったるいべたべたのシュナン・ブランとは比べものにならないらしい。

「わたしもエントリーできる?」と、エイミー。「走るの大好きだもん」

「走らないで歩いてもいいの?」と、クレア。

わたしはほほえんだ。クレアはたぶん、ランニングの最中にも本を読みたいのだろう。

「ええ、いいわよ、参加してちょうだい」わたしはふたりにいった。

「でもね、参加者にはできるだけ寄付をしてもらいたいの」と、祖母。

「小学生はどうやったら寄付できるの?」エイミーが首をかしげた。

祖母はバッグから登録用紙をとりだし、「ここに線が引いてあって、番号があるでしょ?」といった。「百メートル進むたびに、まわりの人に頼んで、十セントか二十五セントのコインを一枚寄付してもらってちょうだい。そしてその人の名前を、ここに書いておくの。用紙は観光案内所に提出してね。集まったお金は愛護財団にいくから」

「うん、それならできる」と、エイミー。

「いい子ね」祖母はエイミーの頬を軽くたたいた。「でも大会に出るからって、学校の宿題をしなくてもいいことにはならないわよ」

エイミーはふくれっ面をした。

「ラグズも連れていっていい?」クレアが訊いた。クレアはふさふさした長毛のオス猫と大の仲良しなのだ。

「いいわよ」祖母はそういうと、ふたごをせかした。「さあ、早くお家にお帰りなさい。まだたくさん荷造りしなきゃいけないでしょ？」

荷造り！　わたしは突然思い出した。

「どうしたんですか？」と、レベッカ。

「オクタヴィアに新装開店の手伝いをするって約束したのよ」

「だったら行ってください」レベッカはすぐにそういってくれた。「わたしが店番をしますから」

*

オクタヴィア・ティブル――図書館司書であり、不動産業仲介業者であり、新米の書店オーナーでもある――は、〈オール・ブックト・アップ〉を大規模改装する決断をした。まず、カーペットをはがして木製の床にし、そこかしこに手織りのラグを置く。袖椅子すべてに紺色のカバーをかけて、脇にティファニーのランプを添える。奥まった狭いスペースを紅茶とスコーンを出すカフェに仕立て、書棚のあいだの通路は各図書分野に合わせた飾りつけとする。たとえば、ファンタジーの棚の上には妖精やハリー・ポッターがいて、ミステリーの通路にはシャーロック・ホームズの帽子と虫眼鏡の絵、といった具合だ。あとは追加の図書を並べ、アナベル・ロッシ（前オーナー）の私物を片づければ、新装開店のはこびとなる。

木製のレジ・カウンターの前には、未開封の段ボール箱が積み上げられていた。アナベルの荷物はそのうしろにある。レジの横にはミネラルウォーターのボトル。

「遅くなってごめんなさい！」わたしはショップに入ると、床の段ボールから本をとりだしているオクタヴィアのもとに走っていった。

「平気よ」と、オクタヴィア。「シャーロットは象だもの。記憶力抜群で、約束を忘れたりしないとわかってるから」

わたしはオクタヴィアの指示を待たずに、早速箱から本をとりだし並べていった。

「ふうっ……」オクタヴィアは腰をのばすと、コーンローに編んだ髪を肩から払い、ジーンズと穴のあいたTシャツの埃《ほこり》をはたいた。「わりとしんどいわ。埃まみれになるし」

わたしは苦笑した。オクタヴィアといえば、たいていビジネススーツを着ているかコスプレをしているかのどちらかだった（コスプレは、図書館で子どもたちに読みきかせをするときだ）。わたしより頭ひとつぶん背が高いオクタヴィアは、いつも優雅で堂々としているから、こんなに疲れた姿を見るのは、少なくともわたしははじめてだ。

「ほかに手伝いの人はいないの？」

「あなたと、いささか年寄りのわたしだけよ」

「オクタヴィアは年寄りじゃないわ」

「あなたよりは年寄りよ。それも、ひとつやふたつどころじゃなくね」

「わたしもいるわ。忘れないでちょうだい」カウンターの向こうからアナベルが顔をのぞかせた。まんまるな目に、どこか気弱そうな笑み、黒髪のポニーテール。もこもこのセーターを着て、キャラメル色の帽子をかぶっていた。

オクタヴィアは笑った。「あなた？　あなたは手伝いに来たんじゃないでしょ？　自分の荷物をまとめるだけで何時間もかかってるわよ。ところで、あの戸棚にあるのは何？」カウンターの向こうをのぞきこむ。「それに、その箱のなかの人形も」

アナベルのほっぺたが赤くなった。

「わたし、コレクターなの。お人形はわたしの赤ん坊で、戸棚にあるのはアンティークよ。どこへ引っ越そうと、かならず持っていくの」

オクタヴィアはわたしの顔を見た。「アナベルの人生は二十数年でしかないのに、暮らしたことがある州は全部で六つだって」

「わたしは世界を旅するの」と、アナベル。

「見方によっては〝根なし草〟かもね」オクタヴィアはミネラルウォーターのボトルをとると、一気に半分ほど飲んだ。

アナベルはセーターのスキャロップ・カットの襟を指先でいじりながら、「自分でも、アンティークや人形をよくこれだけ集めたと思うわ」といった。

「好きになるとそんなものよ」わたしはふたごのことを思いうかべた。この数週間で、おもちゃや工芸品をいったいどれくらい箱に詰めただろう？

「アナベルには人形とおなじくらいの数のボーイフレンドがいるの」と、オクタヴィア。

「しめて何人？　二十？　三十？」

「せいぜい十人よ」アナベルはふてくされたようにいった。「わたしが男の人と目を合わせたくらいで、そこまでいわなくてもいいでしょ？」

「目を合わせたくらい？」オクタヴィアはあきれた。「シャーロットが来るまえ、あなたはあの男に、いまにもしなだれかかりそうに見えたけど」

「大げさにいわないで。ちょっとおしゃべりしただけよ。もうひとりは彼の弟で、いっしょにこの町に来たばかりだっていってたわ。オクタヴィアも聞いたでしょ？　お願いよ、シャーロット、彼女のいうことを信じないでね。わたしは彼に、まだ準備中です、新装開店したらぜひまたお越しくださいっていって、営業の話しかしていないわ」

オクタヴィアはあえて反論せず、わたしたちは作業にもどった。

しばらくして、アナベルがカウンターからこちらに出てきていった。

「だけどあの人、がっしりしてセクシーだったわよね？」

「いいかげんにしてよ、アナベル」オクタヴィアはそういったものの、顔つきはどこかしんみりしていた。そう、彼女はアナベルが町を出ていくのがさびしいのだ。これまでずっと、娘くらいの年齢のアナベルがそばにいてくれるのがオクタヴィアはうれしかった。

「彫りの深い顔で、すてきだったわ」と、アナベル。「投資家だっていっていたわよね？たしか、カレッジも見学する予定だって話していたわ」

プロヴィデンス・リベラルアーツ・カレッジ、略してＰＬＡＣは、メレディスが設立運動の先頭に立ち、今年開校して第一期生を迎え入れた。

「つまり、彼にはあなたとたいして年齢が違わない子どもがいるってことよ」と、オクタヴィア。「年齢が違いすぎない？」

アナベルはオクタヴィアの言葉を無視し、わたしを見ていった。

「それでね、シャーロット、彼はあなたのおばあちゃんの劇団が上演する《ハムレット》を観たいらしいわよ。シェイクスピアが大好きなんですって」どうやらアナベルは、その男性をかなりお気に入りのようだ。「わたしもね、一生に一度くらいは教養豊かな男性とデートしてみたいわ」

オクタヴィアは、ふん、と鼻を鳴らした。「引越しまで一週間もないんじゃないの？」

「延期すればいいのよ。どうってことないわ」

アナベルは三年まえ〈オール・ブックト・アップ〉のオーナーになり、そのままずっと経営をつづけるものと思われていた。ところが、シカゴ在住のお父さんが病に倒れ、急きょ書店は売りに出された。

「彼がシカゴまで会いに来たらどうしよう……。全国を旅するんですって、それもしょっちゅう」

「アナベル・ロッシ！」オクタヴィアは若い女性の肩をつかんだ。「よけいな空想にふけることなく、現実を冷静に見つめて、人形を箱に詰めたほうがいいわ。シカゴで待っているのはお父さんでしょ？　あの男じゃないわ。彼は三十人のうちのひとりにすぎないのよ。四十人だっけ？」

「十人よ」

「そうだったわね。じゃあ、悪いんだけど、わたしとシャーロットのためにミネラルウォーターを二本持ってきてくれる？」

アナベルは水をとりにいった。

「いい子なんだけどね……」オクタヴィアはため息をつくと、箱から本をとりだす作業を再開した。

「何か気がかりなことでもあるの？」

「ううん、ただ心配なだけよ。アナベルは若くて感じやすいから。いまでもまだお人形を集めているくらいだもの。なんていうか――〝女たらし〟とは、うまくつきあえないと思うの」

「さっき話に出た男の人は、そんなタイプに見えたの？」

「少なくとも、実直な感じではなかったわね。弟のほうは、にきび跡のようなものがたくさんあって、ものごしから少しがさつな印象をうけたわ。それにだいたい、店内をさんざん見てまわったあげく手ぶらで帰るなんて、わたしの常識とはかけはなれているし」

「さっきうちに来たお客さんたちとおなじかもしれないわ」

「一冊くらい買えばいいのにね」

「だけどここはまだ正式にはオープンしていないでしょ」

「それはたいした問題じゃないわ」オクタヴィアはまた作業にもどった。そしてべつの段ボール箱を開き、顔をあげてウィンクする。「ようやく見つかったわよ」

そこに入っていたのは、多少埃をかぶってはいるものの、愛書家が敬愛してやまないコナン・ドイルやアガサ・クリスティなどの作品だった。

＊

一時間後、〈フロマジュリー・ベセット〉に帰ってみると、レベッカがジャッキーの注文品を用意していた。ジャッキーはセシリーをあやしながらベビーカーに乗せているところだ。わたしはカウンターの奥に入り、レベッカの横に並ぶと思わずつぶやいた。

「ベイリー・ヘイゼン・ブルーの香りはいいわねえ……」ジャスパー・ヒル農場がつくるこのブルーチーズは、なんといってもナッツと甘草の香りがきわだっている。アネックスに目をやると、人の気配がなかった。「マシューはどこにいるの？」

「どこか店内で」レベッカはまわりをぐるっと手で示した。「鼻歌をうたっているんじゃないでしょうか。あんなにしあわせそうなマシューを見るのははじめてですよ。こっちまで、うきうきしてきます」

セシリーをベビーカーに乗せたジャッキーが背筋をのばし、「こんにちは、シャーロット」といった。

「こんにちは。ベイリー・ヘイゼン・ブルーが気に入ったみたいね」

「ええ、あればかならず買うわ」

「これとフルーツの薄切りをクラッカーにのせると、手軽なスナックになるわよ」

「あら、おいしそう。試してみるわね」

セシリーがぐずって、ジャッキーはベビーカーをのぞきこむ。

「あちらにもうひとり、お客さんがいますよ」レベッカがわたしにささやいた。

見れば〈イグルー〉のオーナー、ヒューゴ・ハンターで、棚のレムラード・ソースをながめていた。カールのきつい黒髪をうしろに撫でつけ、その姿にレベッカは「やっぱりフーディーニにそっくりですよね」といった。

わたしたちの視線を感じたのか、ヒューゴがこちらをふりむいた。その髪型や自信たっぷりな笑顔から、わたしはエルヴィス・プレスリーに似ているような気がしていたけど、こうしてみると、レベッカのいうとおりかもしれないと思った。視線の鋭さは、たしかに稀代の奇術師のようだ。

「彼は今夜、ジャッキーといっしょに夕飯を食べるらしいですよ」と、レベッカ。「場所は、ジャッキーの家で」

「あなたもずいぶんゴシップ好きね」わたしはレベッカをからかった。

「彼はセシリーを抱っこしてあやしたり、ずいぶんかわいがっているようです」

子ども好きの男性は、それだけで魅力的かも。

「ゴシップといえば、オクタヴィアのところで何か仕入れてきましたか?」と、レベッカ。

「まったくもう……」わたしはわざと、レベッカをにらんだ。「自分の恋人がいま町にいないから、そのさびしさをゴシップでまぎらわしたいのかしら？」

「いえいえ、そういうんじゃありません」レベッカは青かびチーズを特製のペーパーで包み、解説ラベルを貼ってからショップのゴールドの袋に入れた。

「そういえばアナベルが」と、わたし。「すてきな男性の観光客がいたような話をしていたわ」

「どういう人ですか？」

「たぶんうちにも来たふたり連れよ。痩せて背の高い人と、こぶとりで背の低い人。何も買わずに帰った観光客」

「肌が荒れた男の人？」

「そちらじゃなくて、痩せたほうみたい。ふたりは兄弟らしいわ」

ジャッキーが、ふっと顔をあげてこちらを見た。目には明らかに緊張の色。

どうしたの？　わたしが尋ねようとしたところへ、カウンターにヒューゴがやってきた。

「ブリー・アイスクリームの出来はどうだった？」ヒューゴの声は深みのあるバリトンで、舞台に立ったり演説をした経験があるのでは、と思わせるほどだった。

「上出来よ。とってもおいしかったわ」わたしはあらかじめヒューゴ用にとっておいたブリー・ブルーベリー・アイスクリームのレシピのコピーを差し出した。「よかったら、メニューに加えてちょうだい」

「結婚式よりまえに店に出してもいいかな？」ヒューゴはウィンクした。

「もちろんよ」

「となると、ブリーを五ポンドほど買わなくちゃいけない」

ヒューゴが支払いをすませると、レベッカがゴシップのつづきを催促した。わたしはまた男性観光客の話をしながら、目でジャッキーを追う。彼女はベビーカーを玄関へ向け、帰っていくところだった。わたしはいやな予感におそわれた。少しまえ、彼女が見せたとっさの反応、あの緊張した顔つきがとても気になる。しかも彼女は、その説明をしないまま黙って帰っていったのだ。

5

　その晩、わたしは祖父母の家のキッチンで洗いものをしていた。おいしい夕飯をたっぷりいただいたのに、いい香りをかぐと、食べすぎは禁物と思いつつまたお腹が鳴ってしまう。カウンターには残りもののローストビーフ、ヨークシャー・プディング、塩とバターに漬けたサヤマメ……。クレアはわたしがつくったグルテン・フリーのポップオーバーをきれいに平らげてくれた。

　ジョーダンがわたしのうしろに立ち、片手をウェストにまわしてきた。

「外の空気を吸いたいな。いっしょにどう？　日が沈みきるまえの空はきれいだよ。きょうはわりに暖かいし」

　わたしはふりかえり、彼と向きあった。

「いまはまだお仕事中なの」

　ジョーダンはお皿の山に目をやると、袖をまくりあげた。

「手伝うよ」布巾をとって、わたしが洗ったお皿を拭きはじめる。

「きょう、ジャッキーとヒューゴ・ハンターがショップに来たわよ。ふたりはどれくらいまえからつきあってるの？」

「きみもゴシップが気になるのかな？」

「わたしが？」

「そう、きみも」

わたしは笑った。「このまえみんなで集まったとき、ジャッキーはひと言もいわなかったわ」週に一度の割合で女友だちが顔を合わせ、おしゃべりする機会があるのだ。ヨガ教室とか、護身術のレッスンとか、でなければパブで食事とか。

「そうだな、かれこれ二、三週間くらいになるかな」

「そんなに？」

「世のなかには秘密を守りぬくやつもいるのさ」

数年まえ、プロヴィデンスに引っ越して来たときのジョーダンは、謎だらけの人だった。でもようやく去年、彼はこの町に来た理由をわたしに打ち明け、そして――プロポーズしてくれた。

「だめよ、それはだめだわ」祖母がワインと水のグラスを持ってキッチンに入ってきた。そのうしろには、わたしの友人のデリラ。かつては女優として、ときにダンサーとしてブロードウェイの舞台を踏んでいたけれど、いまは地元のレストラン経営者だ。そして同時に、祖母が主宰する劇団の次回公演《ハムレット》の演出家でもある。

「だけど、明かりがないと困るから」デリラは祖母にいった。

「ガス灯は時代に合わないわよ」と、祖母。

「だったら、松明《たいまつ》にするわ」デリラは肩から巻き毛を払うと、両手を腰に当てた。「明かりがないと、暗くて役者がぶつかっちゃうから」デリラが手がけた昨シーズンの脚本は好評を博し、今回も演出を担当することになった。祖母にいわせると、自分はもう感覚が鈍ってきたからデリラに交代してもらったとのこと。だけど本音はデリラを鍛え、その才能をもっと伸ばしたいのだろう。《ハムレット》をヴィレッジ・グリーンで野外公演するというのは、デリラのアイデアだった。

「それならいいわ」と、祖母。「で、衣装の準備はどんな具合?」

「さあ、もういいだろう」祖父がスイングドアを押して入ってきた。「今夜はマシューとメレディスのための夜なんだ。お芝居の話はそれくらいにしておきなさい」

デリラが到着してからというもの、祖母は彼女と《ハムレット》について議論しどおしだった。

「結婚式はまだ一週間も先よ」と、祖母。「こっちは差し迫っているの」

「そもそもこの時期に公演をやるなんて、日程のたて方がおかしいんだ」

「カレンダーはだれにも変えられないのよ」祖母は夫の頬をやさしくたたき、なだめるようにほほえんだ。「それにたったひと晩だもの。マシューたちのお祝いの邪魔にはならないわ」

「おまえってやつは――」

「あなたって人は――」祖母は話題を変えようと、笑いながらわたしをふりむいた。「悪いけど、コーヒーを淹れてもらえないかしら？」祖母は料理名人ながら、コーヒーに関しては、いくら練習してもおいしく淹れられない。

「そういえば、シャーロット」デリラがいった。「きょう、ジャッキーとヒューゴが仲良さそうに歩いていたわよ。あのふたり、どうなってるの？」

わたしがジョーダンに目をやると、彼は〝ノーコメント〟だと首をすくめた。

「いけませんよ、ゴシップは」祖母はキッチンから出るようデリラをうながす。「かつらの用意はできているのかしら？」

「依怙地《アンペニタント》なやつだ」祖父はぶつぶついいながら、ふたりのあとについてキッチンを出ていった。

すると、スイングドアが閉まらないうちに、レベッカが入ってきた。

「何か手伝いましょうか？」

祖父母の家で人が集まる機会があると、レベッカはかならず招待された。祖父も祖母もレベッカを、まるでわが子のようにかわいがっている。そして今夜は、結婚式の料理の味見をするために集合がかけられた。

「じゃあ、デザートを運んでくれる？」わたしはレベッカに頼んだ。デザートのトレイは、お皿洗いをするまえにカウンターに置いておいた。

「ジョーダンはアイスクリームを食べてみました？」レベッカが訊いた。そして指先にキスをして、「トゥ・ドゥ・スイ」とフランス語をいう。

「〝とっても甘い〟といいたいなら」わたしは訂正した。「〝トレ・ドゥ〟よ。〝ドゥ・ドゥ・スイ〟は、〝すぐに〟っていう意味」

「えっ、そうなんですか？　テレビの《ネイビー犯罪捜査班《NCIS》》では、たしか〝ドゥ・ドゥ・スイ〟っていってましたけど」レベッカは刑事ドラマやサスペンス・ドラマの大ファンで、テレビはもちろんインターネットでも再放送を見まくっている。

　わたしは苦笑した。「それはジョークでいったのよ」

「あら……」レベッカはとまどったような、ちょっと傷ついたような顔をした。

「タルトがじつにおいしそうだなあ」横からジョーダンがいった。「このレシピには、きみのアイデアも入っているのかな、レベッカ？」

　わたしはレベッカの気持ちを察し、うまく話題を変えてくれたジョーダンにキスしたくなった。彼はほんとうに心やさしい人だ。

「はい、少しだけ」レベッカはフランス語の間違いなど一瞬にして忘れたらしい。「アーモンドの香りを加えたらどうですかって提案しました」

　メレディスとマシューはケーキ以外に、手でつまめるようなミニ・デザートも何種類かほしいといった。わたしはレベッカとふたりで二時間ほどアイデアを練り、その結果できあがったのがかぼちゃのミニ・チーズケーキ、マスカルポーネとフルーツのタルト、そして——これがいちばんのおすすめだ——ホワイトチョコレート製のシェルに入ったブリー・ブルーベリー・アイスクリームだ。

レベッカとジョーダンとわたしがデザートを持ってダイニングに入ると、それまでにぎやかだったおしゃべりがぴたりとやんで、「おおっ」という歓声があがった。数カ月まえ、祖母がダイニングの壁をロマンチックな真珠色で全面的に塗りかえ、室内はとても明るい。

「これまでで最高の仕上がりね」はずんだ声でメレディスがいった。ピーチ・カラーのサンドレスを着て、おなじ色のグログラン・リボンで髪を結んでいる。

「うん、すごいよ」となりにいたマシューがメレディスの手を握った。

「じゃあ、さっそく味見して」わたしなりにいろいろ試し、これなら、と思えるレシピにしたつもりだけれど、人にはそれぞれ好みがある。ふたごはおいしいといってくれるかしら？

「どれもグルテン・フリーだからね」わたしはクレアにいった。

「タルトも？」と、クレア。塩気のあるものが好きなエイミーに対し、クレアは甘党だ。

「ええ、もちろん」グルテン・フリーでいちばんむずかしいのはサワー種のパンで、ほかはそうでもない。とくにパイ生地は楽で、もち米粉とキサンタンガムを使えば、生地はやわらかく、焼きあがりはぱりっとする。このキサンタンガムのかわりに、わたしは卵白を余分に加えることもある。

それぞれのお皿に三種類のデザートをのせていき、「さあ、めしあがれ」というと、わたしはマシューの横に腰をおろした。すると彼が、顔をよせて訊いてきた。

「ぼくのもと妻が〈ソー・インスパイアード・キルト〉でまたよけいなことをいったらしいな。今夜、ここに姿を見せないのが不思議なくらいだ。ほっとしているよ」

「いくらなんでも、おばあちゃん《グランメール》の許可がないと来ないわよ。小さなショップのオーナーは、町長の怒りをかいたくないはずだから」

テーブルの上座にいた祖母が、さっと背筋をのばしていった――「何かわたしに関係がある話かしら？」

オクタヴィアがわたしには象の記憶力があるといったけれど、祖母の場合は、耳が象のように大きいらしい。

「ううん、なんでもないわ。さ、食べて」シルヴィの話題がこの場をもりあげるとは思えない。

「エティエン、どうして食べないの？」

祖母が夫に尋ねた。どういうわけか、祖父はまったくデザートに手をつけないのだ。週に一度は〈イグルー〉に行くほどアイスクリーム好きで、わたしにヒューゴとの共作を勧めたのも祖父だというのに。

「悪いが、腹がいっぱいなんだよ」椅子から立ち上がった祖父のからだが、ぐらっと揺れた。

「どうしたの？　少し顔色が悪いみたい」わたしはあわてて立つと祖父のからだをささえた。

祖父は昔かたぎの頑固な人で、自分のことで周囲が騒ぐのを嫌った。

「問題ない。ガレージで長い時間、工作をしただけだ」祖父は鳥の巣箱をつくるのが趣味だった。ここの庭にもうちの庭にも、たくさんの巣箱がある。「でなければ、おいしい食べもののの話をしすぎたか。どんなにがんばろうと――」大きなお腹をたたく。「なかなかへっこまんよ」

「理由ははっきりしているでしょ」祖母がいった。

「ああ《ウィ》、わかっているさ。食事の量を減らし、運動をするんだろ？」祖父は妻をにらんだものの、その目は笑っていた。祖父母はいまも昔と変わらず愛しあい、わたしにとっては理想のカップルだった。四十年後のジョーダンとわたしも、こんなふうだといいのだけれど。

祖父は妻の手をぎゅっと握った。そのとき、家の外で甲高い、まるで悲鳴のような声がした。わたしはとっさにジョーダンをふりむいた。妹のジャッキーの家は、ここの隣だ。

ジョーダンはすぐさま立ち上がると、ダイニングから飛び出していった。

わたしは彼のあとを追いかける。心臓がどきどきした。キッチンの勝手口から私道へ。

ジョーダンは敷地の境になっている生垣をかきわけて隣の敷地に入った。向こうから、左腕でセシリーを抱いたジャッキーが駆けてくる。兄のもとに着くと、怯えた表情で何かしゃべりながら、右手を雑木林のほうにふった。

わたしも生垣のあいだを抜け、ふたりのもとに行った。

髪をふりみだし、懐中電灯を持ったヒューゴが走ってきた。ジャッキーのすぐうしろで止まり、肩で息をしながら、「雑木林にはだれもいなかったよ」という。

「間違いないのか？」ジョーダンが妹に確認した。

「ええ、ほんとにだれかいたのよ」ジャッキーの顔からは血の気が失せている。「あれはたぶん……たぶん彼よ」

「彼って、だれのことだい？」ヒューゴが訊いた。

ジャッキーの視線がジョーダンからわたしへ、そしてまたジョーダンへ。

「すまないが、ヒューゴ」と、ジョーダン。「これは家族のプライベートなことだから」

ヒューゴは肩を引き、背筋をのばした。「どんなことでも、ぼくは知りたい。ぼくはジャッキーを愛しているんだ」

「えっ？」ジャッキーは心底驚いたような顔をした。

ヒューゴは片手で彼女の肩をつかむ――「聞こえただろ？」

二、三週間のつきあいで、〝愛している〟なんていえるもの？　わたしは少し疑問に感じたけれど、よく考えればわたし自身、三週間もたたないうちにジョーダンに恋してしまったから……。でもヒューゴに関しては、どこかおちつかないものを感じた。たぶん、レベッカのいう〝謎めいた〟ところだろう。稀代の奇術師フーディーニ。いつの間にか町から姿を消し、気がつけばまた舞い戻っている――。ヒューゴがプロヴィデンスに来たのは、ジャッキーより少しあとだった。彼女の夫が、ジャッキーの監視のためにヒューゴを送りこんだとか？　以前にも彼女をつけまわした男がいたけれど、あれは蜂蜜農場の従業員だった。

わたしはジャッキーの家の周囲を見まわした。木の陰にもどこにも、人影はない……。

「ぼくにはわかるんだ」ヒューゴがいった。「きみの目を見ていると、きみもぼくを愛してくれているってね。だからきみは、言葉でいわなくてもいい。ぼくはこれでも忍耐強いほうだから」

なんだかお芝居の台詞をしゃべっているように聞こえるのは、気のせいかしら？

「もう一度訊くよ」と、ヒューゴ。「彼って、だれのことだい？」

「わたしの夫よ」ジャッキーは正直にいった。

「きみは結婚しているのか？」

「していたの。ただ、かたちの上ではいまでも……簡単には説明できないわ」

「わかった。じゃあ、それはまたの機会にしよう。いまはともかくおちついて、何を見たと思ったのか話してほしい」ヒューゴは大きく息を吸いこみ、胸に手を当ててゆっくりと撫でた。ジャッキーにもおなじことをするよう目で伝え、彼女は従った。わたしもつい思わず引きこまれておなじことをしそうになる。

「きょうの昼間も見たのよ」ジャッキーはそういった。「セシリーをベビーカーに乗せてお散歩に出たら、本屋さんの外で男の人がふたり口論していたの。そのひとりがジャコモ――わたしの夫だと思ったけれど、彼にしては痩せすぎのようにも見えたから……」

そのふたりは、うちのショップにも来た観光客かしら？　レベッカが、顎の下に肉垂があるといった人？　アナベルが、がっしりしてセクシーだといった男性？

「ずっと見ているわけにはいかないと思って」と、ジャッキー。「わたしはUターンしたの。向こうはこちらに気づかなかったと思う。それから〈フロマジュリー・ベセット〉に行ったら、シャーロットとレベッカが、肌の荒れた男の人の話をしているのが聞こえてきたの。その男はきっとヴィニーよ」

「ヴィニーはジャコモの、ろくでなしの弟だ」と、ジョーダン。

妻に暴力をふるうジャコモだって、十分ろくでなしよ、とわたしは思った。もっとまえにこの話を聞いていたら、早めにジャッキーに警告できたのに……。わたしはもう一度家の周囲を見まわした。いまも人がいる気配は感じられない。

ジャッキーは兄の手を握った。「やっぱりあれは予知夢だったんだわ。彼はわたしを見つけたのよ。すぐにでも町を出なきゃ。あの人はセシリーを奪っていくわ」

「ちょっと待って」と、ヒューゴ。「セシリーの父親は〝ウィリアム〟だといわなかったかい？」

「ええ、そうよ。これも話せば長くなるわ。わたしの気持ちは暴力をふるうジャコモから離れて、ウィリアムを愛するようになったの。でもウィリアムは、酔っ払い運転の巻き添えで死んでしまって……」ジャッキーは泣きだした。「セシリーは自分の子だって、ジャコモは思うに決まっているわ」

「きみたちはまだ夫婦だからね」

「ええ、かたちの上ではね」ジャッキーは涙をぬぐいながら兄をふりむいた。「どうしたらいいの？」

ジョーダンの表情は険しい。

「これからは、ぼくがずっといっしょにいよう」

「いや、それはぼくがやる」ヒューゴの言い方には、有無をいわさぬ力があった。「ぼくは戦闘の訓練をうけているから」

6

ジャッキーは徐々におちつき、あたりに人の気配がないことでいくらか安心したのだろう、ヒューゴがいてくれるから大丈夫よと兄にいった。ジョーダンはうなずき、わたしたちは祖父母の家にもどってデザートを食べてから、彼の農場に向かった。

十月にしては暖かいし、あわただしさから解放されて少しのんびりしようと、歩いていくことにする。美しい月明かりに輝く山並みをながめ、頬にそよ風を受けながら、わたしたちは手をつないで歩いた。いろいろなことが頭をよぎる——マシューとメレディスの結婚とその準備、ふたごがわたしの家から引っ越していくこと。でもなんといっても、ジャッキーの件が心配でたまらない。

「ジャッキーとヒューゴのことはどう思っているの？」わたしは沈黙をやぶってジョーダンに訊いた。

「べつに何も」

「戦闘の訓練ってどういうことかしら？　あなたは気にならない？」

「うん、とくには。おそらく従軍経験があるんだろう」ジョーダンはわたしをふりむいた。

「今夜はもう妹の話はしたくないんだ。ヒューゴのことも、ほかのだれのことも。ぼくたちふたりのことだけを話したい」彼の瞳は輝き、熱く燃えているようにも見えた。「うちの農場に越してきてくれないか？」

わたしの足が止まった。淑女ぶるつもりはないし、彼と夜をともにしたこともある。きょうだって、そうできたらいいと思っていた。でも、引っ越す、というのは？

「結婚式をあげるまえに？」

ジョーダンの頰がゆるんだ。「二十一世紀のオハイオで暮らす人びとは、ぼくらの絆の強さを理解してくれるさ。そしてきみが式の日どりを決めさえすれば、正式な結婚証明書を手に入れられる」握ったこぶしの背で、わたしの顎を撫でながら――「さあ、イエスといってくれ」

「わたしの家はどうするの？」

「売りに出せばいいんじゃないか？　この町の人口は増えている。きみのおばあちゃんの〝プロヴィデンスで快適ライフを〟キャンペーンが効果をあげているんだろう。不動産ビジネスは好調だよ」

わたしはつましいながらもヴィクトリア様式のわが家を愛していた。あの家には、わたしの涙と汗が染みこんでいる。窓の格子細工にベランダ、古風な花壇、古いけど装備だけは最新式のキッチン。そのどれもが、わたしはいとおしい。売らずに貸すこともできるだろうけど、自分が大家になるなんて……。

「ふたごはどうするの？　あそこは、あの子たちの家でもあるのよ」

ジョーダンはにっこりした。「きみはもう、心配しなくていいんだよ。あの子たちには新しい生活が待っている」

「ロケットとラグズは？」

「ロケットは子どもたちといっしょに引っ越すんじゃないのか？」

「マシューがいうには、大型犬を飼うには家が小さいんじゃないかって。それにロケットは、ラグズにべったりなの」

「だったら、いっしょに引っ越してくればいい。たくさんいるほうが楽しいよ」ジョーダンも、犬と猫を何匹か飼っていた。

「ふたごはラグズたちがいなくなると悲しむわ。そんなことになったら――」

ジョーダンはつないでいた手をほどき、わたしの肩をつかんだ。

「きみは婚約を解消したいのかい？」

「いいえ」

「よし。解消なんて、ぼくは許さないからね」

ジョーダンのキスは熱く、やさしく、長く……わたしの全身がとけだしそうになったとき、彼はからだを離した。そして髪を撫でながら、「気持ちはおちついたかい？」と訊いた。

「ええ、とっても」そのとき、わたしは右の方向に人がいるのに気づいた。「あそこで女性とふたりで歩いているのは、お隣に住んでいる独身主義の人じゃない？」

がっしりした体格の男性が、おなじくがっしりした体格の女性の肩に腕をまわし、ふたりは抱きあった。

「おやおや」と、ジョーダン。「珍しくトラックを洗車したなあ、とは思っていたんだが」

わたしは笑った。「人は愛のためなら何でもするわね」

「そういえば、こんな歌があったな――〝きょうはどうしたんだろう、どうしてこんな気持ちなんだろう、まるで恋をしているようだ〟」

わたしはジョーダンが歌うのをはじめて聞いた。それも古いミュージカル《ブリガドーン》の美しい曲をろうろうと歌っている。わたしは聞きほれたあと、こう訊いてみた。

「あなたの小さいころの夢は、ブロードウェイのスターだったのかしら？」

「うん、まあね。自分には才能がある、なんて思いこんでいたからさ」

あら、そんな話はこれまで聞いたことがないわ……。きっと、わたしの知らないことはまだまだたくさんあるのだろう。でも、それでかまわない。少なくとも、わたしは彼がどこから来たかを知っている。それまで一流のシェフだったことも。好きな食べもの、好きな小説に好きな映画も知っている。ほかのことはひとつずつ、楽しみながら知っていけばいい。

「おばあちゃん《グランメール》に話しておくわね」

「それはやめてくれよ」

「ミュージカル俳優はいつも募集中なの。あなたが出演したら、新聞で絶賛されるかもね」

でもそれは、彼の望むところではないだろう。彼はプロヴィデンスに住んでいることを、かつての知り合いには知られたくないし、知られては困るのだ。

農場に到着すると、わたしはいきなり駆けだした。ジョーダンが追いかけてくる。彼はわたしをつかまえると、腕を引いて納屋へ。

干し草の香りはわたしたちを、初恋に身を焦がすティーンエイジャーにしてくれた。

＊

わたしたちはジョーダンが飼っているチョコレート・ラブラドールにたっぷり愛情を注いだあと、ナイトキャップと農場の新作チーズ〝ペイス・パーフェクト〟の味見をしようと、ポーチの籐椅子に腰をおろした。

新作チーズはフロマジェ・ダフィノワを思わせた。これは牛乳を原料としたフランスの白かびタイプのダブルクリーム・チーズだ。口あたりのなめらかさはもうとびきりで、皮も食べられる。食感がパリッとしたりんご（できればエアルーム種）のスライスといっしょにいただくのが、わたしのおすすめだ。

夜も更けて、フクロウの鳴き声がした。わたしはジャッキーの件をジョーダンに訊きたかったけれど、彼に釘を刺されたのを思い出し、かわりにこういった。

「もっとワインを飲む？」

「そうだな」立ち上がりかけたジョーダンを、わたしは止めた。

「すわってて。わたしがとってくるから」

カットクリスタルのアペリティフグラスを手にとり、わたしはポーチに隣接するリビングに入った。この部屋は、徹底して〝素朴〟にこだわった調度で飾られている。たとえば、コーヒーテーブルは真鍮の金具がついた旅行用トランクだし、肘掛け椅子はキャメル・レザーで、オークの戸棚の足は鉤爪だ。この戸棚には希少本のほかに、ジョーダンの少年時代からのコレクション――額に入れられた切手や蝶、釣りのルアーなど――が並んでいる。

ワインなどのお酒類は戸棚の下側におさめられ、トゥニーポートは飲みきったと思っていたら、奥のほうにもう一本あった。わたしは戸棚の引き出しをあけて、ワインのホイルカッターをさがしながら、勇気をかきあつめて声をあげた。

「あれが予知夢だなんて、信じられる？」

ポーチから籐のきしむ音が聞こえた。首をのばしてそっとうかがうと、ジョーダンは籐椅子の袖を撫でている。考えごとをしているか、でなければ……いらついている？

「ジャッキーは霊感があるようなことをいっていたわね」わたしはつづけた。

「女性はたいてい、自分には透視能力があると思っているんじゃないか？」ジョーダンはこちらをふりむきもせず、そういった。口調からは、冗談なのか本気なのかはわからない。

わたしは引き出しのなかに目をもどした。アクリル板にはさんだサイン入りの野球カード、大理石の象嵌《ぞうがん》細工、宝石の原石らしきものが入ったガラスの箱――。こういう大切な、貴重なものをどうして戸棚の引き出しに入れておくのかしら？　金庫はすぐそばにあるのに。

「家の外にいたのが、ほんとうに夫だったらどうするの？」

「それはないよ」

「どうしてそういいきれるの？」

「あいつならドアを蹴破り、ジャッキーの髪をつかんで外に引きずり出す」

背筋に冷たいものが走った。わたしはごくっと唾をのみこんでからつづけた。

「うちのショップにもね、ふたり連れの男性観光客が来たの。ひとりは——」

「シャーロット！」ジョーダンの声が大きくなった。「いいかげんにしてくれ」

その言い方にちょっと傷つき、わたしは引き出しのなかを荒っぽくかきまわした。古い写真の束があり、その下に手をつっこむ。

「どこにあるの？」わたしは声を上げた。

「何が？」

「ワインの——」写真の束の下で、指先がチェーンらしきものを感じた。引っぱり出してみると、シルバーの四角いペンダントがふたつついている。よく見れば、それは軍の認識票だった。名前は〝ピアース、ジェイク〟。ひょっとして、これはジョーダンの本名？

「何をさがしている？」ジョーダンが戸口に立ってこちらを見ていた。

つまみ食いを見つかった子どもの気分で、わたしはペンダントを写真の下にもどした。ここそ探っていたわけでもないのに、心臓が破裂しそうになる。

「ホイルカッターをさがしていたの」

「引き出しが違うよ」ジョーダンはわたしの横に来ると、左の引き出しを閉め、右の引き出しをあけた。そしてホイルカッターを手にとり、それで反対側の手のひらをたたく。「こんなことはいいたくないが――」くちびるの端がゆがんだ。「楽しい会話ができないようじゃ、ワインのコルクを抜く意味がない」

有無をいわさぬ強い口調に、わたしはうなずくしかなかった。

＊

翌朝は早めに起きた。ジョーダンの頬にキスすると、彼は強くやさしくわたしを抱きしめ、「気をつけてお帰り」というなり、すぐまた眠りにおちた。

わたしはそっとベッドから出ると、足もとでくつろぐ三毛猫たちを撫でてから服を着て、キッチンへ行った。残りもののペイス・パーフェクトとりんごのスライスをつまんで口に入れ、メモを書く――愛しています。

自宅から〈フロマジュリー・ベセット〉に出勤すると、まずは結婚式の料理の試作にとりかかった。マシューとメレディスは、お客さまにその場で切り分けて提供する料理（ビーフとロースト・ターキー）には満足してくれたけれど、その他の副菜は未決定なのだ。わたしとしてはハーブのキッシュに、チェダー・チーズ入りマッシュポテト、パルミジャーノを詰めたポップオーバーがいいのではないかと思っている。

しばらくして、あたりに食欲をそそる香りが漂いはじめた。ニンニクとたまねぎの芳香にまさるものはそうそうないように思う。また、このまえのぼや騒ぎで、さすがのわたしも大きな教訓を得たから、レンジの火には注意を怠らないようにした。試作品はすべて大皿に盛り、チーズ・カウンターのうしろのカッティング・ボードに置いていく。

お昼を過ぎて、休憩からもどってきたレベッカがチェックのワンピースの上にエプロンをかけながら、「いい香りですねえ。これはローズマリー?」といって、マッシュポテトのお皿に顔を近づけた。

「それとバジルもね」と、わたし。「試食してみて」わたしはレベッカにスプーンを差し出した。

レベッカはじっくり味わう。

「はい、とってもおいしいマッシュポテトです。キッシュの風味も申し分ありません」レベッカはテレビ番組《トップ・シェフ》のベテラン評論家ふうにいった。「ただ、スタッフィングのパルミジャーノはもっと多くてもいいような……」ちょっと考えこむ。「でも、わたしの場合はとくにパルミジャーノが好きですから」スプーンをシンクに置き、長い髪をひとつにまとめてクリップで留める。「ところで、シャーロットはシルヴィの姿を見ましたか?サンドイッチマンのように首から広告をぶらさげて、自分のお店の前を行ったり来たりしながらフェイシャル・エステの割引を宣伝していましたよ。〈アンダー・ラップス〉はブティックなのに、どうしてデイスパなんかやるんでしょう?」

「たぶんプルーデンスに勝ちたいのよ」

「それなら大丈夫だと思いますけど」

「どういう意味？」

レベッカはショーケースからマンチェゴのホイールをとりだし、ラップをとった。

「エディがいっていたじゃないですか、プルーデンスのブティックは経営難だって」

「噂を広めちゃだめよ」

「ただの噂じゃありません。わたしが〈グローサーズ〉に買い物に行ったら、プルーデンスが隣の貸付銀行に来ていましたから。なんだか、もめているようでしたよ」

町の中心部ヴィレッジ・グリーンの周辺には小さなブティックが集まっているけれど、小学校近隣にはもっとさまざまな業種の店舗がある。たとえば、食料雑貨店の〈プロヴィデンス・グローサーズ〉や、プロヴィデンス貯蓄貸付銀行などだ。

そのとき、玄関が開いて祖母が入ってきた。手編みのバッグを肩から斜めに掛けている。

「何か深刻な話をしているみたいね」祖母がいった。

「プルーデンスのお店は経営難らしいです」と、レベッカ。

「断定しちゃだめよ」わたしはレベッカをたしなめてからショップの外を見て、祖母に訊いた。「おじいちゃん《ペペール》は？　土曜だから、お店を手伝ってくれるはずなんだけど」

「ごめんなさいね《ジュ・スイ・デゾレ》。エティエンは体調がよくないみたいなの」

わたしは心配になった。祖父は病気知らずで、雄牛のごとく頑丈なはずなのだ。なのにゆうべは顔色が悪く、食欲もなかった。しかもきょうは、祖母までどこか元気がない。

「心配いらないわ《タンキエット・パ》。だからそんなに顔をしかめないで」祖母はわたしの腕をたたいた。「かわりにわたしが手伝うから」

祖母がここを手伝うなんて、何年ぶりだろう？　わたしとマシューに引き継いで以来、祖母は口も手も出さず、見守るだけだった。それでおそらく、多少は負担が減っただろうとは思う。町長職はもちろん、劇場の運営など、祖母はただでさえ忙しかった。

「おじいちゃん《ペペール》のところに、スープでも持っていこうかしら？」わたしがいうと、祖母は首を横にふった。

「食欲はないみたいよ」

わたしはいっそう不安になった。あの祖父が食欲をなくすなんて尋常じゃない。

「さ、何をすればいいかしら？」祖母はエプロンをつけた。「棚のお掃除？　それともジャムの瓶を拭く？　結婚式のお料理の味見なら喜んでやるわよ」

「シャーロット！」大きな声がしたかと思うと、デリラが玄関から飛びこんできた。肩で息をし、顔面蒼白。「あの人が——」咳きこんで、言葉がつづかない。「死んだのよ！」

祖母がさっとこちらをふりむいた。わたしは小走りでデリラのもとへ行く。

「あの人って、だれのこと？」

「観光客で、きのう、うちのレストランに来た人よ」

「それじゃよくわからないわ」

「〈イグルー〉の冷蔵室で死んでいるのが見つかったの！」

「その人は冷蔵室で何をしていたの？」

「知らないわよ、そんなこと」デリラはまだ苦しそうにあえぎ、わたしは彼女をカウンターの前の椅子にすわらせた。

「何が原因で亡くなったの？」

「殺されたの！」

わたし、祖母、レベッカの三人が、いっせいに息をのんだ。

わたしは気持ちをおちつけてから、デリラに頼んだ。

「最初から話してくれない？　観光客っていったけど、どういう人？」

「背が高くて、ここが……」デリラは自分の顎の下をたたいた。

「七面鳥みたいな肉垂がある人ですか？」レベッカがいい、デリラはうなずいた。

「そうそう。それでね、悪いけどシャーロット、あなたが〈イグルー〉に行って見てきてくれない？　わたしはすぐレストランにもどらなきゃ。いま、すごく混んでいて大忙しなの」

「どうしてわたしが見に行くのよ？」

「アーソ署長から情報を仕入れてきてちょうだい。彼もあなたになら話すと思うから」

「そんなにうまくいかないわよ」

「何がどうなっているかだけでも知りたいわ。そうすれば、妙な噂が広まっても止められるでしょ？」

「行ってらっしゃい」祖母がわたしにいった。「お客さんが来たらはわたしが相手をしておくから」

外の通りに目をやると、大勢の人が足早に東へ、〈イグルー〉のほうへ行くのが見えた。

「ただし――」祖母がわたしの耳もとでささやいた。「殺人事件が起きたなんていう話は、おじいちゃんにいわないでね。もっと具合が悪くなるかもしれないから」

7

犯罪現場は人を引きつける磁石のようだ。土曜はいつも人の出が多いけれど、きょうは歩道から車道にまで人があふれている。〈ラ・ベッラ・リストランテ〉の外にウェイターがふたりいて、〈オール・ブックト・アップ〉の出窓では数人の女性が〈イグルー〉のほうをながめていた。

わたしとレベッカが歩いていくと、人だかりのなかにエディがいた。昔ふうの、黒いマキシ丈のワンピースを着ている。上唇と鼻の横にはシルバーのスタッドピアス。見ているこちらのほうが痛くなってくる……。なんてことは考えないようにして、わたしは〈イグルー〉に目をやった。

〈イグルー〉はプロヴィデンスでも人気のアイスクリーム・パーラーだ。窓にはセピア色で店名が書かれ、店内の調度や飾りつけは深い青銅色のアンティークで統一されている。そして床は、黒と白の小さな八角形タイルがつくる市松模様だ。年季のはいったオーク材のアイスクリーム・カウンターの背後では、六メートル×二メートルくらいの大きな鏡が渦巻き模様の額に入って壁を飾り、地元住民も観光客も、よくこの鏡の写真をとっていた。わたしやデリラが通っているヨガ教室は〈イグルー〉の上の階にあるのだけれど、いまは明かりがついていない。教室のオーナーは、十月はたいてい旅行に出かけるのだ。

「アーソ署長は店内にいるの？」わたしはエディに訊いた。

「〈イグルー〉の店員や検視官といっしょに、なかにいるわ。噂だと、男の人は閉店後に殺されたみたい」

「うちの子が……」野次馬をかきわけてアイリスがやってきた。

わたしは彼女の前に立ち、「これ以上先には行けないわ」といった。

「でも、うちの子がお店のなかにいるの。きっとひどい尋問をうけてるわ」

〈イグルー〉は高校三年生のアルバイトをふたり雇い、そのひとりがアイリスの〝うちの子〟だった。

「おちついて、アイリス。心配しなくても大丈夫よ。アーソ署長は一般的な質問をするだけだと思うわ。〝ゆうべ、どこにいた？〟とかね」

「ランの花壇にいたわ」と、アイリス。

「あなたじゃなくて、お嬢さんよ。署長が知りたいのはたぶん、きのう仕事が終わったあとや、きょうの午前中は何をしていたか、出勤は何時だったかとか、そういうことだけよ」

〈イグルー〉の営業時間は、午後四時から深夜十二時までだ。

「あっ、彼だわ」アイリスは右の方向を見ていった。「彼ならきっと、なんとかしてくれるわ」

アイリスはそちらへ走っていった。〝彼〟というのは、犬のトリマーで《ハムレット》の主役を務めるストラットン・ウォルポールだ。大木のようにがっしりした体格で、どこにいてもすぐ目につく。ただし、髪の毛は残り少なく、ハムレット役には少し歳をとりすぎている。というのがわたしの意見だけれど、祖母によれば、ストラットンは台詞まわしが上手だし、かつらをつけてメークをすれば問題ないとのこと。これからリハーサルでもあるのだろうか、ストラットンと数人の仲間は手に衣装を持っている。アイリスがそばに来ると、ストラットンは彼女の肩に太い腕をまわした。

するとその向こうに、ヒューゴ・ハンターの姿が見えた。プロのアスリートさながら、両手を上下に勢いよくふりながら全力で走ってくる。

わたしは野次馬のあいだを縫って歩き、〈イグルー〉の玄関前に立った。うしろにはレベッカ。

ヒューゴがわたしの横まで来た。汗びっしょりで、からだをふたつに折り、両手を太ももに当てて息を整える。

「車が故障しちゃってね。それで……アーソ署長はなかにいるのかな？」ショップの入口を見て、またわたしに視線をもどす。「署長から電話をもらったんだよ。アルバイトの子が出勤したら死体を見つけたって。閉店後に、観光客が冷蔵室で殺されたというんだが……」声が緊張する。「いったいだれが、どんな理由でそんなことを？　しかもぼくの店で」ヒューゴは指で髪をすいてから、自分の店の入口ドアを押した。

正面の大窓ごしに、アーソとアルバイトの女の子たちが店の奥から出てくるのが見えた。女の子たちはカウンターの奥にある私物をとると、逃げるようにして店の外に出てくる。アイリスが娘に駆けよって肩に手をのせ、亡くなったのはだれかと訊いた。女の子は小さな声で「カプリオッティ」と答えた。

えっ？　カプリオッティ？　わたしの聞き間違いじゃないわよね？　ジャコモ・カプリオッティなら、ジャッキーの暴力夫だ。その夫が殺された？

わたしは〈イグルー〉の店内をながめた。ヒューゴが店の奥に向かおうとし、アーソが彼の胸に手を当てて行かせまいとする。ヒューゴは抵抗し、アーソの肩ごしに店の奥を見ようとするものの、アーソは彼の肘をつかんでカウンターのスツールまで引っぱっていった。そして何か質問。ヒューゴは首を横にふる。アーソがまた何かいい、ヒューゴは自分の腕時計をたたくと、身振り手振りをまじえて話した。

こうしてながめているだけじゃ仕方ないわね。わたしはそう思い、アイリス親子をふりむいた。ジョーダンとジャッキーに関係があるのかないのかを少しでも知りたい。だけどアイリスたちの姿はなく、もう帰ってしまったようだった。

レベッカがわたしの横で、「アーソ署長が出てきますよ。できるだけいろんなことを聞き出してください」というなり、わたしのからだを力いっぱい押しやった。

わたしは玄関から出てきたアーソの正面に飛び出すかたちになり——。

「ここで何をしている？」アーソは目を細め、恐ろしい顔で訊いた。

わたしはとっさに答えがうかばず、「さあ、わからないわ」といった。

アーソはむっとしてわたしを無視し、海割れを起こすモーセのように両手をかかげた。

「みなさん！」アーソが声を発すると、野次馬たちはしんとなった。「どうか、職場やご自宅にもどってください。これは警察の仕事です。みなさんはみなさんの仕事を！」

野次馬のあいだにうめきやささやき、不満の声が広がる。

「だれが殺されたんだ？」男が大きな声で訊いた。

「町の人間じゃないのか？」人だかりのうしろのほうから、べつの声。

「ヒューゴが何かしたのか？」これはストラットン・ウォルポールだ。

「そういう質問にはお答えできません」と、アーソ。

わたしはうしろからアーソの腕をつかみ、咳払いしてから訊いた――「署長さん、殺されたのはジャコモ・カプリオッティなのでしょうか？」

アーソは肩ごしに険しい目でわたしを見た。

「どこでそんなことを聞いた？」

アイリスの娘をトラブルに巻きこみたくはなかった。そこで入口の前に立つ副署長をちらっと見てみる。

「彼は何も知らないよ」と、アーソ。「で、だれから聞いたんだ？」

もう正直にいうしかないだろう。わたしは小さな声で、「アルバイトの女の子」と答えた。

「被害者のことを知っているんだな？」

わたしは無言。

「シャーロット――」アーソの表情はうちの祖父によく似ていた。わたしが小さいころ、おじいちゃん《ペペール》に嘘をつくと、いつもこんな、裏切られたような顔をしたものだった。ジャコモのことをいまアーソに話すべきか、あるいはまずジョーダンとジャッキーに知らせ、そのあとにするべきか……。

「シャーロット！」

「名前を知っている程度よ」わたしはそういった。「ヒューゴから、遺体は冷蔵室で発見されたって聞いたけど」

「どうやって殺されたんですか？」と、レベッカ。

アーソは彼女に向かってかぶりをふった。「だめだよ、ズークさん。シャーロットが正直に話してくれないかぎり、こちらからいうことはない」アーソはつま先で地面をとんとんたたいた。

「署長、靴についているそれは何ですか？」レベッカがアーソの靴を指さした。

アーソは足もとを見おろし、「ああ、これはアイスクリームのコーンの屑《くず》だよ」といった。

「冷蔵室のなかが荒れていたってことですね？」と、レベッカ。

アーソは無表情で、答えもしない。

「もみあった形跡は？　犯人は怪我をしたり、あざができたりしているでしょうか？」

「ズークさん、質問しても無駄だよ。さっきもいったように、シャーロットが正直に話さないかぎり、ノーコメントだ」

わたしは両手を広げた。「そういわれても、わたしは何も知らないわ」

「知ってるはずよ」エディがレベッカとわたしのあいだに割りこんできていった。「ジャコモ・カプリオッティはジャッキーの夫でしょ？　このまえ、〈ソー・インスパイアード・キルト〉でシャーロットとジョーダンがそんな話をしているのを聞いたわ」

彼女のところまで聞こえたの？　かなり小声で話したつもりだけど……。

わたしがエディを見つめると、彼女の目が泳いだ。

「何か隠しているんじゃない？」わたしはエディにいった。

「まさか。とんでもないわ」エディは視線をそらせる。

そのときふと、ある考えがうかんだ。ジャコモがニュージャージーからオハイオの小さな町まで来たのは、よほどの確信があったからではないか——。

「あなたがジャコモを呼んだんじゃないの？」

「違うわよ」

「ジャコモの居場所を調べて、ジャッキーがこの町にいるのを教えなかった？」

「どうしてそんなことをするのよ？」

「たとえば、お金のため。彼から情報提供料をもらうの」

「お金なんかいらないわ。わたしは安定した仕事についているのよ、〈ソー・インスパイアード・キルト〉に雇われたのは知っているでしょ？　それにわたしはジャッキーが好きだし。

もしかすると、プルーデンスが教えたのかもね。彼女も話を立ち聞きしたから」

「もういいだろう」アーソがわたしをにらみ、それからエディを、そしてまたわたしをにらんだ。「ところでその、ジャコモ・カプリオッティというのはだれなのかな、シャーロット？」

わたしはエディに背を向けていった。「ジャッキーは結婚していたの。というか、いまも結婚しているのよ。その夫がジャコモ・カプリオッティなの。彼女にひどい暴力をふるって、銃をつきつけたこともあったみたい」

「被害者はここで、撃たれて亡くなったんですか？」レベッカがアーソに訊いた。「銃を持っていて、犯人と奪いあったとか？」

「銃は発見されていない」と、アーソ。「先をつづけて、シャーロット」

「ジャッキーは命の危険を感じて、この町に逃げてきたの。ジョーダンが手を貸して彼女の名前を変え、仕事ができるようにもしたんだけど――」わたしは首をかしげてアーソを見た。

「あなたとつきあっていたころ、ジャッキーはこういう話をまったくしなかったの？」

アーソは苦い表情になり、わたしはよけいなことを訊いてしまったと後悔した。

「ジャッキーが殺したのかしら？」と、エディ。

「とんでもないわ！」わたしは思わず大きな声を出した。

「だけど暴力をふるわれていたんでしょ？　立派な動機になるわ」

「ジャッキーに殺人なんて無理よ」

「虐待された女はやけっぱちになって――」

「もうよして」わたしは強い口調でいった。

「だったらジョーダンはどうなの？」エディはわたしの気持ちなど完全無視だ。「ねえ署長、シャーロットに目撃者の話をしてみたらいいんじゃない？」

「目撃者？」わたしはきょとんとした。

エディは満面の笑みをうかべる。

「きのうの夜遅く、アナベルが書店にいたら、背の高い人が〈イグルー〉から走ってくるのを見たのよ」

「どうしてそれを知っている？」と訊いてすぐ、アーソはため息をついた。「わかった、アルバイトから聞いたんだろ？　あの子たちを帰すのが少し早すぎたらしい」

「しゃべったら司法妨害になると話しておくべきでしたね」と、レベッカ。

アーソは彼女をにらみつけた。

「ジョーダンは背が高いわよね」と、エディ。

「あなたも背が高いです」と、レベッカ。

「ジョーダンほどじゃないわ」

「ジョーダンは人殺しなんかしません！」わたしは腹が立った。「それにアナベルは背が低いから、彼女から見たらわたしだって長身になるわ」ただし、アナベルはパンプスであれブーツであれ、いつもヒールの高い靴をはいている。サンダルもたいていは厚底で、それも七センチ以上あるものばかりだ。「アーソだって、ジョーダンが殺人をするなんて思わないでしょ?」

アーソは無言で顎を掻くだけだ。

「ジョーダンは本心の見えない人だし、過剰防衛するタイプじゃない?」と、エディ。

「いいかげんにしてよ。ジョーダンもジャッキーも人殺しなんかしないわ。何度いえばわかるの?」

エディは、「あらそうなの?」とでもいうような、とぼけた顔をした。まったく、エディって人は……。

彼女はわたしの怒りを感じとったのか、くるっと背を向けた。そして顔だけふりかえり、「何かあったらいつでも協力しますよ、署長」といい残し、去っていった。

「署長、検視官は死亡推定時刻について何かおっしゃっていましたか?」と、レベッカ。

「閉店後で、それも夜中の十二時から二時くらいのようだ」

わたしはほっとした。「だったらジョーダンにはアリバイがあるわ。ひと晩ずっと、わたしといっしょにいたもの」

アーソの顔がこわばった。でも、いっしょにいたのは事実だから仕方がない。

「ジャッキーも無実よ。ヒューゴ・ハンターとふたりで自宅にいたはずだから。だけどこれは、さっきヒューゴ本人がたぶんあなたに話したわよね?」アーソはうなずき、わたしはジャッキーが夫の影に怯えていたことまではいわなかった。「ジャコモ・カプリオッティは、どうやって殺されたの?」

アーソは答えない。

「署長――」レベッカがいった。「どうか教えてくださいよ。遅かれ早かれ、公表されるんですから」

アーソはくちびるをきゅっと結んだ。でもすぐに、大きく息を吐き出す――。

「犯人は被害者の頭を殴ったんだよ、ブリーとブルーベリーのアイスクリームが入った五ガロンの容器でね」

わたしは思わず口に手を当てた。わたしがヒューゴにレシピを渡し、そのレシピをもとにできあがったデザートが凶器になったということ?

「彼は何か目的があって〈イグルー〉に来たの?」わたしはアーソに訊いた。

「それはいまのところわからない」

「ヒューゴに訊いても?」

「ああ」

「衝動的な殺人でしょうか?」と、レベッカ。「犯人が銃を持っていなかったとすれば」

「犯人が武器を持っていたかどうかは、まだわからないよ。何でもそう型にはめないでくれ」

レベッカは犯罪ドラマの熱狂的ファンだから、何かあるとすぐドラマの筋立てに照らして考える癖があり、にわか仕込みの知識をもとに、プロの探偵や刑事きどりで話すことも多い。

そしてそれが、アーソには迷惑千万だった。

「アルバイトの子たちは閉店後どこに行ったの？」わたしはアーソに訊いた。

「ふたりとも、夜中の二時まで勉強会をやっていたらしい。そして昼過ぎに起きて、一時間まえに出勤したら、ふたりで死体を発見したというわけだ」

アイリスはほっとするだろう。これで彼女の娘が疑われることは、ほぼないといっていい。

「だったら、ジョーダンとジャッキーとヒューゴは犯人じゃないってことね」

「まあ、おれは署長として――」アーソは顎をかいた。「全力を尽くすとだけいっておこう。この事件は、かならず解決してみせるよ。ところで、そろそろ失礼させてもらうからね。〈ア・ホイール・グッド・タイム〉に行かなくてはいけない」

「何をしに行くの？」

「ピーターソンさんとちょっとおしゃべりをしたくてね」

あら、ジャッキーを苗字で呼ぶのね？　それはつまり、職務上の深刻な話をしにいくということで？

「アーソはジャッキーのことをよく知っているでしょ？」

「ああ、彼女はたくましい女性だよ。陶器をつくったり運んだり、赤ん坊も抱いて、五ガロンの容器も持ち上げられるだろう」

「冗談はよして。彼女にはアリバイがあるわ。その……ヒューゴといっしょにいたから」

「人間なら、だれでも少しは眠るよ」

たしかにそうね。わたしが悶々として眠れないときでも、ジョーダンは隣で赤ん坊のようにぐっすり眠っていた。でもジャッキーが犯人だなんて、絶対にありえない。

アーソは野次馬を遠ざけるよう副署長に指示してから、ジャッキーのお店に向かってホープ通りを歩いていった。

わたしはジャッキーが心配で、アーソについていくことにする。

当然のことながら、レベッカも。

「法廷で使えるような証拠は見つかったんですか？」レベッカが〈ミスティック・ムーン・キャンドル〉を通りすぎながらアーソに訊いた。「髪の毛とか、足跡とか？　もみあって、被害者の爪に犯人の皮膚片が残っていたとか？」

アーソは無言に徹し、わたしは〈ソー・インスパイアード・キルト〉の前に来たところで、レベッカをショップに帰すことにした。アーソの我慢が限界にきたら、ジャッキーにとってもよくないだろう。レベッカは多少抵抗したものの、すなおにショップに帰っていった。

わたしはアーソの横に並んで歩いた。

ウンベルト・アーソとは幼なじみで、友人たちはみな彼のイニシャルU《ユー》をとって〝ユーイー〟と呼ぶ。本人はおおやけの場でそう呼ばれるのを嫌うけれど、いまはふたりきりだから――。

「ねえ、ユーイー、話してちょうだい。わたしでも何か力になれることがあるかもしれないから」

「おれたちは《CSI・科学捜査班》じゃないんだよ。発見したものから、すぐに結論を出すわけにはいかない」

「つまり、何か発見したのね？」

アーソはうなじを爪で掻いた。「黒い髪は見つけたよ」

「髪なら重要証拠よね？」

「ぜんぜん。〈イグルー〉のオーナーのヒューゴは黒髪だ」

アイリスの娘ではないほうのアルバイトの子も黒髪だった。そしてジョーダンとジャッキーの髪も黒いけど、兄妹は殺人には無関係だ。

「ほかには？」

「何も」そこでいったん間をおく。「念のためにいっておくが、ジャッキーが身元を隠しているような気はしていた。理由は見当もつかなかったけどね」

「そうするしかなかったのよ」

「ジョーダンも身元を隠しているだろ？」アーソは指を一本立てた。「答えなくてもいい。答えがイエスなのは確信しているから。でなきゃジャッキーの夫は、もっと早くに彼女を見つけることができていたはずだ」

わたしはアーソの前に出て、行く手をふさいだ。

「ジャコモ・カプリオッティには男性の連れがいたはずよ。アナベルの話だと、ふたりは兄弟らしいわ」

「アナベル？」

「ふたりが書店に来たときに話したみたい。うちのショップにも来たんだけど、わたしはふつうの観光客としか思わなかったわ。ジャッキーは、ふたりが喧嘩しているのを目撃したみたい。でも、そのときに見た彼はずいぶん痩せていて、ジャッキーは――」わたしは手をふった。「これは事件に関係ないわね。でも、そのジャコモの弟が犯人という可能性はないかしら？」

「そいつはどんな外見をしている？」

「日焼けして、顔にひどいにきび跡がたくさんあるみたい。犯人は現場にもどるっていうでしょ？　まだこのあたりにいるかもしれないから、そちらを先に見つけたほうがいいんじゃない？」

「背は高いか？」

「ええ、アナベルから見れば」

「よし、わかった」アーソはホープ通りを西へ歩きはじめた。

「どこへ行くの？　ジャコモの弟をさがさないの？」

「ジャッキーの店だよ。本人からしっかりしたアリバイを聞きたい」

8

陶芸ショップ〈ア・ホイール・グッド・タイム〉は、〈フロマジュリー・ベセット〉の隣にある。アーソはつかつかとショップに入っていき、わたしもすぐあとにつづいた。店内は粘土と絵の具の香りに満ち、十代の女の子たちがテーブルの前でおしゃべりしながら粘土をこねている。テーブルの中央のトレイには、絵の具と筆、道具を洗う水の容器。

ジャッキーは部屋の奥にいて、そばにはベビーカーがあった。なかではセシリーが、かぎ針編みのブランケットの下ですやすや眠っている。アーソに気づいたジャッキーは立ち上がると肩から髪を払い、絵の具の染みがあるスモックの皺をのばした。

「いらっしゃい、ウンベルト」ジャッキーは小さく会釈していった。「どんなご用かしら？」

「ゆうべ、きみはどこにいたかな？」アーソは職務に徹して尋ねた。

「家にいたわ」ジャッキーは怪訝な顔をした。「どうしてそんなことを訊くの？」

「家にはひとりで？」

「ヒューゴがいっしょだったけど」ジャッキーは腕を組んだ。「仕事があるとかで、十一時には帰ったわ」

「帰ったの？」わたしはちょっとびっくりした。ヒューゴは彼女を守るためにそばにいる、と誓ったのではないかしら？　そしてアーソにも、事件の晩はジャッキーといっしょだったといったはずだ。「ひと晩、いっしょにいたわけじゃないの？」

「そこまで深いつきあいじゃないから」

「彼はどこに行ったのかな？」と、アーソ。

「わたしは彼の番人じゃないわ。たぶん、お店を閉めに行ったんだと思うけど」

アーソは考えこみ、ジャッキーは咳払いした。

「もう一度訊くわ。どうしてそんな質問をするの？」

「まだ耳に入っていないようだね」

「何のこと？」

「きみの夫が町に来たんだよ」

「わたしの夫って……。どうしてそれを知っているの？」ジャッキーはわたしをちらっと見てから、アーソに目をもどした。「ええ、わたしはかたちの上では結婚しているわ。でも、実態はまったくないの。この話をあなたにしなかったのは──」

「彼は死んだよ」アーソはいった。「殺されたんだ」

ジャッキーはその場に凍りついたようになった。スモックの胸のあたりを、指の関節が白くなるまで握りしめる。

「いつ？　どうして？」呆然としながらも、ジャッキーはアーソに訊いた。彼女のようすを見れば、犯人でないことはだれにでもわかるだろう。「あの人はゆうべ殺されたのね？　だからあなたは、わたしがどこにいたかを訊いた。わたしは自分の家にいたわ」

「彼が町に来たのを知っていたね？」

ジャッキーはわたしを見た。

「シャーロットはウンベルトに話したの？　ジャコモが家の外に潜んでいると思いこんで、わたしが怖がっていたって？」

わたしは首を横にふった。「アーソに話したのは、あなたが彼と弟の喧嘩を見かけたらしいっていうことだけよ」

「おれがシャーロットから無理矢理聞きだしたんだよ。それが仕事だからね」アーソはわたしをかばってくれた。

ジャッキーの表情がやわらかくなり、わたしはほっとした。

「でも本屋さんの外で見たのが――」と、ジャッキーはいった。「彼だという確信はなかったわ。黙っていれば夢のように消えてなくなる。そうなればいいと思ったの」

でもジャッキーは、ジョーダンとわたしに話してしまった。

「彼はわたしを見つけたら、きっとセシリーに手をあげると思ったの。セシリーは彼の子じゃないから……」

アーソは両手をポケットにつっこんだ。ただそれだけで、険しさがいくらかやわらいだように見えた。

「怖いと思ったら、すぐ相談してくれたらよかったんだよ」

「だって、もうあなたには甘えられないもの」

ジャッキーは心からアーソを思いやっているのだ。わたしはふたりがよりをもどしてくれたらいいのに、とちょっと願った。

「それで、ゆうべのことだが」と、アーソ。「ヒューゴが帰ってから、きみは外出したかい？」

「いいえ。セシリーを残しては出かけられないし、きのうの夜は寒すぎたわ」セシリーがむずかり、ジャッキーはベビーカーにかがみこんで赤ん坊の顔を撫でた。「いま風邪ぎみなの。ゆうべは夜泣きをして、ぐっすり眠れないみたいで――」

玄関が音をたてて勢いよく開いた。

「おい！」すさまじい怒鳴り声がして、見れば男が――ジャコモの連れの男だった――すさまじい剣幕で入ってきた。女の子たちがきゃっと悲鳴をあげ、そのうちふたりがテーブルから部屋の隅に逃げこんだ。男はシャツの袖をまくりあげ、こぶしを握って、太い腕をふりまわす。

「たぶんジャコモの弟よ」わたしはアーソにいった。

「ええ、ヴィニーよ」ジャッキーがつぶやく。

ジャコモの弟ヴィニーはこちらに近づいてきながら、テーブルの上にあるつくりかけの陶器を手で払い、陶器は床に落ちて砕けた。

アーソはポケットから手を出すと、ジャッキーを守るように彼女の前に立った。手は腰のホルスターの上だ。

「きみ、乱暴な真似をするんじゃない」

わたしもジャッキーの前、アーソの横に並んだ。

「その女がジャコモを殺《や》ったんだ」ヴィニーがいった。「ジェシカが殺したんだよ」

「わたしはもうジェシカじゃないわ」ジャッキーがいった。

「名前なんかどうだっていい。おまえが殺したことに変わりはないんだ」

「わたしはそんなことはしない」

「おまえがジャコモを捨てたから――」ヴィニーの声は、爪で黒板を引っかくような金切り声だ。「ジャコモはおちこんで、だからおまえにあやまろうと、この町まで来たんだ。そして死んだ。殺されたんだよ！」

「犯人はアーソ署長が――」わたしがつい口を開くと、ヴィニーがくるっとこちらを向いた。

「あんたはだれだ？」

膝ががくがく震えた。「ゆ、友人よ」

「だったら黙ってろ」ヴィニーはアーソをにらみつけ、彼の制服を、彼の手とその下の銃を見た。「あんた、警官か？」

「警察署長だ」アーソの声はとてもおちついていたけれど、指先がかすかに動いている。

「その女を逮捕しろよ」ヴィニーはジャッキーに人差し指をつきつけた。「そいつはジャコモの財産の半分を相続するんだ」

「怪しいのはあなたのほうじゃない？」ジャッキーがいった。「あなたはジャコモを嫌っていた。ずっとまえから憎んでいたわ。きのう喧嘩しているのを見たわよ。きっと原因はお金でしょ？」アーソの顔を見る。「ヴィニーはギャンブル三昧なの。ジャコモが助けてやらなかったら、いまごろは刑務所か、でなきゃ生きていないわ」

「いいかげんなことをいうな」

「財産の残り半分はあなたが相続するんでしょ？」

「しないよ」

「えっ？」

ヴィニーは片手をポケットにつっこんだ。

「ジャコモは……財団をつくったんだ」

「アーソ……」わたしは小声で話しかけた。「アナベルが目撃したのは、この人じゃないかしら？」

「身長は百七十センチもないぞ」

「でもアナベルのほうも――」

「背が低いからな」アーソは両手を広げてかかげた。「さあ、もういいだろう」テーブルの女の子たちに向かって「少し外の空気を吸ってきてくれないかな？」と頼む。

女の子たちは多少未練があるようすで外へぞろぞろ出ていった。あしたのプロヴィデンス中学校では、噂話に花が咲くだろう。

アーソはヴィニーをふりむいた。

「ではカプリオッティさん、兄弟喧嘩について説明してもらえませんかね？」

「あんたの名前は？」

「アーソです。あなたと被害者の口論の詳細を知りたいんですが」

「あれは口論なんかじゃない。ただ声が大きかっただけさ。ジャコモはいつだっておれに命令したがるんだ」ヴィニーは頬を撫でた。「おれは美顔術を試そうとしただけだ」

シルヴィのショップならデイスパで荒れた肌の手入れをしてくれるから、たぶんそのことだろう。

「そうしたらジャコモのやつ、おれのことを軟弱だ、腰抜けだっていいやがったんだ。けどな、それくらいで兄弟を殺したりはしないよ」

わたしたちの背後でセシリーが泣きだし、ジャッキーがあやした。

ヴィニーがからだをかしげ、そちらをのぞく。

「あれが赤ん坊か？」ヴィニーはそういうなり走ってジャッキーをつきとばし、ベビーカーに手をのばした。

アーソが彼の襟首をつかんで、うしろに引っぱる。

「おれの兄貴の子だぜ」ヴィニーはもがいた。「隠すほうがおかしいんだ」

ジャッキーはベビーカーからセシリーを抱きあげ、胸の前できつく抱きしめた。セシリーは泣きつづけている。

「違うわ、この子はジャコモの子じゃない」

「証明できるか？」

「ジャコモは醜くて、この子は美しいわ」

ヴィニーはこぶしでジャッキーに殴りかかった。もちろん、アーソに引きもどされて空振りに終わる。

「おまえなんかに、ジャコモの金は一セントだってやらないからな」

アーソは彼をさらにうしろへ引っぱり、「さあ、そろそろいっしょに署まで行こうか」といった。そしてジャッキーに軽くうなずく。「町を出ないでほしい。まだ話は終わっていないからね」

アーソがヴィニーを連れて出ていくと、ジャッキーがいった。

「アーソはわたしを疑っているんだわ」

「そんなことないわよ」

「でも、ジャコモの遺産が……」言葉がとぎれた。「彼はお金持ちだったのよ。それが動機になるわ」

「あなたは自分が相続人であることを知っていたの？」

ジャッキーはうなずいた。「ニュージャージーはコモン・ローを採用しているの。夫婦の共有財産法はないけど、妻の相続権を保護するようになっているから」大きなため息。「だけどわたしはジャコモを捨てたかたちになるから、彼もわたしの相続権を消滅させることができたと思うの。わたしは二度と彼のところに帰らないつもりで家を出て、彼もそれはわかっていたはずだわ」

でも、さっきのヴィニーの話だと、ジャコモは彼女にあやまるためにプロヴィデンスに来たようだった。

セシリーがしくしく泣いて、ジャッキーは腕のなかの赤ん坊を揺らしながらやさしく話しかけた。いまここで聞こえるのは母子の小さな声と、時計の針が時を刻む音だけだ。

「いったいだれが、殺人なんて残酷なことをしたのかしら」わたしはつぶやいた。

「きっとヴィニーよ」

「だけど兄弟を殺したりはしないって、堂々といっていたじゃない？」

「彼は一時期、役者だったの。たとえ三流でも、あれくらいの演技はできるわ。さっきもいったけど、彼はジャコモを嫌っていて、ふたりの喧嘩は、それはもう激しかったわ」

「ヴィニーのほかに思いうかぶ人はいない？」

ジャッキーはため息をついた。「ニュージャージーからジャコモを追ってきた人がいるかもしれないわ。彼を恨んでいる依頼人とか」

ジャコモ・カプリオッティは弁護士で、しかもかなり危険をはらんだ依頼をうけおっていたという。でも、それでニュージャージーからオハイオまで追いかけてくるかしら？

「この町に彼を知っている人はいないの？」

「いないと思うけど……。彼はオハイオに来たことがないの。だからわたしもこの町なら安全だと思ったのよ」ジャッキーはぶるっとからだを震わせると、セシリーをベビーカーにもどして安全ベルトをかけた。そして自分は窯のそばのスツールに腰をおろす。「正直いって、彼が死んだと聞いたときは、ほっとしたわ。ひどい女だと思う？」

「いいえ。あなたは虐待されていたんだもの。生命の危険と隣りあわせで、さぞかし怖かったでしょう」

「ヴィニーはわたしとセシリーの命も狙うかもしれないわ。わたしが死んだらセシリーが相続して、ふたりとも死んだら……ヴィニーがすべて相続するもの」

「だけど彼は、自分は相続人じゃないっていわなかった？」

「信じられないわ。いくら大喧嘩をしても、ジャコモは弟を愛していた。何も遺さないはずがないもの。究極のブラザー・コンプレックスといってもいいくらい。それにジャコモは一度も寄付なんてしたことがないわ。財団をつくったなんて、真っ赤な嘘よ」

「じゃあ、そのことはアーソにも話してみるわね。それで――」わたしはヴィニーが怒鳴りこんでくるまえの話題にもどそうとした。「ヒューゴのことだけど、彼は事件のあった時刻、あなたといっしょにいたってアーソに話したみたいなの。何か隠したいことがあるから、嘘をついたとしか思えないけど」

「それは……わたしを守るため？　彼が人を殺すなんて、わたしには想像もできないから」

「ヒューゴがプロヴィデンスに来たのは比較的最近だけど、ジャッキーは彼についてどんなことを知っているの？」

「彼はやさしいわ。思いやりがあって、楽しくて。それに創造力もあるの。いつもセシリーに壮大なお話をつくって聞かせてくれるのよ」

「ほかには？　ここに来るまえはどこに住んでいたとか？」

「尋ねたことがないから……」首をかしげる。「ふつうは、それくらいは訊くものかしら？」

わたしは心のなかでうなずいた。とりわけわたしは好奇心のかたまりだから。

「ヒューゴはあなたを守ろうとして夫を殺した、とは考えられない？」

「ええ、ありえないわ。彼はジャコモをさがしだせないはずよ」

「それは関係ないわ、ジャコモのほうが彼を見つければ」

「どういう意味？」

「アーソは話さなかったけど、ジャコモの遺体は〈イグルー〉で発見されたの」

ジャッキーは叫びたいのをこらえるように、手で口をおおった。緊張した時間が流れ、彼女はゆっくりと手を離した。そして震えるくちびるでこういった——「違うわ。犯人は絶対に、ヒューゴじゃない」首を横にふる。「ジャコモのことだから、ヒューゴを脅したかもしれない。彼は銃を、ベレッタを持っているの。ふたりがもみあって、ヒューゴがジャコモの銃で彼を撃ったってことはあるかしら？」

「銃で撃たれたんじゃないの」

少なくとも、アーソはそういった。でも、銃の存在を示す証拠を発見した可能性はある。

あの場で銃が使われたとしたら、それはいまどこにあるのだろう？　ジャコモの銃は……犯人が持ち去ったのか？

9

〈フロマジュリー・ベセット〉に帰ってみると、レベッカがカウンターの向こうで、列に並んだお客さんに対応していた。お客さんの多くは〝ぶどうを踏もう〟Tシャツを着ている。

わたしは急いでエプロンをつけてカウンターに入り、壁のお客さま番号に目をやった。

「十七番の方！」

「はい、わたし！」女性が肉づきのいい手をふった。彼女のオーダーは〝本日のスペシャル〟のマオンと、トマト／オリーヴ／オレガノのキッシュだ。マオンはスペインのクリーミーな牛乳チーズで、甘くてフルーティだけど、ちょっぴり塩気も感じる。

わたしが注文品を用意していると、マシューがワイングラスのトレイを持ってやってきた。

「地下のセラーに行くから、ちょっとのあいだ、アネックスを見てくれないか」

「はい、了解」

その後、四人のお客さんがマオンを注文し、わたしはワインにチョーク・ヒルのソーヴィニョン・グリをすすめた。これはタンジェリンとメロンの香り豊かな白ワインで、マオンとじつに相性がいい。

波が引くようにお客さんがいなくなり、ようやくひと息ついたころ、レベッカが「それでどうなりました？」と訊いてきた。「お隣のジャッキーのお店が何やら騒がしいのはわかりましたよ」

わたしはジャコモの弟ヴィニーが来たこと、ジャッキーは彼を犯人だと思っていることを話した。

「彼はギャンブル好きみたいね」

「ここに来たときも、あまりいい印象はありませんでしたね。金銭は殺人の大きな動機になります」

「それに愛情のもつれ、権力闘争、怨恨もね」

「動機がある、すなわち容疑者ですよね。では、どこから手をつけましょうか？　まず──」

わたしは話をさえぎった。「どこにも手をつけなくていいの」

「だったら、いったいだれが真相をつきとめるんですか？　アーソ署長はジャッキーやジョーダンを疑っているんでしょ？　シャーロットの証言じゃ、アリバイは成立しませんよ」

「そんなことないわ」

「ジョーダンと恋愛関係にあれば、彼のために嘘をついたと思われても仕方ないですよ」

とんでもないわ。もしわたしが犯人を知っていたら、たとえそれが愛する人だろうと身内だろうと、正直に話して嘘をついたりしない。それに今回、ジョーダンはほんとうにわたしとひと晩いっしょにいたのだ。でも……ジャッキーは？　彼女の潔白を裏づける証拠を、わたしたちなりにさがしたほうがいいのかしら？　そうすると、ヒューゴ・ハンターのことも気になってくる……。

　わたしはタオルでカウンターをごしごし拭きはじめた。

「アーソは優秀な警察官よ。彼なら事件を解決してくれるわ」

　レベッカはわざとらしく咳払いした。

「現実を直視してください、シャーロット。アーソ署長の下には、副署長がふたりいるきり。合計で三人なんですよ」

「副署長はどちらも有能だわ」ふたりめの副署長がプロヴィデンスに来てから、まだ一年もたっていない。

「プロヴィデンスは日々発展し、パトロールもたいへんです」

「それでも最優先は殺人事件だと思うけど」わたしはもっと力をこめて、大きな輪を描きながら拭いた。「だいたい、ジャコモ・カプリオッティのことをほとんど知らないのに、どこから始めたらいいのよ？」

「シャーロットがいないあいだ、わたしなりに少し調べてみました」

　そのとき玄関が開いて、ジョーダンが入ってきた。いつものように平凡な、でも皺のないきれいな白シャツにジーンズ。彼といっしょに、ひんやりする風も店内に流れこんできた。

　さわやかな外の空気がうれしくて、また事件の話を終えるきっかけができて、わたしは夕オルを置くとレジの横をまわってカウンターの外へ、展示用の樽のあいだを縫って愛する人のもとへ急いだ。

　でも近づくにつれ、ジョーダンの表情が暗く険しいことに気づいた。たぶん、ジャッキーが疑われていることを知ったのだろう。

「やあ、シャーロット」彼は感情のない目でわたしを見た。

　彼の首に抱きついてキスしようと思っていたわたしは、その場に立ったままいった。

「聞いたのね？」

　ジョーダンはうなずいた。

「ジャッキーに会ったの？」

「精神的にまいっているよ」

「アーソはきっと――」

　ジョーダンはわたしの手を握って黙らせた。

「彼が考えていることは想像がつくよ。だが、彼は間違っている。ジャッキーには店を閉めるようにいっておいた。すでに噂は広まっているだろうからね」

「さっき会ったとき、ジャッキーは自分の命も危ないかもしれないと怯えていたわ」

「当然だろうと思います」レベッカが羽根ばたきを手に横に来た。「アーソ署長以外にも、彼女を追い詰めようとする者たちがいるでしょうから」

「どういう意味？」

「さっきいいかけたことなんですけど、シャーロットがいないあいだ、カプリオッティ家をインターネットで調べてみたら、マフィアとのつながりを暗示する記事がありました」

「それはべつの家系だよ」ジョーダンが硬い表情でいった。

「でもヴィニーがギャンブラーなら、悪い連中とつきあっていたかもしれませんよ」レベッカはクラッカーの箱とジャムの瓶にはたきをかけた。「署長がヴィニーを自由にしたら、ヴィニーは悪い仲間にジャッキーの居場所を教えるでしょう」

「でもどうしてジャッキーをつけねらうの？」

レベッカはあきれたようにわたしの顔を見ていった。

「ジャッキーが遺産を相続したら、彼女を脅してヴィニーの借金の返済をさせるんですよ」

「アーソのことだから、何か理由を見つけてヴィニーを勾留すると思うわ」

「理由が見つからなかったらどうするんですか？」レベッカは冷静にいった。「ジョーダンもシャーロットといっしょに調べてみたらどうでしょう？」

「ヴィニーのことならよくわかっているよ」と、ジョーダン。「二度結婚し、子どもはふたり。口からでまかせばかりいうやつだ」

「そのヴィニーという人がここに来たとき、目つきの悪い人だと思いました。ギャンブラーなんて信用できません。お金がほしかったら、後先考えず手に入れようとするでしょうから」

「そういう考え方は、どの番組から学んだの？」

「いろいろありますけど、いちばん印象深いのはポール・ニューマンの《ハスラー》ですかね……」

わたしはニューマンの大ファンで《ハスラー》は何度も観たし、祖父もおなじでよく語りあった。そういえば、祖父の体調はよくなったかしら？　あとでスープでも届けよう。

「話をもどすと」と、レベッカ。「ジャッキーが疑われるなら、ヒューゴ・フーディーニ・ハンターもそうですよね？」

「フーディーニ？」ジョーダンは怪訝な顔をした。

「レベッカは、ヒューゴが〝稀代の魔術師フーディーニ〟に似ているっていうの」わたしは説明した。

「彼にはアリバイがありませんよね」レベッカはカウンターにもどりながらいった。「署長にはずっとジャッキーといっしょだったといい、実際は十一時に帰っていた。そしてジャッキーは、彼は〈イグルー〉に行ったのだろうと想像した。ヒューゴ・ハンターがジャッキーを守るためにジャコモを殺害したとか？」

「ヴィニーが無実のヒューゴに濡れ衣を着せようとした可能性もあるんじゃない？」と、わたし。

「濡れ衣？」

「ヴィニーはヒューゴとジャッキーの交際を知って、兄を〈イグルー〉で殺せばヒューゴに嫌疑がかかると踏んだの」

「そもそも閉店後の〈イグルー〉に、どうやって入ったんでしょう?」レベッカはまるでベテラン取調官のようだ。

「ドアに鍵がかかっていなかったのよ」

「それはちょっと考えにくいですよね」

「可能性は否定できないわ。わたしだって、ここの玄関に鍵をかけ忘れて帰ったことはあるもの」レベッカだってあるでしょ? というのはいわずにおいた。そしてジョーダンをふりむく。「レベッカのいうとおりかもしれないわ。わたしたちなりに調べてみる価値はあるわよ、きっと」

「きみはしなくていい」と、ジョーダン。「ぼくがやるから」

「でも──」

ジョーダンは人差し指をわたしのくちびるに当てた。

「きみのことだから、調べたくてうずうずしているんだろう。でも今回は、ぼくがやる。ジャッキーはぼくの妹だからね」

「でももうじき、シャーロットの義妹になるでしょう?」と、レベッカ。

「それはそうだが、まずはぼくにやらせてくれ。ともかくアーソ署長と話してみるよ」ジョーダンはわたしの頰にキスをして、「愛している」とささやいてから玄関へ向かった。

ショップから出ていくジョーダンを見送っていると、歩道を歩いてくるアナベルに気づいた。髪はニットの帽子の下にまとめ、キャメルのセーターにスカートとブーツ。いま流行のスタイルだ。そして箱の山を抱え、それが風に吹かれて傾いている。いちばん上の箱は、蓋が開いてぱたぱたし、いまにも落ちてしまいそうだ。

わたしは外に飛び出して、「手伝うわよ！」といいながら通りを渡った。

アナベルのまんまるな目がこちらを向き、「ありがとう、わたしの車はあそこのシボレー・マリブなの」といった。「緑色の車よ」

わたしはいちばん上の箱をとった。開いた蓋の下から、人形たちがわたしを見上げる。

「どうしてあんなに遠い場所に停めたの？」

「仕方なかったのよ」二車線道路で走る車がとぎれるのを待ってから、アナベルは道を渡りはじめた。「観光客は道路のパーキングメーターだけじゃなく、〈オール・ブックト・アップ〉の裏手にまで停めるのよ。警察は駐車違反の切符をきらないでしょ。きっとほかの仕事で手一杯なのよね」車までたどりつき、ボンネットに箱の山をのせて、トートバッグのなかをひっかきまわす。「まったくねえ……プロヴィデンスの駐車事情について不満をいう暇もないまま、シカゴの観光客の相手をしなきゃいけないのよねえ」言葉がとぎれる。「ほんとはずっとプロヴィデンスにいたいの。引越しはもう疲れたわ。でも、父がわたしを待っているから」キーの束をとりだし、アイコンを押す。ドアのロックが解除され、トランクが開いた。アナベルはボンネットに置いた箱をまた抱えた。「殺人事件のことは聞いた？」

「ええ」

「殺された人は、わたしがすてきだなと思った人なのよね」

そう、〈オール・ブックト・アップ〉に手伝いに行ったとき、アナベルはそんな話をしていた。

「命って、ほんとにはかないわ」

アナベルの言葉に、わたしはジョーダンとの結婚式の日どりをきちんと決めなくては、とあらためて思った。いつ、どんなことが、彼やわたしの身に起きるともかぎらない。

「ついさっき、殺された人の弟が書店に来たの」と、アナベル。「ひどくとりみだして、手が震えていたわ。ヴィニーっていう名前らしいの」トランクに箱を入れ、隙間がないように整える。わたしが持っていた人形の箱をうけとり、それは助手席に置いた。「まえとはずいぶん印象が違っていたわ。兄弟で来たときは、わたしが彼じゃなくお兄さんのほうに興味があるのをわかっていながら、わたしの気を引こうとしたのに」トランクを閉め、パーキングメーターにコインを入れる。「でもきょうは元気がなくて、かわいそうだった。事件の捜査で何か知っていることはないかって、わたしに訊くのよ」

「あなたは現場から走って逃げる人を見たんでしょ？」

「でも夜中だったから、暗かったのよね」

「そのとき、あなたはハイヒールをはいていた？」

「何がいいたいの？　わたし、フラットな靴は苦手なのよ。父にいわせると、ナポレオン・コンプレックスらしいわ」

「それでヴィニーには、なんて答えたの？」

「みんなあなたたち兄弟の噂をしているけど、たいした内容じゃないっていったわ。ゴシップってそんなものよね。あっという間に広まって……。わたし、噂話は大っ嫌い」いやに強い口調だった。彼女自身、噂をまかれてつらい思いをした経験があるのかもしれない。「彼の話だと、お兄さんは〝札束〟を持ってきたらしいの。警察がそれを発見したかどうかを知りたがっていたわ」くすくす笑う。「警察がそんな情報を公表するわけないわよね。だけど、シャーロットなら知っているかしら？　アーソ署長とふたりで〈イグルー〉から出てくるのを見たわ。署長は事件のことを何か話してくれた？」

わたしは首を横にふった。アナベルがわたしとアーソの姿を見ていたことに少し興味がわく。

アナベルはわたしに顔をよせていった。「ヴィニーからちょっとしたことを聞いたの。署長に話すべきかどうか悩んでいるんだけど」

「事件に関係があるなら、どんな小さなことでも伝えたほうがいいわよ」

「関係あるかどうかは、どうすればわかるの？」

「だったら、とりあえずわたしに話してみて」これは警察の捜査への協力だ、と自分にいいきかせる。

「ヴィニーの話だと……」アナベルは周囲をうかがうようにしていった。「ニュージャージーのお兄さんのところに、女の人から電話があって、ジャッキーの居場所を彼に教えたらしいわ」

わたしは自分がエディにいったことを思い出した——あなたがジャコモにジャッキーの居場所を教えたんじゃないの？　するとエディは否定し、連絡したのはプルーデンスかもしれないといった。でも、プルーデンスにそんなことをする理由があるとは考えにくい。シルヴィのようにブティック経営のライバルならともかく、ジャッキーはプルーデンスにとって目のかたきどころか、むしろ好意をもつ数少ない人間のひとりだ。

だったら電話の女性はやっぱりエディ？　彼女は高校時代、都合が悪くなるとよく嘘をついた。その性向はいまも変わらず、ジャコモ・カプリオッティに電話をかけたのは、ほんとうはエディだった——。

だけどもしそうだとして、この情報はジャッキーの嫌疑を晴らすのに役立つだろうか？

Mahon

マオン

スペイン地中海のメノルカ島でつくられる伝統的な牛乳チーズ。甘くてフルーティだが、ほんのり塩気もある。表皮にはオリーヴオイルとパプリカを塗っている。熟成期間（2カ月から2年ほど）が長くなればそれだけ皮の色は茶色味を増し、チーズ自体はハードになっていく。

Tome de Bordeaux

トム・ド・ボルドー

フランスのロワール渓谷のチーズ・メーカーがつくり、その後、ボルドーにある熟成専門の「ジャン・ダロ」のケーヴで数カ月熟成される。白ワインを使ったウォッシュ・タイプで、タイムやビャクシンなど、さまざまなハーブをまぶした山羊乳チーズ。

10

わたしは店じまいをすると、結婚式の打ち合わせを兼ねて軽く食事をするため、〈カントリー・キッチン〉に行った。メレディスとマシューのほかに、ティアンとふたごもいっしょだ。

店内に入ると、デリラがわたしの腕をつかみ、「噂を聞いたわよ」と小声でいった。デリラは赤いギンガムのウェイトレスの制服を着て、黒髪を赤いリボンでひとつに結んでいる。お客さんたちから熱い視線を送られることも多いけど、デリラのほうはまったく関心を示さない。

わたしはマシューたちに目をやった。みんなそのまま店内を進み、赤いシートのボックス席にすわる。クレアはエイミーを窓際に行かせ、その横に自分、つぎにメレディス。マシューはその向かいにすわったものの、ティアンはわたしのために席をあけてくれていた。

「いまは話せないわ」わたしはデリラにいった。

「でも、とんでもない噂を聞いたのよ」と、デリラ。「ジャッキーが犯人だなんてありえないわ」

わたしはうなずいた。ジャッキーは潔白だと心から信じている。

「ねえ、シャーロット、なんとかできない？　ジャッキーは人を傷つけるような人じゃないって、アーソに訴えてちょうだい」

そういえばジョーダンは、あれからアーソときちんと話せただろうか？　わたしからジョーダンに電話をするのは、なんとなく気が引ける。じきに彼から連絡してくれるわね、きっと。

「食事のあとでゆっくり話さない？」わたしはデリラにそういうと、みんなのところへ行って腰をおろし、メニューをとった。

デリラはボックス席の横に立ち、エプロンから注文書をとりだした。

「本日のおすすめは焼きチーズ・サンドよ。チーズはドゥ・ド・モンターニュで、それにカリカリのベーコンとたまねぎと、ぶどう」

「えっ、ぶどう？」たぶん、わたしの目は輝いていたはずだ。

「ぶどうの甘みとベーコンの塩味の組み合わせは最高よ」この二年ほど、デリラは焼きチーズの新作レシピにとりくんでいるのだ。

クレアとエイミーを見ると、テーブルにあるジュークボックスの選曲で意見が対立しているようだ。ここで選んだ曲は、レストラン全体に流れる仕組みになっている。

「あなたたち、焼きチーズ・サンドにする？」

「うん！」ふたごは顔もあげず、同時にいった。

大人たちはティアンが持ってきた青い革張りの、ブーケと装花のカタログに見入ってメニューには目もくれない。

わたしはジュークボックスの横のホルダーにメニューをもどしてからデリラに訊いた。

「クレアとわたしの焼きチーズ・サンドはグルテン・フリーにしてもらえる?」

「もちろんできるわよ」デリラは注文書にさらさらっとメモした。

「ほかのみんなも――」わたしはテーブルの全員を手で示した。「おなじものでいいわ。あとはポテト・コーン・フライを二人前ね」

ここのポテト・コーン・フライは細くてパリパリで、とってもおいしい。それに小麦粉を使ったほかの揚げ物とはべつのお鍋で揚げるので、クレアもアレルギーの心配をせずにすむ。ポテトは紙製のコーンに盛られ、それがシルバーのワイヤー・ホルダーに入れて供されるところも、レトロな雰囲気でよかった。

「それからボズートのルートビールもピッチャーでお願い」

エイミーがジュークボックスのハンドルを回す手を止め、「お店の人たちは、いつ歌ってくれるの?」と訊いた。このレストランでは、ジュークボックスで選ばれた曲をバックに、デリラたち従業員が歌いながら店内を歩くのが名物になっているのだ。

「曲を選ばないと歌えないでしょ?」わたしがいうと、クレアがエイミーの代わりにハンドルを回した。

「じゃあ、これにする。ロケットにささげる曲よ」

クレアが選んだのはプレスリーの《ハウンド・ドッグ》で、わたしはこの曲が〝犬の歌〟ではないことをいいだせなかった。

「ロケットがいなくなるとさびしい……」クレアの目がうるむ。

するとメレディスが、つと顔をあげていった。

「ごめんなさい、報告するのが遅くなったけど、あなたたちのお父さんと相談して、ロケットもいっしょに引っ越すことになったのよ」

「やった！」エイミーが声をあげた。

「でも……ラグズは？」と、クレア。「ラグズがいないと、ロケットがかわいそう」

「大丈夫よ」メレディスはクレアの頭を撫でた。「ほんの数ブロックしか離れていないんだもの、毎日ラグズに会いにいけばいいわ」

わたしは胸が苦しくなった。もしジョーダンと暮らすようになったら、メレディスの家とは車で行き来するほかなく、ふたごはそうそうラグズに会えないだろう。わたしは後先考えず、口走った。

「猫をもう一匹飼おうか？」

「ほんと？」エイミーが目を輝かせた。

「種類は、ラグズみたいなラグドール？」と、クレア。

「わたし、トラ猫も好きなの。二匹飼っちゃだめ？」エイミーがいった。

猫の数が多いとロケットが仲間はずれにされるかもしれないとメレディスがいい、ふたごはそれでも二匹のほうがいいとせがんだ。

そこへデリラが「お待ちどうさま」といって、みんなの前に白い紙ナプキンを敷き、飲みものを置いた。「フライもすぐに持ってくるわね」

わたしは冷たいルートビールをひと口飲んでから、マシューにいった。

「お花は決まった？」

マシューはカタログをくるりと回してわたしに見せた。そこにはビジョナデシコとスズラン、ヒヤシンスの写真があった。

「どうだい？」と、マシュー。

「白がテーマね」

メレディスはほほえんだ。「きれいでしょ？　椅子の列のいちばん端に、ヒヤシンスと白スイセン、ローズマリーの花束を置いたらいいんじゃないかって、アイリスがいうの。それからビュッフェには花瓶にさしたお花。わたしは大輪の白いバラを手に持つわ」

「いい感じね。それでお花の準備はアイリスに任せることにしたの？」

「業者さんはほかにもいたんだけど、アイリスの提案のほうがよかったの。しかも料金を半額にしてくれたのよ、マシューとメレディスの結婚式だからって」

それに何より仕事がほしいだろうし、とわたしは現実的に考えた。景気が不安定ななか、〈フロマジュリー・ベセット〉も値下げせざるをえない日がくるかもしれない。実際、割引料金で提供している〝きょうのおすすめ〟が、いちばん最初に売り切れる。

「そのお花のカタログをわたしも見たいわ」そういうと、ブライダル・ブーケを見てみたらとメレディスがいい、ティアンがそれは七ページよと教えてくれた。

白い花がこんなにたくさんあることに、わたしは少し驚いた。ダリア、アスター、アネモネ、グラジオラス……。料理が運ばれてきたとき、わたしは二十ページのうち九ページめまでしか見ていなかった。

「つづきは食事がすんでからにするわ。それで、リボンは何色？」

「コバルトブルーよ」と、メレディス。

ティアンがカタログを閉じ、後ろ手に、椅子の背にたてかけた。

デリラがテーブルにやってきて、「さあ、どうぞ。グルテン・フリーよ」と、クレアの前に赤い縁どりのあるお皿を置いた。「はい、おなじものをシャーロットおばちゃんにもね」

クレアはうれしそうにわたしの顔を見た。アレルギーのせいで、いつも自分だけべつのものを食べるのが子どもなりにつらいのだ。でもきょうは、わたしもおなじものを注文した。この〈カントリー・キッチン〉は、うちで使うミックス粉とおなじブランドを使っているので安心できる。

「フライはもう少し待っててね」と、デリラ。「パウダーのパルミジャーノもいるかしら？」

「お願い」わたしは粉チーズをかけるのが好きで、とくにポテト・フライには欠かせない。

早速サンドイッチをひと口かじり——一日の疲れが吹き飛んだ。パンの縁からチーズが垂れて、ぶどうの甘みが口のなかに広がっていく。ああ、ジョーダンにも食べさせたい。わたしはすぐに真似てつくってみようと思った。

〈カントリー・キッチン〉の入口の、エルヴィス・プレスリーの姿をした鈴がちりんちりんと鳴った。まるでわたしの思いが通じたかのように、ジョーダンが入ってくる。彼はわたしに気づくと、まっすぐこちらへやってきた。

ところが、テーブルの横に立ったジョーダンは眉間に皺をよせ、険しい表情をしている。わたしは立ち上がると、テーブルのみんなにひと言ことわってから彼といっしょにカウンター席へ行った。

「何かあったの？」

「アーソがヴィニー・カプリオッティを解放したらしい」

「あら……」

そんなことをして、ヴィニーがジャッキーとセシリーを襲ったりしたらどうするの？　わたしは心配でいたたまれなくなった。でも、これをいいかえると、アーソはヴィニーよりジャッキーのほうが怪しいと思っているということ？

「アーソはまさか、ジャッキーを本気で疑っているわけじゃないわよね？」

「ぼくが訊いたら、まだ容疑者を特定できるほどの証拠はない、といっていたが」

「だったら少しは安心ね」

「そうでもないさ。殺人犯はいまも町をうろついているんだ」

わたしはまたべつの不安に襲われた。ヴィニーは兄をジャッキーに殺されたと思い、彼女の大切な人、つまりジョーダンに報復したりしないだろうか？　わたしは周囲に聞こえないよう小声でジョーダンに訊いた。

「ヴィニーはあなたの家を知っているの？　彼はあなたの行方を追っている人たちに、ここの住所を教えたりしないかしら？　そんなことにならないよう、ヴィニーを黙らせなきゃ」

ジョーダンの片眉がぴくっとあがった。

「あら、〝黙らせる〟っていうのは恐ろしい意味じゃなくて、たとえば……口止め料を払うとか」

ジョーダンはわたしの肩をつかんだ。「ヴィニーはそんな生易しいやつじゃない。一度でも金を与えたら――」

「もっとよこせって、二度三度とくりかえすのね？」

「きみは何もするな。いいね？　それにヴィニーは、ぼくの状況を知らないはずだ」

ジョーダンは身元を隠しているけれど、それとジャッキーの件とは関係がない。彼は証人保護プログラム《WITSEC》の下でプロヴィデンスにやってきたのだ。ここに来るまえは、ニューヨーク北部《アップステート》にある高級レストランのオーナー・シェフだった。そしてある晩、新鮮な空気を吸いに外に出たとき、ふたりの男がひとりの男を襲っているのをたまたま目撃した。ジョーダンは反射的に、襲われている男を守ろうと駆け出していた。ふたりの男は手にナイフを持っている。ジョーダンはひとりからナイフをもぎとり、その後は流血沙汰となった。襲われていた男は死亡し、ジョーダンは相手のひとりを刺して死なせ、もうひとりは逃げた。警察の取り調べで、相手の男たちは賭博組織の幹部であることをジョーダンは知る。こうして彼は、逃げ去ったもうひとりの男に関する証言をするため、証人保護プログラムの対象となった。そしてチーズづくりの知識があったことから、プロヴィデンスでチーズ農場を始めたのだ。

「アーソに話してみない？」と、わたしはいった。「ヴィニーを自由にすると、あなたやジャッキーの身が危険だって説明するの」

「シャーロット……」

「あなたの考えていることはわかるわ。ジャッキーとふたりでプロヴィデンスを去り、べつの土地で新しい生活を始めたほうがいいかどうか悩んでいるんじゃない？」

「違うよ」

「証人保護プログラムに頼りきっていいかどうか不安なんでしょ？」

心臓がどきどきし、わたしは息苦しくなった。自分でも興奮しているのがわかる。そのとき、だれかの視線を感じてふりむくと、ポテトフライを持ったデリラが首をかしげ、こちらを見ていた。わたしは「話はあとで」と目で伝え、顎をテーブルのほうへふった。デリラは眉をひそめたものの背を向けて、ポテトをテーブルに運んでいく。

「頼む、おちついてくれ、シャーロット」ジョーダンはわたしの手をとり、手のひらにキスした。「ここに来たのは、報告したかったからだ。ヴィニーのことはもう考えなくていい。恐れる必要はないから」

「でも人殺しかもしれないわ」

「それはアーソがかならず明らかにしてくれるよ」この町に来たころのジョーダンはアーソをまったく信用していなかったのだけれど、日がたつにつれ、ふたりは信頼関係で結ばれるようになった。

「アーソにヒューゴのことを訊いてみた？」

「ひきつづき調べるそうだ」

「ずいぶん曖昧ね」

「彼が何もかも話すわけがないだろう？　ぼくらは民間人、一市民なんだ」ジョーダンはわたしの手を握りしめた。「だからもう心配するな。アーソのことだから、しっかりした捜査をやっているさ。ぼくはこれからジャッキーのようすを見に行くんだが、帰るときにでも電話をしようか？　十時くらいになってしまうだろうが」

「平気よ、待ってるわ」

ジョーダンがお店から出るのを見送っていると、デリラが横に来てささやいた。

「あなたも何かとたいへんね」

「どういうこと？」

デリラは耳たぶを引っぱった。〝聞いたわよ〟という意味だろう。

「ジョーダンが証人保護プログラムに入っているのを、どうして教えてくれなかったの？」

全身が凍りついた。周囲を気にして小声で話していたつもりなのだけど――。

「彼は関係ないわよ」わたしは嘘をついた。

「あのね、シャーロット、わたしはくちびるが読めるのよ。高校のときの《ヘレン・ケラー》のお芝居を忘れた？　あのときは手話や読唇術をずいぶん勉強したわ」

　わたしは旧友の手首を握った。「ほかにはだれも知らないの。メレディスもレベッカも、おばあちゃん《グランメール》にアーソもね。だから絶対に口外しないで」

「約束するわ」デリラは手話で〝約束する〟をくりかえした。「でも今度の事件に関しては、あなたも何かしないと」

「ジョーダンには、何もするなっていわれたわ」

「だけどアーソとジャッキーの恋愛はうまくいかなくて、アーソは昔あなたに惚れてて――いまもそうかもしれないけど――あなたはジャッキーのお兄さんと婚約中でしょ。この人間関係を考えたら、いくらアーソが有能な警官でも、目が曇らないかしら？　ともかくあなたががんばって、ヴィニーとかいう人に白状させたらいいと思うんだけど」

　冗談もほどほどにしてちょうだい。わたしにそんなことができるわけないでしょ？

「だめよ、だめ。とんでもないわ。ジョーダンが、アーソならしっかりした捜査をするっていうの。彼がそういうのなら、きっとそうなのよ」

　デリラは不満げな顔をし、わたしはジョーダンの言葉が間違っていないことを願った。

11

わたしは日曜が大好きだ。〈フロマジュリー・ベセット〉の開店をレベッカに頼んで教会に行くこともあれば、ふたごのためにパンケーキをつくったり、暇を盗んで新聞のクロスワードをやることもある。そしてきょうは、レベッカにまる一日、店番を頼むことにした。というのも、一週間後に迫った結婚式の準備を完了させなくてはいけないからだ。

ハーヴェスト・ムーン牧場がある丘からは、南にプロヴィデンスの町をながめることができ、北と東と西は一面に、ただひたすら草原が広がっている。ゆうべはジョーダンとジャッキーのことを考えてなかなか寝つけなかったけれど、いまこの美しい風景を前にして、わたしはメレディスとマシューの結婚式のことだけを考えようと思った。午後のそよ風が草をなびかせ、わたしの足もとを撫でていく。赤いランチハウスとあずま屋のあいだの芝生には鳥の餌箱がいくつも置かれ、小鳥たちが楽しげにさえずっていた。

エイミーがわたしの横に走ってきてふりむき、「クレア、あれがキンドレッド・クリークだよ」と、丘の下で蛇行する川を指さした。あの川の向こうは自然保護区だ。

クレアはこちらへのんびりと歩いてくる。ひとつに結んだ髪をくるくる巻いておだんごにして、双眼鏡を首からぶらさげ、脇の下にはオハイオの鳥図鑑。

「きれいな川ねえ」クレアがいうと、エイミーがわたしに尋ねた。

「プロヴィデンス・リベラルアーツ・カレッジは、どっち？」

わたしは右のほうを指さした。この一年で、歴史のある古い屋敷は現代の学校としてよみがえり、一度は枯れたぶどう園もみごとに息を吹き返した。

そのとき、エイミーがにこっとしていった。「お母さんが来たよ！」

見ればシルヴィが斜面をのぼってやってくる。だれが彼女を招待したのだろう？　シルヴィのいでたちは《サウンド・オブ・ミュージック》のマリアさながら、青緑色のギャザースカートに、つばの広い帽子。年季の入った古い革のスーツケースまで持っていた。

「こんにちは、お嬢さんたち！」

ふたごは母親のもとに駆けていくと抱きついた。シルヴィも満面の笑み。

「おみやげがあるのよ」シルヴィは地面にスーツケースをどすんと置いた。

エイミーがひざまずいて蓋をあけ、なかから薄緑色のギャザースカートと、革の編み上げのボディスを引っぱり出した。

「これは何？」と、エイミー。

「すてきでしょ？　あなたたちが結婚式のときに着るドレスよ」シルヴィはさらりといった。

「ドレスはもう決まってるけど」と、クレア。

「あのドレスはよくないわ。こっちのほうがずっとすてきよ」

「でもわたし、これよりあっちのほうがいいな」クレアがきわめて正直な感想を述べた。

「あんなドレスのどこが――」

そのとき大きな声がした。

「シルヴィ！　ここで何をしているの？」祖母がこちらへやってくる。

「シャーロットから来るようにいわれたのよ」シルヴィは平気で嘘をついた。

「そうなの？」祖母はわたしをふりむく。

わたしは困った。でもこの状況を利用して、シルヴィにドレスのことをきっぱりあきらめてもらったほうがいいかも。

「そうよ、わたしが招待したの。シルヴィは結婚式プランをすごく誉めてくれて、クレアたちが花嫁付添い人で着るドレスをもう一度見たいっていうから」わたしはふたごを見ていった。「ドレスはここの試着室に置いてあるから、すぐに着替えてお母さんに見せると喜ぶわよ」シルヴィの腕をたたく。「でしょ、シルヴィ？」

エイミーはギャザースカートをスーツケースにもどし、ランチハウスに走っていった。クレアがそれにつづく。

「シャーロット！」ティアンの声がして、わたしはまぶしい陽光に手をかざし、斜面の下をながめた。すてきなベージュのスーツを着たティアンが、鳥の巣箱をかたどった白いあずま屋へ来いと手招きしている。マシューとメレディスが連れ立ってのんびりと小屋に入り、小屋の外にはアイリスがいた。花柄のワンピース姿で、いつものトートバッグを肩にかけ、小屋の格子細工にからむ白バラや、周囲に咲くラベンダー、ホスタ、トベラなどを熱心に観察していた。

「すぐ行くわ！」そう答えてからわたしは祖母の腕をとり、ゆっくり坂を下っていった。肩ごしにシルヴィに、「スーツケースはそこに置いていっしょに行かない？」と声をかける。

「メレディスとマシューが選んだものを見たら、ふたりのセンスの良さを実感できるわよ」

シルヴィは何やらぶつぶついいながらもついてきた。

「おじいちゃん《ペペール》の具合はどう？」わたしは祖母に訊いた。

「体調不良はつづいているわ。でも深刻じゃないから大丈夫よ」

「あとでスープを持っていくわね。たまねぎにケールにお豆に……好きなものをたくさん入れて」

「いいわよ、気を遣わなくても。おまえにはほかに考えなきゃいけないことがたくさんあるでしょう」

「気なんか遣ってないわよ、家族なんだもの」スープの材料はキッチンにそろっているし、料理はわたしにとってセラピー効果があった。わが家の玄関広間に積まれた引越しの荷物は日々増える一方で、それを見るにつけ、さびしさもいや増していく。

「みなさん、こちらへ」ティアンがいった。「結婚式のプランを見てちょうだい」

あずま屋を囲む手すりには、薄いオーガンザのリボンが大きな蝶結びでいくつも巻かれ、右手には高さ二メールほどの白い籐製の鳥かご（なかに鳥はいない）がある。そしてその向こうには、白い椅子と花飾りのサンプル。

「白い椅子を並べる予定なの」ティアンが話しはじめた。「招待客は親しい方だけで五十人ということだから、それなら椅子も十分スペースをとってゆったり並べられるわ。祭壇までは白い絨緞を敷いて、側廊ぎわに並ぶ椅子と柱には、白い花束を飾るわね。花束を結ぶリボンは青色よ。そしてダイニング・ホールの外にビュッフェとテーブルを置く予定」

「すばらしいわ」と、メレディス。

「天気予報だと当日は快晴なの」ティアンはつづけた。「でも必要に応じてテントも準備するわ。鳥かごの横には、白いスーツを着た若い男性を立たせて、かごには青い鳥を——ルリノジコを入れておくから。鳴き声がきれいなことで有名な鳥よ。それから——」ティアンはあずま屋の側面のほうに歩いていった。「メレディスから、弦楽四重奏団にビートルズの曲を演奏してもらいたいという要望があって、わたしもそれには大賛成だから、ここで演奏してもらうことにしたの。式の最後には、小鳥の係の男性がルリノジコを空に放つわ。この地域原産の鳥だから、放しても大丈夫よ。それからテーブルの盛り花は、アイリスがすばらしいセンスで準備してくれるわ。これはもうみなさん、ご存知よね？」

アイリスが青いカタログをふった。きのうデリラのレストランで見たカタログだ。

ティアンは腕を組み、「何かご意見は？」と訊いた。

メレディスが「申し分ないわ。マシューはどう？」といい、マシューも満足げにうなずく。

「ねえ、見て！」食堂のドアからエイミーが飛び出してきた。そのうしろにはクレア。ふたりとも、花嫁付添い人のドレスを着ていた。

わたしはシルヴィをつついた。「感想をいってよ」

「〈ソー・インスパイアード・キルト〉で見たときに、もういったわ」

「ここでドレスを誉めないと、あなたが昔、酔っ払って何をしたかを子どもたちに話すわよ」

「あら、ふたりとも、とってもすてき！」シルヴィは両手を広げて子どもたちに駆けよった。

「イギリスのキャサリン妃も顔負けよ！」

「ほんと？」ふたごは同時にいった。

「もちろんほんとよ」

わたしはとりあえずほっとして、両手をたたいた。「さあ、みなさん、つぎはチーズの試食をしましょう」

きょうはキッチンのレイアウトも見ておきたかった。ティアンは当日、料理と給仕をしてくれる業者を雇っていたけれど、何かがあった場合に備え、わたしもキッチンのようすを確認しておいたほうがよいと思ったのだ。招待客がお腹をすかしたり、グラスが空になることがあってはならない。そこでほかの人たちより早くここに来て、チーズの盛り合わせを用意しておいた。うれしいことにキッチンは裏庭に面しているから、ビュッフェ・テーブルに料理を運ぶのは楽だろう。内部からは大きなガラス窓ごしに式場が見え、外からはウォークインの冷蔵庫まで、キッチンのなかがよく見える。何ひとつ、問題はないように思えた。

12

ハーヴェスト・ムーン牧場の基調色は赤で、その点は馬蹄形のキッチンもおなじだった。赤い斑点のある花崗岩が使われ、高級調度はどれも純白だ。中央にある調理台には、種々のチーズがディップソースとクラッカーとともに置かれている。ディップソースの横には、宝石のような石がきらめくスプレッドナイフ。どのチーズにも、名前を記した白い陶製のラベルがついて、調理台の中央にはカクテル・ナプキンが積まれていた。

「どうぞ、こちらへ」ティアンの案内でみんなキッチンに入り、チーズの置かれた調理台の周囲に集まった。

わたしはバッグからメモ用カードと鉛筆をとりだして配る。

「どうか全種類食べてみてちょうだい。それで気に入ったところと気に入らないところがあれば、カードにメモしてほしいの。マシューがボズート・ワイナリーのソーヴィニヨン・ブランを持ってきてくれたわ。白桃とクローヴの、ロマンチックなアロマが特徴のワインよ。あなたたちには――」わたしはふたごの顔を見た。「りんごジュースをつくってきたから。オハイオの十月のりんごは最高だものね」

「シャーロット――」ティアンがチーズとトッピングをのせたクラッカーをかかげた。「このレモン風味の、ちょっとピリッとするペーストはすごくおいしいわ。チーズの名前は……ドーセット・ドラムっていうのね」

「同感だわ」と、アイリス。「わたしはレモンが得意じゃないんだけど、これは別格ね」

ドーセット・ドラム・チェダーは、しっかり熟成させたあと、手で黒いワックスに浸した昔ながらのファームハウス・チェダーだ。大量生産されず、農家（ファームハウス）で伝統的製法にのっとってつくられる。甘みがありながらも風味の強いチーズで、これをわたしに教えてくれたのは祖父だった。

メレディスがマシューといっしょにわたしの横に来ると、「シルヴィはここで何をしているの？」と、小声で訊いた。

「話せば長くなるから、ともかく彼女にからまれないように、にこにこしていてちょうだい」

「それは難題だわ」メレディスはりんごバターをクラッカーにたっぷり塗ると、スライスしたチーズを一枚のせた。チーズはベルウェザー・ファームズのサン・アンドレアスという羊乳チーズで、やわらかさととろけ具合は、イタリアのペコリーノに似ている（イタリア語の〝ペコラ〟は「羊」とくに「雌羊」のことだ）。

メレディスはほぼひと口で食べてしまうと、満足げな声をもらした。

「ところで、このまえフレックルズのお店で試着したとき、シャーロットは居心地が悪かったんじゃない？」

「どういう意味？」

「エディ・ディレイニーがいたからよ。高校一年のとき、バーガー先生はあなたたちふたりを教室の前に立たせて、テストを落第点にしたでしょ。あれじゃ、まるであなたのほうがカンニングしたみたいだった」

わたしは片手をひらひらふった。

「もういいのよ、昔のことだから」だけどエディの名前を聞いて、このまえの話がよみがえった。ジャッキーの居所を教えると、ジャコモ・カプリオッティに電話をしたのはエディだろうか……。そして情報料を要求した？　エディ自身は経済的に困ってはいないといっていたけど、それを鵜呑みにはできないと思う。でももしほんとうにエディでなかったら、ジャコモをプロヴィデンスに呼びよせて得をする人が、ほかにいることになる。それはいったいだれ？

「こんにちは、シャーロット！」アイリスがやってきた。

「装花の仕事を任されてよかったわね」

「ありがとう。こんなにうれしいことはないわ」その言葉どおり、アイリスは終始にこにこ笑っている。「さっき、〈オール・ブックト・アップ〉に寄ってみたの。開店まえだったけど、オクタヴィアが入れてくれたわ。あのお店も見違えるようになったわね。〝歴史《ヒストリカル》ロマンス〟の書棚もすぐにわかったわ。シャーロットはもう行ってみた？」

「ええ、荷解きを手伝いに」

「アナベルはずいぶんさびしそうだったわ」

「そうね、この町にずっといたいみたいね」

アイリスはチーズをひと口食べて、指先をカクテル・ナプキンで拭いてからいった。

「アナベルはほんとうに、殺人事件の現場から人が走ってくるのを目撃したのかしら？」

「本人はそういっているけど」

「背が高い人なんですって？」

「そう。でもその情報はあまり当てにならないような気がするわ」わたしはもう一度考えてみた。アナベルはわたしより何センチか低く、アイリスやエディや、いまここにいる人たちより（祖母とふたごを除く）、頭ひとつ分低い。〝背が高い〟のは、いったいどれくらいのことをいうのだろう？　ヴィニーは〝高い〟？　だったらヒューゴは？

「ねえ、シャーロット」横から祖母がいった。「このハーブのアスピックは、トム・ド・ボルドーとよく合うわねえ」

「よかった、ありがとう」わたしはアスピックにトマト・ジュースとローズマリーとバジルを加えていた。こうすると、タイムやビャクシン、コリアンダー、ウイキョウなど、さまざまなハーブをまぶした山羊乳チーズ、トム・ド・ボルドーとのバランスがとれるのだ。「クラッカーは、どう？」わたしは種類を問わず、どのチーズにもベーシックなバター・クラッカーを添えていた。これならクレア用のグルテン・フリーをつくるのも簡単だし、クラッカーがでしゃばることなく、チーズやほかの素材のうま味を楽しむことができる。

「控えめでちょうどいいわよ」と、祖母はいってくれた。「これを子どもたちにも食べさせましょうね。さあ、エイミー、クレア、いらっしゃい！」

ふたごは祖母のもとに飛んできた。するとシルヴィが、

「ふたりとも、食べるまえに着替えなさい」と厳しい口調でいった。

エイミーとクレアはとまどったように母親を見あげ、それからわたしを見た。そしてわたしはとまどったようにマシューを見る……。

「いいよ、着替えなくて」マシューはそういった。「汚れたら洗えばいいんだから」

「でも――」と、シルヴィ。

「こぼさないように気をつけるから、ね、お母さん」とクレアがいい、エイミーも「うん、気をつける」とうなずく。

シルヴィは不満げにマシューを見るだけで、反論はしなかった。

エイミーはチーズとクラッカーをぱくりとひと口で食べ、クレアはグルテン・フリーのクラッカーを選んで少しずつかじる。ドレスはまったく汚れない。ふたりとも満足したようすで指先を拭き、エイミーがいった。

「外で遊んでもいい？」

シルヴィが口を開いて何かいいかけたのをマシューが制した。

「いいよ、遊んでおいで。お父さんとメレディスもいっしょに行くから」マシューは肩ごし

にわたしを見て、「ありがとう、シャーロット、どれもおいしいよ」というと、メレディスを連れて外に出ていった。

網戸が閉まると、シルヴィがティアンに訊いた。

「式の時間はどれくらい？　うんざりするほど長いのかしら？」

ティアンはシルヴィの言い方にむっとしながらも、おちついて答えた。

「いいえ、むしろ短いほうよ。ヒルデガード牧師が、式は七分くらいがいいっていうの」

「たった七分？」

「彼がいうには、七分以上になると参加者がそわそわしはじめるんですって」

「あら。だったら結婚生活も七分止まりかもね」

「そんな不吉なことをいわないでよ」ティアンはくるっと背を向け、外に出ていった。

「シルヴィ、あなたって人は――」アイリスがシルヴィに人差し指をつきつけていった。

「どうして人を怒らすようなことばかりいうの？」

「やめてよ、アイリス」わたしは彼女にささやいた。

でもシルヴィも負けてはいない。「怖いわ、アイリス、その指を引っこめてちょうだい。まるで拳銃みたいだわ」

「結婚式は――」と、アイリス。「夫と妻になる人が挙げるもので、別れた女房なんか関係ないのよ」

「ずいぶん偉そうなことをいうわね。あなたはただ雇われただけじゃないの。本音では、結婚式なんかくだらないと思ってるんでしょ？」

「シルヴィ！」祖母が声をあげた。「いまの言葉は取り消してちょうだい」

「いやよ」

「どうしてあなたは――」

いいかけたアイリスの肩を、わたしはつかんだ。

「これ以上シルヴィを怒らせちゃだめよ」

「もう怒ってるわよ、かんかんに」と、シルヴィ。「ねえ、アイリス、わたしがあなたにあげた軟膏は効き目があった？　火傷につける一オンス六十ドルの軟膏がまたほしかったら、もう少しわたしに親切にしたほうがいいと思うけど」

「火傷？」わたしはアイリスの顔を見た。

「わたしがばかなの」アイリスの顔が真っ赤になる。「ランの花壇用にゆで卵をつくったのよ」

「ゆで卵？」

「卵の殻は肥料になるの。根にカルシウムを与えるいちばん安あがりな方法なんだけど、わたしは鍋つかみを使わずにお鍋を持ちあげようとして――」左右の手首を内側に曲げてみせる。「こうして火傷しちゃったの。ほんとにばかだわ」

「哀れなほどにね」と、シルヴィ。

「いいかげんにしてちょうだい」祖母がシルヴィのまん前に立っていった。「あなたももう少し大人にならなきゃ。わたしのかわいいひ孫に、母親のそんな姿は見せたくないわ」

「あら、バーナデット、あなたも少し自分を変えたほうがいいんじゃない？　なんでもかんでも自分で仕切らなきゃ気がすまないでしょ。プロジェクトをいくつ抱えているの？　そのうち疲れて、心臓麻痺でも起こすんじゃないかって、もっぱらの噂よ」

祖母の顔つきが変わり、手がスプレッドナイフをつかんだ。

止めなくちゃ。わたしはあせって、シルヴィに向けて懇願するように両手を広げた。

「お願いよ、シルヴィ……」

シルヴィの目が勝利の喜びに光った。

「いいわよ、わたしも大人になりましょう。結婚式については、もう口をはさまないわ。それでいいかしら、バーナデット？　だからそのナイフを置いてちょうだい。でないとまたあなたの――」咳払いをひとつ。「評判に傷がつくわ」たぶんシルヴィは、祖母が以前、殺人容疑をかけられたことをほのめかしているのだろう。

「この魔女《ソルシエール》！」祖母はつぶやくと外に出ていった。網戸がばたんと音をたてて閉まる。

シルヴィはにっこりするとわたしたちをふりむき、「うちのお店でおもしろいことがあったの。聞きたくない？」といった。

アイリスもわたしも、すなおにうなずく。この場で話題を変えられるなら何だっていい気分だった。

「わたしのブティックではね」と、シルヴィ。「お肌を回復させるクリームを販売して、エステ・スパもやっているの。それでヴィニー・カプリオッティって人を知ってる？　殺された男の人の弟よ」シルヴィの話は、どうも流れが悪い。でもとりあえず我慢することにした。「彼がうちにフェイシャル・エステをしに来たの。お店をオープンしてから初の、男性のお客さまよ。あのでこぼこした肌をきれいにできたら、お店の評判があがると思うわ」

このまえヴィニーから聞いた話では、美顔術を試したい彼をジャコモは軟弱だとばかにしたらしい。でもそれくらいでは兄弟を殺さないとも。それに、たとえ兄弟間にもっと深い憎悪が潜んでいたにせよ、なぜ〈イグルー〉で、それもアイスクリームの容器で殺したりするのだろう？

「そうしたらね」シルヴィはつづけた。「アナベルが彼とデートしてるみたいなのよ。彼女、舞い上がってるわ」

これにはわたしもびっくりした。でもシルヴィがまた、根も葉もないことをいいふらしているのかもしれない。アナベルはギャンブラーとデートするような人ではないし、たしか、気に入っていたのはジャコモのほうだったような……。わたしがちらっとアイリスを見ると、彼女はいらいらしているようだった。

「わたしが聞いた話だと――」アイリスはカウンターを指でこつこつたたきながらいった。「その男は〈ヴィクトリアアナ・イン〉から追い出されたらしいわよ」クラッカーにレモンカードを塗り、その上にマンチェゴをひと切れのせる。マンチェゴは《ラ・マンチャの男》にも登場するスペインの羊乳チーズだ。「理由は、あまりに乱暴だからみたい」

「夕食の健康メニューを暖炉に投げ捨てたらしいわ」

シルヴィがくすくす笑った。「わたしでもきっとそうするわね。小鳥の餌くらいの量しかないんだもの」

「乱暴って？」

「それだけじゃなくて」と、アイリス。「ウォーターフォードのクリスタルのゴブレットまで投げつけて、粉々にしたのよ。いまは車のなかで寝ているみたい」

「なぜそうまでしてプロヴィデンスにいつづけるの？」シルヴィがいった。「アーソ署長は彼を解放したんでしょ？」

「事件が解決するまで町にいたいんじゃないの？」と、アイリス。「けさ、彼が教会に入っていくのを見たわ。慰めを求めに行ったのかしら？」

求めているのは慰め以上のものかもしれない、とわたしは感じた。たとえば——罪の赦《ゆる》しとか。

Dorset Drum Cheddar

ドーセット・ドラム・チェダー

イギリスのドーセット州で伝統的な製法によりつくられるファームハウス・チェダー。熟成（2～9カ月）後、手で黒いワックスに浸す。甘みがありながらも風味の強いチーズで、円筒形であることから〝ドラム〟の名がついた。

13

月曜の朝、レベッカが〈フロマジュリー・ベセット〉の床にモップをかけ、わたしがショーケースの品物の種類と数をチェックしていると、アーソがやってきた。つかつかカウンターまで行って、つくりたてのサンドイッチをざっとながめる。

「おはよう、お嬢さんがた」アーソは明るくふるまいたいらしいけど、その声も目の色もけっして明るくはなかった。今回の事件では、かつての恋人に殺人容疑をかけざるをえないのだから、その胸の苦しさは想像に余りある。

「おはよう」わたしはメモ用紙と鉛筆をレジの横に置くと、カウンターのなかに入った。

「何にする？」

「フォカッチャのサンドイッチがうまそうだな」

「あら、いつもと違うけどいいの？」

「きょうはいい」

「じゃあ、危険を承知のチャレンジね。このサンドイッチはわたしの最新レシピだから」努めて明るく話す。「焼いたきのことたまねぎに、ソーセージはイタリアのモルタデッラ、チーズはヤールスバーグよ。このままでもいいけど、焼くともっとおいしいと思うわ。警察署にオーヴントースターはある？　あったら片側の、蓋になっているほうのパンをはずして、三分くらい焼いてみて。溶けたヤールスバーグには、きっとめろめろになるわよ」

「じゃあ、それをふたつ」

また、ふたつなのね。そんなに太ったようには見えないし、ひとつはだれかにあげるのかしら？　でも、よけいな詮索はやめましょう。彼はただでさえ、殺人事件の捜査で悩んでいるだろうから。

するとアーソが、少しもじもじしてからいった。

「ジャッキーのことなんだが――」

「彼女は潔白よ。信じてあげて」

アーソはため息をついた。「夫が彼女を、力ずくでもニュージャージーに連れて帰ると脅したとしたら？」

「わざわざ〈イグルー〉の冷蔵室で？」

「遺産の件はどうする？　おそらく、かなりの財産だ」

「ジャッキーはお金に困っていないと思うわ。犯人はヴィニーか、でなきゃジャコモに電話をした人間よ」

アーソは怪訝な顔をした。「何の話だ？　ジャコモに電話をした人間がいるのか？」

「ヴィニーがアナベルにそう話したみたいよ。女の声でジャコモに電話があって、ジャッキーの居場所がわかったといったらしいわ」

「その女の人はきわめて怪しいですね」横からレベッカがいった。

「その人が情報料を要求して、ジャコモは裏切ったんじゃないかしら。ヴィニーの話だと、ジャコモは〝札束〟を持ってきたらしいの。それは発見された？」

「悪いが、そういったことは――」

わたしは腕を組み、レベッカがわざとらしく咳をする。

「まあね」と、アーソ。「現金は発見されなかったよ。ただし、ヴィニーが嘘をついた可能性もある」

「ヴィニーは金額をいわなかったんですか？」と、レベッカ。

「それは知らないわ。札束って、金額にしたら千ドルくらいからいうの？　それとも二万ドルとか？」

「電話の件は、ヴィニーのでっちあげかもしれませんね」と、レベッカ。「そして自分にも遺産の相続権があると主張する気ではないでしょうか」

「ジャッキーはそう考えているみたい」

「その場合、義理の姉が殺人罪で絞首刑になろうが気にしませんよね。ジャッキーが亡くなったら、全部自分のものになるわけですから」

「そうそう。たしかそういうのを生存者権とかなんとかいうのよ」

「セシリーがいるだろ」ここまで黙って聞いていたアーソがいった。「ジャッキーの相続分は、セシリーが相続するんじゃないか？」

「それは断定できないわ」と、わたし。「ジャコモが遺書に、それを阻止する条項を入れたかもしれないから。もし、セシリーが自分の子ではないと知っていたらね」

「ジャコモはそこまでするでしょうか？」と、レベッカ。

「彼は弁護士だったらしいから、その可能性は十分あるんじゃない？」わたしはアーソを見た。「ジャコモに財産管理人はいなかったの？」

「いたよ。電話をかけてみたんだが不在で、おりかえしの電話はいまのところない」

「警察からの電話なのに？」

「個人事務所で、いまは休暇中らしい」

「ジャコモという人は、自分の財産をずいぶん小さなところに任せていたんですね。ちょっとおかしくないですか？　かなりの資産家だったはずなのに」

「ズークさん」アーソがいった。「テレビを見るのも、ほどほどにしたほうがいいよ」

「ご忠告、ありがとうございます」

「ともかく、ふたりにこれだけはいっておく」アーソは両手をポケットにつっこんだ。「おれは警察署長として、やるべきことはきちんと、全力を尽くしてやっていく。それから……ヴィニーがすぐに町を出るようなことはない」

「どうしていいきれるんですか？」と、レベッカ。「ヴィニーは兄弟を殺した犯人が逮捕されるのを見届けるまで町にいつづける、ということでしょうか？」お酢を加えた水のバケツにモップをつっこむ。「個人的に、その可能性は低いと思うんですけど。もしヴィニーが町に残るとしたら、署長の動きを、捜査の進展をうかがうためですよ。そして自分が逮捕されないように予防線を張る。署長を混乱させるため、どうでもいい情報を流したりしてね」

アーソの鼻が赤くなり、ぷうっとふくらんだ。

「ヴィニー・カプリオッティが第一容疑者でないとしたら、ヒューゴ・ハンターはどうなんですか?」レベッカは矛先を変えた。「ジャッキーの家を出たあと、彼にアリバイはあるんでしょうか?」

「彼は自宅にいたよ。母親と電話で話していたそうだ」

「真夜中に?」

「母親はカリフォルニアに住んでいる」

「通話記録は確認しましたか?」

アーソはため息をついた。そしてわたしも。アーソのような人が通話記録を調べないわけがない。

「もうよそうよ、ズークさん」と、アーソはいった。「きみが楽しみで推理をするなら、それもいいだろう。しかし、こちらは警察だ。きみの指図はうけない」アーソはサンドイッチの料金を払うと、そのまま無言で玄関へ向かった。ぶどうの葉の形をしたチャイムがちりんちりんと鳴り、ドアが閉まる。

わたしはレベッカをにらみ、レベッカは首をすくめた。

「すみません、ちょっと調子にのりすぎました」

まったく、レベッカもアーソも……。わたしは首をふった。でもアーソの反応から、ジャッキーに嫌疑がかかっているのは間違いなさそうだった。いずれアーソは彼女を逮捕するにちがいない。そうなるまえに、わたしにできることはないだろうか？

＊

それからほどなくして、わたしはレベッカに店番を頼み、祖父のところへ行った。籐のバスケットに入れた容器のなかは、祖父の大好きなスープ。

玄関で出迎えてくれた祖母は、ずいぶん疲れているように見えた。玄関広間の古いテーブルにはラベンダーと白いバラが飾られ、心地よい香りを届けてくれる。祖母はわたしのバスケットをのぞき、「何が入っているの？」と訊いた。

「チキンとお豆のスープよ」わたしは容器にかぶせた格子模様の布ナプキンをめくった。

「おまえはやさしいわねえ《テ・ドゥース》。ここまでしなくていいといったのに」

「でも、つくっちゃったから」わたしは祖母の頰にキスした。「あとは器とスプーンとナプキンが必要ね。おじいちゃん《ペペール》とも少しおしゃべりしたいし」

「はい《ウィ》、はい《ウィ》。だけど刺激的な話はだめよ。とくにシルヴィが牧場に来たこととかね」

わたしは祖母の手に自分の手をからめ、力をこめた。

「大丈夫よ。ほかに本も持ってきたの」肩にかけた革のバッグをたたく。「エラリー・アダムズのお料理ミステリよ」

「ほかには？」祖母は首をかしげた。

「ほかって？」

「そのバッグに、チーズを隠しているんじゃないの？」

「ううん、ひとつもないわ」

祖父はチーズのつまみぐいを祖母から禁止されているのに、なかなかやめることができず、わたしもついつい祖父にチーズをあげてしまうのだ。祖母はわたしのバッグのなかをのぞきこみ、にっこりした。

「はい、いいわ。いま庭で《ハムレット》のリハーサルをやっているから、わたしはそっちに行くわね」

「ここでリハーサル？」

祖母はキッチンまで歩き、スイングドアを押した。

「きょうの午後、公園は農産物の直売所の設営で立ち入り禁止なのよ」

「でも、どうして劇場じゃなくてここでやるの？」

「開演まであと数日でしょ。小道具類の確認を野外でやっておきたいのよ」タイルのカウンターにスープを置き、食器棚からボウルをとりだす。「みんな外に出てるわ。仕事を休んで来てくれたのよ。ほら、聞こえるでしょ？」

シンクの上の開いた窓から、男たちの低い声が聞こえてきた。わたしは窓の桟にのったガラスのニワトリの人形ごしに外をのぞいた。芝生には役者が五人。四人はルネサンス期の衣装を着て、ひとりは白いシーツにくるまれていた。そして彼らの前をデリラが——レストランの赤いチェックの制服姿だ——腕をふりながら行ったり来たりしている。

主役のハムレットは髪の毛が残り少なく、からだは大木のように大きい。そう、あの犬のトリマー、ストラットン・ウォルポールだ。デリラから、お腹から声を出せだのなんだの、かなり厳しい指導を受けている。ストラットンは太い両腕を高くかかげていった——。

「悪党がわたしの父を殺し、それゆえ、ひとり息子のわたしが、その悪党を天国へ送ってやるのだ」

その言葉に、わたしはヴィニーを思い出した。もし彼が無実だとしたら、この町にいつづけるのは、みずから犯人を見つけだしたいからかもしれない。そして悪党を手配して、兄を殺した犯人をおなじ目にあわせる……。その場合、彼はジャッキー以外に、だれを疑うだろう？　彼はアナベルに電話の話をした。ひょっとして、彼女を疑っていたからだろうか？　だから彼女に近づいた？

大きな拍手の音がして、驚いた鳥たちが飛びたった。わたしがそちらに目を向けると、アイリスが庭の先のベンチにすわり、リハーサルをながめていた。

「アイリスは何をしに来たの？」

「ここが——」祖母は自分の胸をたたいた。「高鳴っているんでしょう。愛する人に会いに来たんじゃないの？」

たしかに、サンゴ色のすてきなワンピースを着て、髪もジェルで整えている。でもそれが、まさかストラットンのためだなんて……。

「よかったわ！」デリラがいった。「この場面はこれで終了。道具を片づけて、つぎは五分後ね」

役者たちはかつらや帽子をとったり、あるいは台本を手にして読みはじめる。

「デリラはよくやってくれるわ」祖母がいった。「ところで、そろそろおじいちゃん《ペペール》にスープを飲ませてあげてちょうだい。でも、くれぐれも――」

「刺激的な話はしないようにね」

それから何分もたたないうちに、わたしは木製のベッドトレイを持って祖父の部屋へ向かった。トレイには湯気のたつスープ、クラッカー、ナプキン、スプーン、氷を入れたお水のグラス。そして最後に思いついて、一輪挿しにオレンジのガーベラを挿した。

ドアを軽くノックする。

「どうぞ《アントレ》」祖父の小さな声がした。

ドアをあけると、祖父はベッドの上で起きていた。三つの枕にもたれ、足にはわたしが以前贈ったワイン色のキルト。

「おや……」祖父は読んでいた雑誌をカエデ材のサイドテーブルに置き、メガネを額の上にずらした。「おまえだったのか」

「調子はいかが？　お腹はすいていない？」

いうだろ」

「ぺこぺこだよ。わしは風邪をひいただけなんだ。〝風邪には大食、熱には小食がいい〟と

わたしはベッドトレイを祖父の足の上に置き、ちょうどよい位置になるよう調整した。

「おばあちゃん《グランメール》は風邪程度じゃないと思ったみたいよ」

「ふん。あいつは心配しすぎなんだ。いつもそうだ」身をのりだして、わたしの頰にキス。

「テレビは見たくないの？」

「壊れているらしいよ」

わたしはテレビに目をやり、コードが床にぶらさがっているのを見てほほえんだ。おそらく祖母は、祖父に最新ニュースを聞かせたくなかったのだろう。

「本を持ってきたわ。〝自負と偏見〟ならぬ《パイと偏見》っていうお料理ミステリよ」わたしはバッグからペーパーバックを出してトレイに置いた。

祖父は「おもしろそうだな」というと、「実物のパイはないのか？」と訊いた。

「スープのほうがからだにいいと思って」

祖父はひと口スープを飲んで、くちびるを舐めた。

「うん、うまい《デリシュー》。おまえはいい子だな」そしてもうひと口。「ジョーダンは元気か？」

「ええ、元気よ」

「ほかの友だちはどうだ？」

ジャッキーの顔がうかんで、わたしは少し気持ちが沈んだ。でも祖父に悟られてはいけな

い。

「みんな元気よ」

祖父はわたしの肩からぶらさがるバッグをじっと見ていった。

「その魔法のカバンから、もっと何か出てこないのか？　クリーム色のスライスとか」

「残念ながら」

祖父は口をとがらせた。「おまえは冷たい子だ」

「おばあちゃん《グランメール》ほどじゃないわよ。予想したとおり、おばあちゃんはチーズを隠していないか、バッグのなかを調べたわ」

「あいつ、そこまでしたのか？」

「ええ、冷たい女よ」

祖父は心底おかしそうに笑った。それから一時間ほど、わたしたちは季節や読書の話をして過ごした。そして祖父にじゃあまたねといい、わたしが部屋を出たところへデリラがやってきた。

「間に合ってよかったわ。それでどうだった？　何かあったら教えてちょうだい」

「わたしは《ハムレット》に詳しくないもの」

「違うわよ。ヴィニーって人のこと」

「え？　あの人がどうかしたの？」

「ジャッキーのお店の外でうろうろしているのを見たわ」

祖父に聞こえてはいけないと思い、わたしはデリラを玄関まで引っぱっていった。

「うろうろって？」

デリラは姿を真似てみせた——背をまるめ、両手をポケットにつっこみ、うつむきながらも抜け目のない目。

「心配だわ」と、デリラ。「あの男はふつうじゃないわよ。何か狙いがあってジャッキーのあとをつけているのかしら？」

罪を告白させるため？　あるいは遺産の相続人を抹殺する機会をうかがっている？　だけど彼には相続権がないはず、なのよね？

14

〈フロマジュリー・ベセット〉に帰ってみると、うれしいことにティアンがカウンターに入ってお客さんの相手をしてくれていた。

「結婚式の仕事のほうは忙しくないの？」わたしは彼女に訊いた。

「いまのところ、わりと暇なのよ。でも、これからは繁盛させてみせるわ」ティアンはつぎのお客さんに挨拶した。なんと、それはプルーデンスだった。「何にしましょうか、ハートさん？」ティアンが笑顔で尋ねる。

プルーデンスがうちでチーズを買うなんてめずらしい。実際いまも、彼女はそわそわしておちつかず、不本意ながらここに来た、という態度だった。そのとき、ワイン・アネックスからアイリスがあらわれた。手にはマッキンレーのピノ・ノワールを二本。

「どんな感じ、プルーデンス？」

プルーデンスはぶすっとし、わたしは思わずほほえんだ。どうやら無理矢理アイリスに連れてこられたらしい。

わたしはエプロンをつけて、アイリスにいった。

「ワインの趣味がいいわね」

「ショーケースのタグを見たら、おすすめ度が九十一になっていたから」

「マシューのお気に入りなのよ。プラムの風味とミネラル感が独特でいいわ」

「わたしはあまりワインに詳しくないんだけど、ストラットンが好きなの」

「彼と親しいのね？　リハーサルの見学に来ていたでしょ？」

アイリスの顔がぱっと輝いた。「彼って最高でしょ？」

「ええ、とても熱意があるし」わたしはデリラが彼に声を荒らげていたのを思い出したものの、それはそれ。あくまでリハーサルだから。

「ストラットンはとてもひたむきなの。ああいう人はなかなかいないわ」

アイリスは役者としてのストラットンの話をしているのかしら？　それとも〝恋人〟として？

アイリスはレジの横にワインを置くと、「チーズを選んでちょうだい、プルーデンス。何でもいいから」といった。

プルーデンスはぶつぶつ不満をもらす。

「気にしないでね、シャーロット」アイリスはわたしのほうに顔を近づけてきた。でも、とくに声をおとすことはない。「わたしが彼女に、ブティックで夜会をしたらどうって提案したの。もちろん、彼女はいやがったけど、町の外からも大勢の人が《ハムレット》を観に来るでしょ。夜会を開けば、彼女の交際範囲ももっと広がるんじゃないかと思って」

「ふん。いまさら交際なんて——」プルーデンスがアイリスの横のレジまで来ていった。アイリスはくすくす笑う。わたしはこんな笑い方をする彼女をはじめて見たように思った。

「プルーデンスは怒ってるのよ」と、彼女。「わたしがストラットンの役者仲間とデートしてみたらって勧めたから。ほら、あの高校の歴史の先生よ。でもプルーデンスったら、あの人は歳をとりすぎて、頭がはげてるっていうの。だけど、髪の毛が少ないのってセクシーだと思わない？　ストラットンも髪が薄いわ。ね、プルーデンス？」

プルーデンスは顔を真っ赤にし、子どものようにほっぺたをふくらませた。

「彼女はね」と、アイリス。「その先生をもっと厳しい目で調べろっていうの。だけど人間って、そんなものじゃないわよね？」

わたしはヒューゴの顔を思いうかべた。ジャッキーは彼のことを調べたりしていないだろう。ヒューゴはとても謎めいている。その点はジョーダンもおなじだったけど、しばらくして、彼は正直で善良な市民であることがわかった。いっぽうヒューゴは事件の晩、深夜に母親と話していたという。それはアリバイが成立するほどの長電話だったのだろうか？　独立した息子と母親が、電話で何時間も話したりする？　そして電話といえば、ジャコモにジャッキーの居場所を教えた女の正体は？　いや、男が女の声を真似た、という可能性もある。もしかすると、ジャッキーと交際し始めたヒューゴが彼女の過去を知り、女の声を模してジャコモに電話をしたとか？　でもいったい、なんのために？

「支払いはすませたわよ」プルーデンスの声がして、わたしは現実にひきもどされた。「さあ、帰りましょう」

ティアンがチーズを入れたショップの袋をアイリスに渡した。

アイリスは袋のなかをのぞきこむ。「何を買ったの？　あら、うれしい。ダブルクリームのペイス・パーフェクトだわ。カクテル・ナプキンも買ってくれた？」

「ええ、買ったわよ」

「ローズマリーのクラッカーも？」

プルーデンスは、ふん、と鼻を鳴らし、わたしはまたほほえんだ。〝町の女ボス〟プルーデンスにも、ついにアイリスという手ごわいライバルがあらわれたようだ。

ふたりが帰っていくとすぐ、裏口からレベッカがハーブ園で摘んだハーブをたくさん抱えて入ってきた。それを見たティアンがレジの外に出てくる。

「いいわよ、シャーロット、事務室の仕事を手伝うわ」

「え？　何の話？」

「レベッカから、あなたの手伝いをしてほしいっていわれたけど」

わたしはなんのことかわからず、レベッカをふりむいた。

「けさ、デリラがショップに来て、そのときに話したんですよ」レベッカは顔だけこちらに向けていった。「ちなみに、彼女はグラフトン・ヴィレッジのクロスバウンド・チェダーを買っていきました」

このチーズは、布で巻かれてじっくり洞窟熟成されるチェダーならではの、ナッツときのこの風味が秀逸な一品だ。デリラはたぶん、これで焼きチーズ・サンドの新作をつくるつもりなのだろう。チェダー特有の緻密な組織は熱によく溶けるのだ。もしわたしがつくるなら、ハラペーニョや黒胡椒など、ちょっと刺激のあるものを加えたい。

レベッカはシンクにハーブを置くとシャワー水をかけ、ざっと洗いはじめた。

「シャーロットはヴィニー・カプリオッティを調べるべきだって、デリラはいっていましたよ」

「それなら彼女に会ったときに直接いわれたわ。祖母の家でリハーサルしていたのよ」

「だったら、ジョーダンの件では多少強引なことをしてもヴィニーを黙らせなきゃ、ともいわれませんでしたか？」

ティアンの視線がレベッカからわたしへ移り、こう訊いた。

「ジョーダンの件でヴィニーを黙らせるって、どういうこと？」

ハーブを洗うレベッカの手が止まり、全身が凍りついた。

そしてわたしのほうは、全身が熱くなる。まったくデリラったら！　レベッカにジョーダンの証人保護プログラムのことを漏らしたのなら、せめてそれをわたしに教えてくれなくちゃ！　まさかほかの人にもしゃべっちゃいないわよね？

「いつまでも待つわよ」ティアンは腕を組んだ。わたしがティアンについてこの二年で学んだことは、彼女はなんでも知っておかなくては気がすまない、ということだった。夫の浮気しかり。校庭でころんだ子どもたちのすり傷しかり。

「アナベルが……」レベッカがいいにくそうにいった。

「アナベルが、なに？」ティアンの声は厳しい。

「彼女が……」レベッカは天井をあおいだ。「事件現場から、背の高い人が走ってくるのを見たんです」

「その話はわたしも聞いたわよ」

「アーソ署長は、その人物はジョーダンじゃないかと考えているようです」

「だけどもちろんジョーダンじゃないのよ。わたしはレベッカに感心し、援護射撃としてこういった。なんて機転がきくんだろう！　わたしはレベッカに感心し、援護射撃としてこういった。

ヴィニー・カプリオッティが、あれはジョーダンに違いないってアーソにしつこくいうかもしれない。それが不安だわって、デリラに話したの」

「というわけで……」と、レベッカ。「多少強引でも、ヴィニーを黙らせたほうがいいかもしれないと考えたわけです」

「脅迫するとか？」と、ティアン。

わたしはぎょっとしたものの、とりあえずうなずいた。

「デリラは、ウェブで調べれば何か見つかるかもしれないといっていました」と、レベッカ。

「わたしも手伝うわ」ティアンは急にはりきりだした。「インターネットのふつうの検索じゃ集められない情報も集めるんでしょ？　深層《ディープ》ウェブとかね？」ティアンはわたしの手をとると、事務室に向かった。「ヴィニーといえば、ジャッキーのお店の外にいるのを見たわよ。

彼って、なんだか不気味よね……」

事務室に入ると、ラグズがいつもの椅子の上でミャウと鳴き、ロケットが虎の縞模様の枕の上で顔をあげ、ワンと吠えた。ティアンはデスクの下の引き出しからおやつを出して与えると、ラグズを抱きあげて床におろし、空いた椅子に腰をおろした。そして両手を、パソコンのキーボードに軽くのせる。

わたしはヴィニーの名前が正確にはヴィンセント・カプリオッティであることを伝え、鉛筆とメモ帳をデスクにのせた。ティアンは画面を見つめ、検索にとりかかる。ただ、正直なところ、わたしとしてはヴィニーの情報がなんの役に立つのかは想像もつかなかった。

「そういえば――」ティアンがいった。「ジャッキーが夫の遺産を相続するっていう話はほんとうなの？」

「まだはっきりしないみたいよ」

「ヴィニーは遺産をひとり占めしたくて彼女を襲ったりしないかしら？　彼も相続人なんでしょ？」

「それもまだわからないみたい」その後アーソは、ジャコモの財産管理人と話せたかしら？

「思い出すわ」と、ティアン。「わたしの祖父が亡くなったとき、叔父たちはわたしの父に長々とお説教をしたのよ。よけいなことは考えず、みんなと歩調を合わせろって。さもないと……」

「さもないと？」

「ちょっと早めに天国に行くかもしれないぞ！」ティアンはふうっと大きく息を吐いた。

「お金って、人を変えるわね」

「ほんとに」

「もう平気よ、シャーロット、わたしひとりでも調べられるから。あなたは自分の仕事にもどって」

わたしはいわれたとおり事務所を出ると、御影石のカウンターに手をつき、レベッカをにらんだ。

レベッカはシンクから顔をあげる——「デリラからは何も聞いていませんよ。ただ……」ハーブを白いザルに入れて、シャッシャッと水を切る。「いろんなことを見たり聞いたりして、そこから推理しただけなんです。デリラは具体的なことは何もいいませんでした」

わたしは気持ちをおちつけて尋ねた。

「あなたは何を推理したの？」

「ジョーダンは警察の手を逃れてここに来たんじゃないですか？　大金を盗んで、そのお金で農場を手に入れた」

全身から力が抜けた。

「その推理は正解とはほど遠いわ、レベッカ」

「でなければ、マスコミから身を隠している外国の億万長者とか？」

「それも違うわ」さっきの自分のあわてぶりを反省する。もっとおちついて対応すれば、テイアンもあれほど興味を示さなかっただろう。それにしてもレベッカは、少しおしゃべりがすぎる。それも人の過去を勝手に〝推理〟してしゃべるなんて――。

「だったら、証人保護プログラムの被保護者とか？」

「さあ、どうかしらね」わたしはチーズ・カウンターにもどった。

レベッカは店内のお客さんがとぎれるたびに質問してきたけれど、わたしはそっけなく、ときにつっけんどんに返事するだけだ。

一時間ほど後、お客さんがひとりもいなくなったところで、ベームスターのXOチーズをケースからとりだした。これはわたしのお気に入りのひとつで、原料は牛乳、熟成期間は二十六カ月。バタースコッチのような香りがあり、口当たりがとてもいい。わたしはカットした表面をきれいに整えてから、チーズ専用のラップでくるんだ。こうして個別包装しておかないと、ケース内でほかのチーズの香りが移ってしまいかねない。そして包みおえたXOをケースにもどしたところで、レベッカが話しかけてきた。

「ティアンの前でよけいなことをいって、すみませんでした。今後は口をつつしみます。約束します。だから機嫌をなおしてください」

わたしはふりむき、レベッカの目を見ていった。

「思いつきで話したことが噂になって広まったらどうするの？　これからは気をつけてちょうだいね」

「はい、わかりました。もうしません」

わたしは思わず笑った。どうもレベッカが相手だと、本気で怒ることができない。それからまた一時間、店内はお客さんでにぎわい、わたしたちは忙しく働いた。そしてようやくひと段落して、レベッカがいった。

「ティアンはまだ調べものをしているんですか？」

そういえば、事務室から出てきた気配がない。わたしは事務室に行くと、そっとなかをのぞいてみた。するとティアンは椅子の背にもたれ、ラグズが彼女の胸の上で寝ている。ティアンの頬には涙。

「どうしたの、ティアン？」

「寄り道したの。ヴィニー・カプリオッティを調べても、たいした情報はなかったから。そうしたら……」コンピュータ画面を指さす。

そこには別れた夫とにこやかに笑う女性――離婚の原因になった人だ――の写真があった。場所はニューオーリンズだから、元夫は彼女を連れて故郷に帰ったのだろう。ティアンのもとに残した子どもたちとは、週に一度も会えなくなるはずだ。

「結婚するのよ」ティアンの目から涙がこぼれた。「ほら、あの大きな指輪……」

写真のなかの女性は、ずいぶん目立つ指輪をしていた。

「ほんとに大きいわね。でも、好みは人それぞれだから」

「そうよね」ティアンは鼻をすすった。「偽物の大きな胸には、偽物の大きな指輪が合うのよ。母がよくいっていたわ、偽物は偽物でしかないのよって」

「シャーロット――」戸口にレベッカが立っていた。

「あとにしてくれない？」

「でも、大切なことかもしれないので」

ティアンは手をふった。「わたしのことは気にしないで。これでも強くなったんだから。ね、そうでしょ？」ラグズに話しかける。ラグズは喉をぐるぐるいわせ、頭をティアンの胸にこすりつけた。

わたしは戸口まで行き、「大切なことって、何？」と訊いた。

「外にヴィニーがいたんです」

「ヴィンセント・カプリオッティのこと？」ティアンが椅子を回転させてこちらを向いた。

「このお店に入ってきたの？」

「いいえ、路上駐車して、西に歩いていきました」

「あら、それなら――」ティアンは電話の受話器をとってボタンを押しながらいった。「ヴィニーって人は、シルヴィのお店でエステをする初の男性だったわよね？」

「ええ、たぶん。それがどうかしたの？」

彼女は人差し指を立て、それから受話器に向かっていった。

「もしもし、シルヴィ？　こんにちは、ティアンよ。あら、わたしもマシューの結婚式のことであなたと話したいと思っていたの。ええ、ご意見はいつでも歓迎よ」

わたしは顔をしかめた。シルヴィのご意見って何かしら？

ティアンはわたしに〝心配しないで〟というようにウィンクした。そして電話の向こうのシルヴィに話しつづける。

「でもそれよりまえに、ちょっと訊きたいことがあるの。あの、お肌の荒れた男性はもうそちらに行ったのかしら？」黙って耳を傾ける。「そうそう、ヴィニーって名前ね。あら、いまちょうどお店にいるの？」わたしとレベッカに向かってうなずく。「ほんとにあなたってすごいわ。このまえも貴重なお話を聞いたけど、ええ、またコツを教えてちょうだい」少し沈黙。「わかったわ。あした〈カフェ・オレ〉ね？　時間は？」うなずく。「それじゃ、あした。チャオ！」受話器を置いて椅子を回転させる。「ヴィニー・カプリオッティはいま、フェイシャル・エステを受けている最中よ。一時間半くらいはシルヴィのお店にいるみたい」

「ティアンはどんな用事で、あした〈カフェ・オレ〉でシルヴィとお茶を飲むの？」

ティアンは困った顔をした。「このまえあなたが試食で用意した披露宴メニューのことで、個人的に話したいことがあるんですって」

「まったく……」

「気にしないのよ。わたしはメニューを変える気なんかないもの。それより目の前のことを考えましょうよ。ねえ、あなた、ヴィニーの車を調べてみたらどう？」

「えっ？」わたしは目をまるくした。

「賛成です」と、レベッカ。「調べるといっても、車内をのぞくだけでいいんですから」

「のぞいて何をさがすの？」と、わたし。

「なんでもいいのよ」ティアンは立ち上がり、抱いていたラグズを椅子にのせた。そして両手でラグズの頭を撫でてから、わたしとレベッカに事務室を出るよううながす。「アーソがジャッキー以外の人を疑うきっかけになるものなら」

「ヴィニーはギャンブラーなので、借用書があるかもしれませんよ」と、レベッカ。

「でなきゃ、お金に困っていることを示す何かね」と、ティアン。

「あるいは――」レベッカは腕を組んで考えこんだ。「相続人はヴィニーひとりにする、と書いたジャコモの遺言書とか」

そういうものをわざわざプロヴィデンスまで持って来るかしら？

「拳銃でもいいですよ、シャーロット」

わたしはレベッカをまじまじと見た。たしかに、ヴィニーが拳銃を持っていたら、〈イグルー〉に行って兄と口論になり、引き金をひいた――という仮説はなりたつ。拳銃が見つかれば、アーソもヴィニーをふたたび容疑者として考えるかもしれない。

ただし、ジャコモは銃で撃たれたのではなく、アイスクリームの容器で殴られて死んだのだ。

15

「ちょっと待ってよ」わたしは力なく両手を広げ、レベッカとティアンを見た。

「どうしてわたしが調べなきゃいけないの？」

「なぜなら――」レベッカはいいかけて、口を閉じた。〝ぶどうを踏もう〟のTシャツを着た女性のお客さんが入ってきたのだ。

わたしたち三人はほとんど同時に、いらっしゃいませと声をかけた。お客さんは小さく会釈し、まっすぐカウンターまで来ると、ケースのなかのチーズを見ていった。

「このストラヴェッキオって、どういうチーズ？　パルミジャーノっぽいけど、味も似ているのかしら？」

わたしはケースからストラヴェッキオをとりだして、木のボードにのせた。

「似ていますけど、パルミジャーノほどの塩気はありませんよ」ラップをとってスライスし、お客さんに差し出す。「ナッツの風味で、少しだけ、濃いキャラメルの香りがします」

お客さんは口にふくみ、しばらくして「おいしいわね」といった。

「そのチーズがお好みなら」と、レベッカ。「クウェイルリッジの蜂蜜もおすすめですよ」

遠くの壁にある棚を指さす。

お客さんはのんびりとそちらのほうへ歩いていった。

「ヴィニーの車を調べてきてください」レベッカがわたしの横に来てささやいた。「お客さんの相手は、わたしとティアンでやりますから」

「どうしてわたしに押しつけるのよ？」

「シャーロットはいつも、路上駐車した車をチェックしているからです」

「あら、わたしはそんなことはしないわ」

「いいえ、しているわよ」ティアンがほほえんだ。「駐車中のパーキングメーターを確認してるでしょ。いつだったか、あなたが車のフロントガラスから駐車違反切符を取ってアーソに渡しているのを見たわ」

たしかに、それをしたことはある。副署長たちが新人警官のように、時間制限を過ぎた車に切符をはりまくるのが、わたしはどうも好きではない。プロヴィデンスに来てくれた観光客には、ゆっくりと時間を気にせず町を散策し、ショッピングしてもらいたいからだ。これに関しては、アーソもおなじ思いだった。でも、だからといって、人の車のなかをのぞいたりはしていない。

「借用書も何も見つからなかったらどうするの？　これも荒唐無稽なテレビ・ドラマを見て知ったやり方？」わたしがいやみな言い方をすると、ティアンは笑いをこらえ、レベッカはむっとしていった。

「荒唐無稽ではありません。《ロー&オーダー》や《キャッスル》や、挙げたらきりがないくらい、さまざまなテレビ番組が役に立つことを教えてくれます。ドラマでは、主役は悪役の車をのぞき、住所録を見つけたりするものです」

「だけど現実には〝不法侵入〟に相当するかもね」ティアンがいった。

「それならシャーロットは経験ずみです」

「えっ？」ティアンはぎょっとしてわたしを見た。

そう、たしかにわたしは不法侵入をしたことがある。過去の事件で、なんとか手がかりを見つけたいと思ってしたのだけど、理由はさておき、不法侵入に相当するだろう。

「借用書でなくても、住所録などが見つかれば——」レベッカはつづけた。「ヴィニーがどんな人とつきあって借金をしているかがわかるかもしれません。そうしたら——」

「それをネタに彼を脅せるわね」ティアンが言葉をついだ。

「えっ？」今度はわたしがびっくりする番だった。

「さあ、外をぶらついてきてください」と、レベッカ。「そして青いファイヤーバードのなかをちらっとのぞいてみる。ヴィニーの車は、青いファイヤーバードです」

「早く行って」ティアンがわたしを追い払うように手をふった。

わたしが蜂蜜の棚を見ている女性客に目をやると、「お店番はティアンとふたりでしっかりやりますから」と、レベッカ。

仕方ないわね——。わたしはため息をついた。ただ本音をいうと、好奇心の点ではレベッカたちと変わらない。ヴィニーにとって不利なものを見つけることができたら……。それを彼につきつけられたら……。その結果、ヴィニーはこの町を去り、ジョーダンもジャッキーもこれまでとおなじ生活をつづけられるかもしれない……。よし、わたしにできることならやってみよう。

ヴィニーのロイヤルブルーのファイヤーバード1970は、デリラのお店〈カントリー・キッチン〉の近くに駐車していた。車のフロントガラスは汚れ、グリルにも虫がいる。プロヴィデンスの町はずれには洗車をしてくれるところがあるのだけど、ヴィニーはそこに寄らなかったらしい。それでもワイパーはかけたようで、車内をのぞくくらいのことはできた。助手席とうしろの座席には、ごみ箱さながら雑多なものが放り投げられている――紙、新聞、本、丸めたファストフードの袋、カメラ、ダッフルバッグふたつ。ジャコモはこの散らかり放題の汚れた車に乗って、ヴィニーといっしょにプロヴィデンスまで来たということ？　聞いたかぎりでは、ジャコモは財産家なのだから、もっときれいな高級車を使ってもいいような……。でも、お忍びでプロヴィデンスに来るにはこのほうがよかった？　その場合、彼の所持品はどこに？　トランクのなか？　目の隅で、きらっと光るものがあった。皺くちゃの新聞紙の下からのぞいて見えるのは……銃ではなく、黒い革表紙の本の留め金だった。あそこに借用書とか遺書、契約書がはさまれていたりしないだろうか？

運転席のドアはロックされていたけれど、助手席のドアは未ロックだった。プロヴィデンスの治安のよさを信じてくれているのだろう、たぶん。そしてこれからわたしがすることは、このドアをあけ、なかに入ること――。心臓がどきどきした。右を、左を、ゆっくりと見て、人がいないことを確かめる。そして勇気を奮い起こして、ドアハンドルをつかもうと手を伸ばしたとき、聞きなれた声がした。

「お先にどうぞ、お嬢さん」

アーソの声だった。わたしは伸ばした手を即座にポケットにつっこんだ。

制服姿のアーソが〈カントリー・キッチン〉の入口にいた。開いたドアを片手で押さえ、反対側の手にはテイクアウトのトレイがある。そこにはソーダがふたつのっていた。

「お嬢さん？」エディが笑顔でアーソの横を通りながらいった。全身ブラックのボヘミアンなファッションで、黒いスカートが揺れる。「ずいぶんかわいらしいわね。ありがとう」アーソの腕を軽くたたいて、ハリネズミみたいに尖った髪を照れたように引っぱる。そして長いまつ毛で何度もまばたき。

あら……。どうなってるの？　わたしの胸がざわついた。といっても嫉妬ではない。わたしはアーソが恋をし、結婚して家庭をもつのを望んでいる。ただ、その相手がエディというのは……。しかも彼女はジャコモ殺害事件にからんでいるかもしれないのだ。

いいかげんにしなさい、シャーロット。わたしは自分をたしなめた。エディがジャコモを殺す理由なんかないはずよ。お金には困っていないと、本人もいっていたじゃないの。

そういえば、ジャコモが〝札束〟をここまで持ってきたのが事実だとしたら、そのお金はこの車に隠されているかもしれない。ヴィニーはそれがほしくて兄を殺害したとか？　アーソが近くにいるかぎり、車内を調べたくても調べられない——。

　わたしはほっぺたを小さくたたいて気合を入れてから、小走りでアーソのもとへ行くと、偶然出会ったふりをした。

「こんにちは！」アーソに声をかけ、エディには軽く会釈する。「あら、デートだったの？　お邪魔してごめんなさい」わたしは心のなかでうめいた。われながら、しらじらしい台詞だと思う。

　エディは明るいブルーの目を見開き、「いっしょにランチを食べるだけだわ」といった。

「それも警察署でね」アーソがどこか身構えたようすでいいそえた。「あのサンドイッチを焼いて食べようと思ったんだよ、きみのアドバイスどおりに」

　エディはアーソの腕に自分の腕をからめた。

「デートなんてお熱いものじゃないわ。でも、ユーイーはいつでもすぐ来てくれるから」

　ユーイー？　アーソは彼女にユーイーって呼ばせているの？

「ごめんなさい、電話がかかってきたみたい」エディは上衣のポケットから携帯電話をとりだして見た。「ショップからだわ。ちょっと失礼——」電話を耳にあててその場から離れる。

　アーソはわたしに向かって首をかしげた。

「ここで何をしていたんだ？」

「べつに何も……」わたしはそわそわした。

「カプリオッティさんの車をのぞいていたよな？」

「そんなことはしていません」

アーソの目が細くなる。「ごまかそうとしてもだめだぞ」

「そんなつもりはないわ」

「正直にいえ、シャーロット。また、かぎまわっていたんだろ」

「違いますって」

「おれじゃ頼りにならないか？」

「それは被害妄想よ」

「きみは友人を助けるためなら、なんだってやりかねない」

ええ、そうよ。わたしは正直にいった。「ジャッキーは潔白だもの」

アーソはテイクアウトのソーダを左手に持ちかえた。

「だったらほかにだれが怪しい？」

「たとえば……ヒューゴ・ハンターとか」

「理由は？」

「ジャッキーを守るために」

「彼にはきちんとしたアリバイがある。で、ほかには？」

「ヴィニー・カプリオッティも」

「もう調べおえたよ」

「財産管理人とは話したの？」

「まだだ」

「それから……アナベルも」彼女の名前が思わず口をついて出た。

「アナベルがどうしたって？」アーソはものすごい形相でわたしをにらみつけた。

「彼女はジャコモに好意をもっていたらしいから。オクタヴィアの話だと、書店で意気投合したみたいよ」

「ふたりはデートしたのか？」

「それはないと思うけど……」わたしは顔がほてるのを感じた。ばかなシャーロット！　アナベルの名前を出すなんて裏切り行為よ！

でも、とそこで思った。アナベルはずいぶんいろんなことを知っている。事件現場から走ってくる人間を見たとか、ニュージャージーのジャコモに電話がかかってきたこと、そして彼が大金を持っていたことまで。

「ユーイー」エディが携帯電話をふりながらもどってきた。「こっちの仕事は問題なしよ。そちらの話はすんだ？」からかうようにわたしを見る。

もしかして、わたしがやきもちをやいていると思っているの？　残念だけど、エディ、わたしが愛しているのはジョーダンよ。わたしは彼女に向かってにっこりした。

「早く行きましょう、お腹ぺこぺこだわ」エディはアーソの腕をとると、チェリー・オーチャード通りのほうへ引っぱっていった。アーソは抵抗もせずに連れていかれる。

ふたりが角を曲がって姿が見えなくなるとすぐ、わたしはヴィニーの車までもどり、助手席のドアのハンドルに手をかけた。早く答えが見つかれば、それだけ早く友人の嫌疑が晴れる。

「何やってんだよ！」男の怒鳴り声がした。

あわててふりむくと、ヴィニーがこちらに突進してくる。顔には緑色のクリームがべったり塗られ、ぼろぼろのジーンズをはいた足の先はスパ・サンダルだ。肩はむきだしで、その下に巻かれているのは〈アンダー・ラップス〉のロゴが入ったタオルだった。そんな格好でこぶしをふりあげる姿は滑稽ながら、わたしは恐怖にあとずさり、歩道の裂け目につまずいた。そしてパーキング・メーターに激突。

ヴィニーはわたしのところまで来ると、泥パックのミントの香りがわかるほど顔を近づけていった。

「あんた、おれの車をどうする気だ？」

「い、いえ、わたしは何も……」

車の警報装置の音があたりに響きわたった。

「わたしはただレストランから出てきて……それでその……」

すると、べつの警報機が鳴りはじめた。

「大きな音がしたので、何かがこの車にぶつかったのかと……」

「嘘つけ！」

「鳴ったのは、この、あなたの車だと思ったの。でも勘違いだったみたいね」

わたしはあたりを見回し、警報音のもとをさがした。〈フロマジュリー・ベセット〉の玄関前に立つティアンとレベッカが見える。どちらの手にも、車のキーをつけた鍵束――。わたしはほっとした。ずっとこちらのようすを見てくれていたらしい。わたしはそろりそろりとパーキング・メーターの横に出た。全力で走って道路を渡るつもりだった。

ところが、足を一歩踏みだすなり、ヴィニーにセーターの裾をつかまれ引っぱられた。

「逃がすもんか。あっちに女がふたりいるのはわかってるんだ。おまえはおれの車に忍びこもうとした。これは現行犯だぜ」わたしのセーターをつかんだまま車のドアをあけ、片手でダッシュボードのなかをひっかきまわして何かをつかむ。そこに光る金属のようなものが見えたけれど……あれはもしや拳銃？

「やめてちょうだい」わたしは懇願した。

「やめるって、何をだ？」ヴィニーは札入れをとりだすとダッシュボードを閉め、わたしをにらみつけた。「いったい何をさがしていたのか……」ひとり言のようにつぶやいて、散らかり放題の車内に目をもどし、ゆっくりチェックする。そして視線がとまった。「そうか、あれか」新聞の下から革表紙の本を引っぱり出すと、背筋をのばしすっくと立った。背はわたしより五、六センチ高い。「あんた、これを狙ってたんだな？」

「何も狙ってなんかいないわ」

「おれの仲間を知りたかったんだろ？」ヴィニーはマフィアではないとジョーダンはいったけれど、いまここにいるヴィニーはまるでマフィアだった。「惜しかったよな。いいか、よく聞け。またこそこそかぎまわったら、仲良しのジャッキーが遠いところに行っちまうぞ」

「それは彼女を殺すっていう意味？」

「おやおや、そんなことはひと言もいっちゃいない。でも、わかったよな？」

「わかったわ」ティアンとレベッカがこちらを見てくれていることで気持ちがおちつき、わたしは冷静にいった。そしてヴィニーの背後にわざと目を向け、いもしない人に会釈するふりをしてから、セーターを握るヴィニーの手に視線をおとす。

ヴィニーは首をまわし、背後を見た。セーターを握る手の力がゆるみ、わたしはそのすきにセーターの裾をもぎとった。

ヴィニーはわたしをふりむいてにらみつけ、「これだけはいっておく」と、革張りの本をふった。アルファベットを記した金色のタブがついているから、おそらく住所録だろう。

「いいか、ここに書いてある仲間に連絡するかどうかは、おれの気持ちひとつなんだ。だからジャッキーには、ちょっぴり小遣いをもらおうと思ってるのさ。そうすりゃあの女も、ニュージャージーの善良な市民に再会せずにすむ。雲隠れには、それなりの経費がかかるんだよ」

ヴィニーは出まかせばかりいう――。ジョーダンの言葉がよみがえり、わたしはあえていってみた。

「どうしてジャッキーがニュージャージーの人たちに居場所を知られたくないと思うの？暴力をふるう夫はもうこの世にいないわ」

「金は磁石とおなじでね。ジャッキーはこれから大金持ちになるだろ？　兄貴に対して怒りまくってるクライアントは山のようにいるんだよ」人差し指を口にあてる。「しーっ。これは内緒のお話だ」

わたしは背筋が寒くなった。「彼女はどうやればあなたに連絡をとれるの？」

「おれからジャッキーに知らせるよ」歯をむきだし、まるでわたしをむしゃむしゃ食べるように動かす。

わたしは身を縮め、あとずさった。

「じゃあまたな」

綿のタオルをひらひらさせながら、ヴィニーは歩いていった。小さく笑う声が聞こえる。ヴィニーを黙らせる材料を見つけよう。そんなわたしたちの作戦は、どんでん返しの結末となった。

16

ショップを閉めて、ラグズとロケットを家に連れて帰ってから、わたしはティモシー・オシェイのアイリッシュ・パブに行った。今夜は仲間で集まる日だ。

いつものように、月曜日のパブは混んでいた。〝マンデー・ナイト・フットボール〟があるからで、木製のバー・カウンターの上に並ぶテレビは、かならずこの試合中継にチャンネルが合わされる。そのため、月曜は生演奏もお休みだ。

わたしはボックス席に向かった。すでにメレディス、ティアン、レベッカが来ている。歩きながらテレビ画面に目をやると、クリーヴランド・ブラウンズは七点のリード。

「遅いじゃないの」三人は声をそろえていった。もう注文はすませたようで、テーブルにはカクテルが並び、わたし用にソーヴィニヨン・ブランのグラスも置かれていた。

メレディスの横に腰をおろして、まずは四人でグラスを合わせ――「ゴシップに乾杯！」。わたしたちは《三銃士》も顔負けの固い友情で結ばれている。

「デリラはまだ？　ジャッキーとフレックルズは？」わたしが訊くとメレディスがいった。

「きょうは忙しくて無理みたいよ。ところでシャーロット――」眉間に皺が寄る。「ヴィニーって人の話を聞いたわ」

「まだ全部は話していません」と、レベッカ。「ヴィニーがシャーロットをつかまえたところまでです」

わたしはワイングラスを置くと手短に、努めて明るい調子で語った。

「――というわけなのよ」椅子の背にもたれる。「ヴィニーは鼻と鼻がくっつくくらい顔を近づけてきて、ほんとにもう、背筋が寒くなったわ。それもこれも――」ティアンとレベッカを指さす。「このふたりにそそのかされたから」ヴィニーがジャッキーに口止め料を要求する気でいることは伏せておいた。さすがにこれは〝ゴシップ〟の範囲を超えると思ったからだ。

「シャーロットは危ないことをしすぎだわ」メレディスがいった。

「でも昼間だったし、わたしはタフだから」

「はい、何かあったら、わたしたちもすぐ駆けつけるつもりでした」と、レベッカ。

「あなたたちでシャーロットを守れたと思うの？　レベッカの細腕じゃたいしたことはできないでしょ？　そして――」メレディスはティアンを見た。「あなたは南部の上品なご婦人よ。蠅一匹、殺せないくせに」

「それは思い込みよ」ティアンは顎をつんとあげた。「わたしがどんなに恐ろしいかは、家族がよく知っているわ」

「だからご主人は町から逃げ出したんですね」レベッカがいうと、ティアンはからからと笑った。

「ええ、そのとおり」

メレディスは首を横にふる。「せめてアーソには連絡したんでしょうね、シャーロット？　ヴィニーに脅迫されたことを報告した？」

「留守番電話だったから、最低限のことだけ吹きこんでおいたわ」いまのところ、おりかえしの電話はない。レストランの外であんな会話をしたから、それも仕方ないだろうとあきらめていた。こそこそ動きまわるわたしに、アーソは怒り心頭だろう。

「お待たせしました」ウェイトレスがアラカルトの大皿――山羊乳チーズのミニ・ピザ、タマレとサルサベルデ、パルミジャーノとローズマリーのスタッフドポテト――をテーブルの真ん中に置いた。

「シャーロットのぶんまで勝手に注文しましたけど、これでいいですか？」と、レベッカ。

これのどこがいけないの？　わたしはだれよりも早く手をのばし、ポテトを口に入れた。表面はかりっとして、それからパルミジャーノがしっとりと口のなかで溶けていく……。

ティアンとレベッカはテレビ画面を見ながらフットボールの話を始めた。そしてメレディスが、わたしをそっとつつく。

「ねえ、見て」

彼女の視線を追うと、パブの入口からプルーデンスとアイリスが入ってくるところだった。

ふたりのうしろには男性がふたり――《ハムレット》の主役のストラットンと、友人の歴史教師だ。プルーデンスは堅苦しいスーツを着て、バッグを脇の下にはさんでいた。口もとを引き締め、肩は緊張し、その全身から〝わたしに近づくな！〟の叫びが聞こえてくるようだった。かたやアイリスは自信にみなぎって見えた。髪はきれいにブローされ、山吹色のシルクのセーターとパンツは格好よく、とても似合っている。

メレディスがまたわたしの脇をつついた。

「アナベルがカウンターでティモシーと話しているわよ」

このパブのオーナーであるティモシー・オシェイは気さくで人当たりがよく、カウンターでバーテンダーをやるときはどんなお客さんの話でも、最低五分はじっくり耳をかたむける。

「だからどうなの？　アナベルがここに来てもおかしくないわ」

「ちょくちょく腕時計を見てるでしょ」

「だから？」

メレディスは顔をしかめてわたしを見た。「わからない人ね。彼女はたぶんヴィニーを待っているのよ」

「わたしもそんな気がします」レベッカがテレビ画面からメレディスに視線を移した。「フリルのブラウスを着て、お化粧もばっちりして、いかにもデートって感じですから」

「待ち人来たらずなのかしら？　彼女、少しさびしそうじゃない？」メレディスはそういうと、「ほら、シャーロット！」と、今度は入口を指さした。「ミスター・ハンサムの登場よ。妹とボーイフレンドもいっしょだわ」

ジョーダン、ジャッキー、ヒューゴが入ってきて、女性の案内係が応対した。ジョーダンは彼女と立ち話をし、ジャッキーとヒューゴはそのままカウンターまで行ってスツールにすわる。ヒューゴが手品師のように手をふって、ジャッキーの耳のうしろから何か光るものをとりだした。ジャッキーは心から楽しそうに笑う。こんなにくつろいだ彼女を見るのは久しぶりだった。いまは事件のことは忘れ、ヒューゴのことだけ考えているのだろう。わたしはヒューゴのアリバイが真実かどうかを確かめたかったけれど、ここでそんなことをしたら、ジャッキーは二度とわたしと口をきいてくれないような気がした。

ジョーダンは妹たちのところへ向かい、途中で立ち止まると店内を見まわした。そしてわたしと目が合って、〝こっちへおいで〟というジェスチャーをした。ああ、なんてすてきなんでしょう……わたしは彼がどんな動作をしても、うっとりと見とれてしまう。

「シャーロットはどう思う？」ティアンの声が、わたしをテーブルの会話に引き戻した。

「何の話？」

「恋をすると、心ここにあらずになっちゃうわね」と、メレディス。

「人のことはいえないでしょ？　結婚式が近い人は、足が地に着いていないわ」

「あら、ちゃんと着いてるわよ」メレディスがわざとらしく、テーブルの下で足を踏み鳴らした。

「まあまあ、おふたりとも」ティアンが笑う。「わたしが質問したのは、アナベルとヴィニーのデートのことよ。これは聞いた話だけど、アナベルは土曜に〈ティップ・トゥ・トー・

サロン〉で、新しい恋人の話をしまくったみたいなの」

「だったらオクタヴィアに連絡したほうがいいですよ、シャーロット」レベッカがいった。

「どうして？」

「オクタヴィアなら、アナベルを諭せると思うからです。母親のような存在ですから、ヴィニーは危険人物だと説得できるんじゃないですか？」

それは少し疑問だった。わたしがアナベルの年齢だったら、周囲の大人が恋愛に口出ししてくるのを嫌っただろう。そして現実に、わたしは〝食えないシェフ〟と婚約までしたあげく、捨てられた。

見ると、ジョーダンはまだこちらを向き、今度はちょっと怖い顔で〝こっちへ来い〟と指をふった。わたしは友人たちにひと言いって立ち上がり、彼のもとへ向かう。

「やあ」

「こんばんは」わたしは彼の腕に腕をからめた。「土曜の夜、ジャッキーの家に行ってから一度も電話をくれなかったでしょ？」

「日曜からきょうにかけて、農場がたいへんだったんだよ。牛が二頭、具合を悪くしてね」

「そうだったの……。で、ジャッキーのようすはどう？」

「ふんばってるよ。ぼくも土曜は、夜中まであの子の家にいたんだ」片手でわたしの頰を撫で、ほつれ毛を耳にかけてくれた。そして小声で、「きみがヴィニーとやりあったという噂を聞いたが」といった。

えっ？　だれから聞いたの？　わたしは驚きつつも、しらじらしくいった。

「わたしがヴィニーとやりあったって？」

「うん、〈カントリー・キッチン〉の外で」

「いったい……」

「ティモシーから聞いたんだよ。彼はアナベルから聞いたらしい」

わたしはカウンターのアナベルに目をやった。どうして彼女があのことを知っているのかしら？

そしてジョーダンに目をもどす。彼に何かを質問されたら、正直に答えるのがベストだとわかっていた。

「ヴィニーはお金を要求する気よ」

「何を理由に？」

「ジャッキーの居場所を口外しないことの代償みたい。ニュージャージーにはいまもジャッキーをさがしている人がいるような言い方だったわ。ジャッキーには自分から連絡するともいっていたけど」

「しょうもないやつだ」

「住所録を持っているから、その気になればその人たちに連絡できるって」

ジョーダンはため息をついた。「あの男は、金になるなら何だってやりかねない」

そういえば、殺されたジャコモが持っていた現金はいまどこに？　ヴィニーが盗んだのかしら？　でなければ、ほかのだれが持っているの？

「きみのことが心配なんだよ、シャーロット。好奇心がいささか旺盛すぎるから」ジョーダンはわたしの顔を両手でやさしくはさんだ。「頼むから、取り調べはほどほどにして、退廷してほしい」

　わたしは緊張した。一年ほどまえにも、〝取り調べ〟や〝退廷〟といった台詞をいわれたような気がする。ジョーダンの過去をすべて知ったと思いつつ、漠然とした不安を抱えていたときだ。わたしは彼を愛しているし、打ち明けてくれたことはどれも真実だと信じたい。でも、とても大切なことをまだ知らずにいるような……。このまえ、リビングの引き出しで見たあの認識票はだれのものだろう……。

　わたしは心をおちつけて訊いてみた。

「そんなふうにいわれると、まえに話したことを思い出すわ。あなたはニューヨーク時代、レストランを経営していただけなの？」

　ジョーダンはわたしの顔から手を離した。くちびるが引き結ばれる。

「まだわたしに話してくれていないことがあるんじゃない？　危険なことや犯罪とかではなく、とても個人的な、もしかすると、とても悲しいこと。このまえの晩、あなたの農場で食事をしたとき――」

　ジョーダンは片手をあげた。「ここでその話はよそう」

「だったらどこで、いつ、話してくれるの？」思った以上に追及する口調になってしまった。

「わかったよ」ジョーダンはそういうとわたしの腕をつかみ、パブの出口へ向かった。外に出ると、冷たい風が肌を刺し、煙突から立ちのぼる煙の香りが漂ってくる。近くの広場では、夕飯まえの最後のひとときを楽しむ子どもたちの笑い声。

ジョーダンはパブの外壁にわたしのからだを押しつけた。キスをするのではなく、静かに話すためだ。外部照明が彼の顔を照らしはしても、その表情までは明るくできなかった。

「きみは何を知りたい？」

息をするのが苦しくなった。真実を知るのが怖い……。でも、知っておかなくてはいけないとも思った。

「あなたは警官だったの？」

「いいや。どうして？」

「退廷や取り調べのような表現を使うから」

「そんなのは、たまたまだよ」

「武術を身につけているわ」

「ああ、軍隊でね」

「特殊部隊とか？」

ジョーダンの目が笑い、彼はわたしを抱きよせた。

「ぼくはそんなに俊敏じゃない」

「このまえ、戸棚の引き出しのなかに認識票があったわ。あれはあなたのもの？」

ジョーダンはわたしのからだを放すと、両手をジーンズのポケットにつっこみ、大きなため息をついた。

「やっぱりあのとき、見つけていたんだな。そうじゃないかとは思っていたが……。あれはぼくの認識票じゃないよ」

「だったらどうして保管しているの？」

ジョーダンは大きく息を吸いこみ、目をつむった。そしてふたたび目をあけ、わたしを見つめる。

「あれはぼくの……弟の認識票だ」瞳がうるんだように見えた。目の下がほんのりと赤くなる。「弟とぼくはいっしょに戦争に行った。そして、弟は帰ってこなかった」

わたしは何もいえず、無言のまま両手をジョーダンのからだにまわし、背中を撫でた。彼はこの世の終わりのように全身の力をこめてわたしを抱きしめる。そしてわたしの肩に顔をうずめて一度だけ、鼻をすすった。たった一度だけ。それから長い時間がたって、彼は顔をあげると少し離れ、わたしの両手を自分の両手でつつみこんだ。

「どうしていままで話してくれなかったの？」

「きみに話せば、おそらく名前を知りたがるだろう。そしてインターネットで調べるにちがいないと思った。きみならきっとそうするはずだと」

わたしは顔がほてるのを感じた。

「そういう検索は結果的にぼく自身につながり、たとえ弱いリンクでも、人によってはぼくの居場所を特定できる」

「たとえばヴィニーとか？」

「あいつのことは気にするな」

「彼は凶暴よ。心配しないわけにはいかないわ」車の件でヴィニーに脅された一部始終をジョーダンに語った。危険を冒したことを、彼が喜ぶはずもない。

「ああ、シャーロット……。お願いだから、もう何もしないでくれ。ヴィニーのことはぼくに任せてほしい」

その言葉に、少し胸騒ぎがした。「たとえああいう人が相手でも――」

「違法なことはしないよ」ジョーダンはわたしの言葉をさえぎった。「法律で許される範囲で対処する。法はけっして犯さない」

「彼にお金を渡すの？」

「何らかの対処はするよ。もちろん、合法的にね」ジョーダンはわたしの左右のまぶたに、それから耳にキスをした。そしてわたしの首筋をやさしく撫でる。

わたしはうっとりしながら彼の手をとり、それを自分の胸に当てて尋ねた。

「もうひとつだけ教えてちょうだい。認識票の苗字はピアースだったわ。これがあなたのほんとうの苗字よね？　だったら、ほんとうのファーストネームは何？」

「ぼくの名前は、ジェイムズ・ジョーダン・ピアースだ。どうか、〝ジョーダン〟と呼んでくれ」

17

翌日は、さわやかな気分で雄鶏より先に目を覚ました。シャワーを浴びて服を着替え、雑用をいくつかこなし、朝食の支度をする。ふたごがおりてきて、テーブルに置かれたグルテン・フリーのパンケーキの前にすわった。これには刻んだチーズ（きょうはデンマークの牛乳チーズ、ハヴァティだ）と、手づくりのアプリコット・ジャムをのせてある。わたしはそこにメープルシロップをかけた。食事中の話題は、学校の宿題や、もうじき開催されるランニング大会――〝ぶどうを踏もう〟レースだ。わたしがお皿を洗っていると、マシューがあわただしく入ってきて、グラノーラバーをつかみ、ふたごを学校へ送っていった。

わたしは〈フロマジュリー・ベセット〉に到着すると、いつものようにキッシュと本日のサンドイッチの準備にとりかかる。一時間後にレベッカが出勤し、すぐにショーケースのチーズの確認や入れ替えをした。

「やあ！」マシューが三脚のイーゼルを肩にかけ、反対側の腕にはワイン・グラスの箱を抱えてあらわれた。そのまま地下貯蔵室のドアに向かい、足であけようとする。

あんな格好で地下の階段をおりるなんて、危ないあぶない。わたしは走ってマシューのところへ行くと、彼の腕の下からワイン・グラスの箱をとった。

「そのイーゼルは何に使うの？」

「ワインの産地や特性を図面にして、これに飾ろうと思って。それぞれのワインに合うチーズも書くよ」

「名案だわ、ありがとう」

「ところで、このいい香りは例のフダンソウとナツメグのキッシュかな？」

「マシューのぶんは、ちゃんととっておくわよ」わたしは地下貯蔵室のドアをあけ、マシューを先に通すと、顔だけふりむき声をあげた。「レベッカ！　じきにティアンが来るはずだから、樽の上の品物は彼女に整理してもらって。わたしはちょっと地下に行くから」

「わかりました！」

マシューについて階段をおりていくと、だんだん塩の香りが強くなり、湿気も感じた。貯蔵室の管理法はチーズのメーカーや販売店ごとに異なり、わが〈フロマジュリー・ベセット〉の場合はジョーダンが設計してくれた。広さはワイン保管にもチーズ熟成にも申し分なく、壁は白れんがで、棚は木製だ。チーズはアメリカ各地から仕入れていて、なかにはショップで販売するまえに、ここでもう少し熟成させなくてはいけないものもある。

「グラスはあそこのビュッフェ・テーブルに置いてくれ」マシューは壁をくりぬいてつくった二メートル半ほどのスペースを指さした。そこには地元の画家に頼んで、窓枠と、その向こうに広がるプロヴィデンスの町並みを描いてもらった。そしてその絵の下に、田舎ふうのビュッフェ・テーブルを置いてある。また、部屋の中央にはモザイクの食卓と椅子を六脚配置した。この地下室が完成したら、ジョーダンとふたりでチーズとサラミ、シャンパンを楽しみたい、とわたしは心ひそかに願っている。

「ところで――」マシューがあらたまった口調でいった。「メレディスから聞いたんだが、また事件に首をつっこんでいるんだって？」

わたしはグラスの箱をテーブルに置いた。

「未来の花嫁さんから、もう十分注意されたわ」

「メレディスは心配しているんだよ。そしてぼくもね」

「心配しなくて大丈夫よ」

「アーソを信頼して、任せればいいんだ」

「彼はジャッキーを疑っているみたいなの。でも、彼女は潔白よ」

「ほんとうに？」

「ええ、間違いなく潔白」

マシューはイーゼルの三脚を広げてセットし、わたしは彼にこれまでの出来事を説明した――ヴィニーの車をのぞこうとしたこと、ヴィニーが持っていた住所録、ヴィニーはお金のためなら何だってやりかねないとジョーダンがいったこと。そして疑問に感じている点もつけくわえる。ヒューゴの怪しいアリバイやアナベルの目撃談、エディがニュージャージーに電話した可能性は否定できない、といったようなことだ。

「エディの話だとね」わたしはつづけた。「ジャッキーの夫に関する会話は、プルーデンスにも聞こえていたはずだって。でもどうしてプルーデンスがニュージャージーのジャコモに電話をするの？　何の得にもならないと思うのよね」

「金がほしかったとか？　彼女は金欠病らしいという噂だよ」

「それをいったら、町のほとんどの人がそうじゃない？」エディはフレックルズのお店に移って、お給料が増えたのだろうか？　あれだけ服やアクセサリーにお金をかけて、お給料だけでまかなえるもの？

「シャーロット！」階段の上から祖母の声がした。「下にいるのね？」

「そうよ《ウィ》。すぐあがるわ」わたしはマシューの頰にキスをした。「心配しなくていいから。危険な真似はしないって約束する」

階段をあがってショップに行くと、チーズ・カウンターの前に祖母だけでなく祖父もいて、仲良く腕を組んでいる。祖母が着ているギャザー・ワンピースは手づくりで、色は暖かめのオータム・カラーだ。

「ほら、おじいちゃん《ペペール》もようやく外出できるようになったわよ」祖母の声は、ここ何日かでいちばん明るかった。

祖父の顔色はよくなり、わたしはほっとして血色のいい両頰にキスをした。

「よかった、元気になって」

祖父は無言だったけれど、その目は輝き、活き活きしている。

「シャーロット、すみません！　ちょっと手伝ってもらえますか？　ティアンがいま忙しいんで」レベッカがからだ半分ショーケースのなかに入れ、チーズを整理しながらわたしを呼んだ。

「どうしたの？」

　レベッカはショーケースからからだを出してティアンのほうをふりむいた。ティアンは蜂蜜の陳列棚の前で地元の役者たちにとり囲まれ、「どろどろしたものは、からだにいいのよ」と講釈している。役者のなかには、主役のストラットンと友人の歴史教師もいた。

「おばあちゃんがあの人たちをランチに連れてきたんですよ」と、レベッカ。「ワイン・アネックスにも観光客のグループがいます」

「稽古場でピクニックをしようと思ったの」祖母がいった。「みんなにゆきわたるくらいのサンドイッチはあるかしら？」

　わたしはうなずいた。

「わしも手伝おう」祖父はおばあちゃんの腕をほどくとエプロンをとり、そそくさとカウンターのなかに入った。

「はりきりすぎないようにね、エティエン」祖母が声をかける。

「大丈夫だよ《セ・リアン》」祖父は目をきらきらさせ、両手をたたいた。「みなさん《メザミ》、さあどうぞ、お好きなものをお選びください」ケースのなかのサンドイッチをのぞく。サンドイッチにはそれぞれ材料を記したラベルが添えてあった。「自家製フォカッチャのサンドイッチには、バジルのペストにロースト・チキン、モッツァレラ。フランスパンのほうはセルベラ・ソーセージにチャツネ・マスタード、そして焼きたまねぎですよ。それから……おおっ、これはわしの大好物だ……トム・クレイユーズというチーズとハム、スイートピクルスをオニオンロールではさんだサンドイッチもありますよ」

地元の役者さんたちは口々においしそうだのなんだのといいながら、祖父のもとに集まった。

わたしは祖母の腕をとると、チーズ・ショップとワイン・アネックスをつなぐアーチ道のほうへ引っぱっていった。

「リハーサルは夜にするんじゃないの？」

「そうなんだけど、仕事のあとはどうしても疲れているから、昼間でも集まれるかどうかを訊いてみたの。そうしたら、大丈夫だっていう役者がわりと多かったから……ランチはそのお礼よ」ウィンクをひとつ。「わたしはチーズとサラミをいただいていくわ。裏方さんへの差し入れね。みんな昼間は縫製仕事や建設現場でたっぷり汗を流しているもの」

「まさか《モン・デュ》！」

祖父の声が響きわたり、わたしは驚いてふりかえった。祖父の顔は真っ赤で、口もとはゆがんでいる。わたしと祖母は急いで祖父のもとへ行った。

「どうしたの、エティエン？」祖母が夫の肩に手をのせて尋ねる。

祖父はその手をふりはらうと、左右のこぶしを腰に当てて妻をにらみつけた。

「おい、なんでわしに話さなかった？」

「え？」

「なんでわしに事件のことを話さなかった、と訊いたんだよ。また人が殺されたんだな？」

役者たちは視線をおとして黙りこんだ。たぶん彼らがしゃべったのだろう。

「そうなの、ジャッキーの夫が殺されたのよ」わたしは祖父にいった。

「ああ、そうらしいな。なぜわしに黙っていた、バーナデット？」祖母をにらみつけると、
祖母は夫の頬を撫でようと手をのばした。けれど祖父はその手をつかみ、「答えなさい」といった。

「そういった話題は心臓に悪いと思ったのよ」

「わしの心臓は弱っとらん」

「でもあなたは、もう――」

「うるさい」祖父は妻の手を放した。「その先はいうな。わしは年寄りになったんじゃない。一年一年、賢明になっているだけだ。ばかにするんじゃないぞ。ことわざにもあるだろう、その――」

「〝亀の甲より年の功〟かしら？」祖母はため息をつくと、夫の首に手をまわして抱きついた。「これくらいはすぐに思い出さなくちゃ、お年寄りのおばかさん」

「違う。わしは賢明なおばかさんだ」首から祖母の手をとり、自分の両手でくるむ。「では、最初から話してもらおうか」

祖母はジャコモ・カプリオッティという男が殺されたこと、彼はジャッキーの夫であることと、〈イグルー〉で撲殺されたことを話した。

「ジャッキーは結婚していたのか？」と、祖父。

「そうよ。女の赤ちゃんがいるでしょ」

「あの子は彼の子じゃないわ」わたしは訂正した。「ちょっと複雑な経緯があるの」

「最近は男に頼らず子どもをもつ女性が多いからな。それも立派なひとつの生き方だ」祖父は〝おまえもすぐにそうしろ〟とでもいうように、わたしの顔を見た。

祖母は夫の顎をつまみ、顔を自分のほうに向けさせた。

「あせらないのよ。シャーロットもそのうちお母さんになるわ」祖父が首をすくめたのを見て、話題を変える。「ジャッキーの夫はひどい人だったという噂を聞いたけど」

「それはほんとうよ」わたしはいった。「ジャッキーに暴力をふるっていたの」

まわりにいた役者さんたちがいっせいに息をのんだ。

「だからジャッキーは――」カウンターにいるレベッカがいった。「身元を隠してこの町に来たそうです」

「暴力をふるう人間は、ろくな死に方をしないよ」ストラットンがいい、同意を求めるように役者仲間を見回すと、全員がうなずいた。

「事件はいつ起きたんだ？」祖父が訊くと、まわりにいた人たちがぼそぼそと、金曜の夜だ、夜中の十二時から二時くらいらしいという。

「結婚式の料理の試食をした日よ」と、わたしはいった。「おじいちゃん《ペペール》が調子が悪いからって、早めに引き上げたあの晩」

「アーソ署長は、犯人のめぼしをつけているのか？」祖父がわたしに訊いた。

「彼はジャッキーを疑っているみたいだけど」

「それはないな《セタンポシブル》。わしはジャッキーがずっと赤ん坊といっしょに家にいるのを見たよ」

「ほんとうなの？」と、祖母。

「こういうことで嘘はつかん」白髪を指でうしろに撫でつける。「わしはひと晩じゅう起きていたからな。腹が痛くて、熱もあった。だからおまえが眠ってから、ベッドを出て裏庭に行ったんだ。夜気でからだを冷ましたかった。そのときジャッキーを見たんだよ」

「ほんとなのね！」わたしの声はいやでもはずんだ。「それでジャッキーのアリバイは裏づけられるわ。ああ、よかった……」

「間違いない。赤ん坊が夜泣きして、ジャッキーはあやしながら行ったり来たりしていた。おまえの母さんもよく泣いたもんだよ、シャーロット。だろ？」祖母をふりむく。

「ええ《ウィ》、ほんとにね」祖母はうなずいた。「だけどエティエン、そんなことならあの晩、わたしを起こしてくれたらよかったのに」

祖父はため息をついた。「おまえは毎日忙しいだろう。劇団の公演に、町長の職務に、動物を救う資金集めに……休む間もない」片手で祖母を抱きよせる。

「ありがとう」祖母はささやくようにいった。「大好きよ《ジュ・タドール》、エティエン」

役者さんたちは思い思いに話しはじめ、わたしはレベッカをふりむいた。

「悪いけど、お店番をしてくれる？　いますぐジャッキーにいいニュースを知らせたいの。それからアーソにも報告しなきゃ」

わたしはショップを飛び出した。

18

背中に羽がはえた気分で、わたしはジャッキーの〈ア・ホイール・グッド・タイム〉へ急いだ。学校で授業があるあいだは、ここはそう忙しくない。到着してみると、女性がふたりテーブルで器に色を塗り、母親と幼い子がカウンターの前にいた。カウンターにはマグカップやティーポット、花瓶などが並び、母子はどれに色を塗ろうかと思案中らしい。スピーカーからはジミー・バフェットの《マルガリータヴィル》が流れてくる。

ジャッキーは奥にあるろくろの前で、粘土の壺をへらで整えているところだった。壺は下部が丸くゆったりとして、首が細く引き締まっている。ジャッキーが顔をあげ、わたしと目が合った。

「いいニュースよ！」わたしは彼女に駆けよった。「うちの祖父がね、事件の夜のあなたのアリバイを証明してくれるわ」

「アーソはまだわたしを疑っているのね……」ジャッキーは悲しげにつぶやいた。「もちろん、そうでしょうね。彼だけじゃなく、みんなそう思ってるわね」パレットナイフをエプロンで拭き、壺をとりあげて作品が並んだ棚に置く。「それで、おじいちゃんはどんな話をしてくれたの？」

わたしは事件の夜の祖父の行動を話した。

「祖父は裏庭から、あなたとセシリーを見たんですって。でもずっと体調がすぐれなかったから、祖母が安静にさせたほうがいいと思って、ニュースはいっさい知らせなかったの。だから祖父が事件のことを知ったのは、ついさっきなのよ。でもこれで大丈夫。あなたの嫌疑は晴れたわ」

ジャッキーは大きなため息をつくと顔をそむけた。その目には涙が光っていたようで、わたしは彼女の肩に手をのせた。しばらくしてジャッキーはその手をたたくと、カウンターの前のスツールにすわった。わたしにも隣のスツールにすわるよううながす。

「ジャコモにはじめて会ったときの話はしたかしら？」

わたしは首を横にふった。

「彼を見たとき、時間が止まったみたいだったわ」ジャッキーは語りはじめた。「彼には人を惹きつけるふしぎな魅力があったの。それからすぐ、出会って間もないのに愛していると いわれて驚いたわ。夢を見ているようで、深く考えようともしなかった。でも数カ月したら、裏の姿が見えてきたの。ジャコモは依存症だったのよ――食べもの、アルコール、そして女性。わたしと結婚したその日から、もう浮気をしたわ。だけど、どれも長くはつづかなかった。浮気をしても、すぐその人に飽きるのよ。だからわたしはなんとか我慢できたのね。だけどそのうち、自分がこうなったのはおまえのせいだって、わたしを責めるようになって

「……」

ジャッキーは右手にはめた指輪をとると、その手をカウンターの上にのせた。

「浮気相手はみんなわたしに似ていたわ。黒い目に、黒い髪。でもわたしより若いの」

若いといってもどれくらいだろう……。ジャッキーはいま三十代だ。

「ジャコモから一度いわれたことがあるわ。自分が浮気をくりかえすのは、わたしたちが最初に出会った、あの瞬間をとりもどしたいからだって。でも、それは口先だけだとわかっていた。彼は若い子を求めていたの、ただそれだけ。わたしは彼にとって、いい女じゃなくなっていたのよ。理屈屋で、常識やマナーにこだわり、そして歳をとったから。わたしと結婚したのは失敗だった――何度も何度もそういわれたわ。彼はやんちゃで向こう見ずな人を求めていたの。自分を若返らせてくれる人をね」

わたしはアナベルを思い出した。彼女の瞳は黒色で、髪も黒い。そしてどちらかといえば、向こう見ずなタイプだろう。彼女はジャコモに惹かれていた。ふたりは出会ってすぐ恋におち、デートをしたのだろうか？　そしてそのときに何かが起こり……。殺害現場には黒い毛髪があったとアーソはいっていたけれど、それがアナベルのものである可能性は？

「〝まことの愛の道は、平坦であったためしがない〟ってことね」ジャッキーは《真夏の夜の夢》を引用し、涙が頰を伝った。「浮気だけなら我慢できたかもしれないわ」指先で涙をぬぐう。「でも結婚して三年めくらいから、浮気相手とうまくいかなくなると、わたしに手をあげるようになったの。暴力はやむことなくずっとつづく……。それがわかったから、家を出るしかないと思ったの」

「この町の人と浮気をした可能性はない？」

「たとえば？」

「たとえば——アナベルとか。彼がプロヴィデンスに来た直後、アナベルは彼に好印象をもったみたいだから。その後、ふたりで会ったときに何かで揉めて、ああいう事件になったのかもしれない」

「でも、彼女はとても小柄よ。アイスクリームの重い容器で男性を殴ったりできるかしら」

「本でいっぱいの箱を運ぶのには慣れていると思うけど」

「だけどどうして〈イグルー〉の冷蔵室で会ったりするの？　どうやってあそこに入ったの？」

たしかにそうね。でも——「ジャコモは町で目立ちたくなかっただろうから、ふたりで夜中に散歩をして、〈イグルー〉の鍵がかかっていないことを知ってなかに入ったとか？」

ジャッキーは目を見開き、喉に手を当てた。

「そういうこともあるかもしれないわね」

「アナベルはヴィニーとデートしているらしいけど、そのことは知っていた？」

「いいえ。ヴィニーはついこのまえ町に来たばかりでしょ？　でも、そうね、ジャコモはその短いあいだに死んでしまったのよね……。だけど、もしそうだとしたら、彼女は心変わりするのがずいぶん早いわ」

「心変わりというより、ヴィニーとつきあうことで、ジャコモとは無関係だったように見せたいのかもしれないわ」そこでわたしは携帯電話を忘れてきたことに気づいた。「ごめんなさい、電話を貸してもらえる？　あなたのアリバイの裏づけがとれたことをアーソに伝えなきゃ」

「ええ、どうぞ」

ジャッキーはカウンターのうしろのデスクにあるさくらんぼ色の電話を指さした。そしてカウンターに肘をつき、両手で顔をおおう。どうやら、すすり泣いているようだ。わたしは警察署に電話をした。でも話し中でつながらない。もう一度かけてみると、録音された声がしばらくお待ちくださいという。わたしは電話をきった。

「直接行って話してくるわ」ジャッキーを抱きしめ、気持ちを強くもってねといってから、足早に玄関に向かった。

すると外に出たところで、「シャーロット、待って！」と呼び止められた。

オクタヴィアがうちのチーズ・ショップから飛び出し、こちらに走ってくる。花柄の扇子で顔をあおぎ、足首まであるサンドレスが揺れた。

「どうしたの？」

あの扇子を貸してほしい、とわたしは思った。オハイオは十月に入っても急に真夏のように暑くなることがあるけれど、きょうはそれがとりわけひどい。

「見つかってよかったわ」オクタヴィアの額には汗。「わたしも心配で少し調べていたんだけど、ジャッキーのアリバイが成立したんですってね。レベッカから聞いたの。ほんとによかったわ」

「それでいまアーソに会いにいくところ」

「ちょっと待って。それはわたしの話を聞いてからにしてちょうだい。わたしはアナベルのことが心配で――」オクタヴィアはくちびるを嚙みしめた。「あの子、世間知らずだから」

わたしはアナベルを疑っている自分がうしろめたくなった。

「アナベルはね」と、オクタヴィア。「だれかがいつも目を配っていないとだめなの。そしてあのヴィニーは……ろくでもない男だわ」

「何か見つけたの？」わたしは期待をこめて訊いた。

オクタヴィアはロー・スクールの出身で、在学中の知人といまも交流があるうえ、調べものをする能力はぴか一だった。具体的な方法は見当もつかないけれど、非公開データでさえ見ることができるらしい。

「あの男は借金だらけなのよ」

「ギャンブラーだからでしょ？」

「理由はそれだけじゃないの。ちょっと話はかわるけど、あの男は四度結婚して、扶養義務のある子どもが八人もいるのよ」

「ほんとに？　ジョーダンの話だと、たしか二度結婚して、子どもはふたりだったような気がするけど」

「あなたの恋人は、そっちの世界の情報にうといのよ。それでヴィニーとジャコモ兄弟はこの町に来てすぐ、ヴァイオレットの〈ヴィクトリアナ・イン〉に泊まったんだけど、先週、到着した晩にふたりが遺書のことで口論しているのをヴァイオレットが聞いているの。でも、彼女はよくある内輪もめだと思って、とくに気にとめなかったみたい」

「どうしてアーソに話さなかったのかしら？」

「警察署長が怖いとか？　そんなことは本人に訊いてもらわないと……」

「それでヴァイオレットは内輪もめの、どういう話を聞いたのかしら？」

「ヴィニーはジャコモに、離婚しろと迫ったみたいね。それから遺言書の書き換えも。ジャッキーに遺産の半分を受けとる権利はない、遺書から名前をはずせともいったらしいわ」

「その話のなかに、もう半分の受取人の名前は出てこなかったのかしら？」

「ヴァイオレットは、ヴィニーだと思っていたけど」

「ヴィニーは財団の話をしなかったのね？」

「ええ、たぶん」オクタヴィアはわたしの腕を扇子でたたいた。「はっきりいって、ヴァイオレットはあの兄弟を宿泊させたことを悔やんでいたわ。彼女はジャッキーのことが好きだから、ジャコモがジャッキーの夫だとわかっていたら泊めなかったって。だから事件が起きたあとすぐ、ヴィニーに出ていくよう頼んだらしいわ」

「この話もアーソにするわね」

オクタヴィアは扇子をふって開くと、顔をあおいだ。

「アナベルのことはどうしたらいいと思う？　この町から出ていくのを渋っているわ。困ったことに、ヴィニーに夢中みたいなのよ」

わたしは少し考えてからこういった。

「ごめんなさい、よくわからない。でも、あなたが何かするときは、かならずわたしに連絡して。ヴィニーは危険な男よ。アーソにきちんと説明したら、きっと拘束してくれると思う」

＊

プロヴィデンス警察署がある古めかしいビルの前には、〝ぶどうを踏もう〟のＴシャツを着た人が五十人以上も並んでいた。手には紫色の、ランニング大会の参加申込書。このビルには観光案内所も入っているのだ。

わたしは彼らの横を早足に通りすぎ、ビルのなかへ入った。参加者の列は左に曲がり、わたしは右に向かう。警察署のきょうの受付係は——なんと、アーソのお母さんだった。

「こんにちは、お母さん。きょうはピンチヒッターでお手伝い？」

「そうなの。いい人はそんなにすぐには見つからないから」

「アーソに会いにきたんだけど」

「いまはご多忙よ」

「いいニュースがあるの。彼もきっと喜ぶわ」

お母さんはわたしを引き止めても無駄だとわかっているから、それ以上何もいわずインターコムのボタンを押した。

「ウンベルト、あなたに会いたいってシャーロット・ベセットが来ているわよ」でも応答がなく、お母さんはわたしに警告した。「機嫌が悪いみたいだから用心してね。エメラルド牧場の納屋が燃えて、副署長たちと消火してきたばかりなのよ。ところでシャーロット、きのうここで、エディがウンベルトといっしょにランチを食べたの。どうなってるのかしら？エディって、何を考えているかわからない感じの子よね……」

「人にはそれぞれ好みがあるから」わたしは首をすくめた。

「それをいうなら、エディはウンベルトのタイプじゃないわ。その点は、たぶんあちらもおなじだと思うんだけど」

わたしはお母さんにほほえんでからドアをあけ、アーソのオフィスにつづく廊下を急いだ。署長室のドアは開きっぱなしで、なかをのぞくと、アーソがブラインドから射しこむ陽光を背に机に向かっていた。

彼が目をあげた。視線は冷たく、険しい。

「さすがのおふくろも、きみにはお手上げらしいな。で、何の用だ？」

わたしはアーソの鼻と頬に煤《すす》がついているのに気づき、じっと見つめたけど……やっぱり何もいわないことにした。アーソにとっては、よけいなお世話だろう。仕事が終わって帰宅するときは、ドアの横にある鏡をたぶん見ると思うから。

「ジャッキーは無実よ」

「だれがそういった？」

「わたしのおじいちゃん《ペペール》」チョコレート・ブラウンのカーペットの上をアーソのデスクのほうへ向かいながら、祖父が目撃した内容を彼に伝える。「おじいちゃんが嘘をつくような人でないことは、アーソもわかっているでしょ？」

「チーズのつまみ食いの件を除いてはね」

「あらっ」わたしはほほえんだ。「プロヴィデンスの住民はみんなそのことを知っているのかしら？」

「ほぼ全員がね」

「わかったわ。そう、おじいちゃんはつまみ食いに関しては嘘をつくことがあるけど、それ以外は真っ正直な人よ」

「証拠不十分で無罪ってところかな」アーソは苦笑いした。

「ヴィニー・カプリオッティを逮捕できない？」

「何の容疑で？」

「嘘をついて人をだまして賭博の借金があって四回結婚して八人の子どもがいるの」

アーソは指先でボールペンをくるくる回した。

「どこからそんな情報を得た？」

「わたしはオクタヴィアから聞いて、彼女はヴァイオレットから聞いたの。ヴィニーは

──」

「もういい」アーソはボールペンを革表紙の記録簿にはさんだ。「カプリオッティ氏の情報は把握している。何度結婚したか、子どもは何人いるか。賭博の借金のこともね」

「知っていたの？　そうね、それは当然よね……アーソは有能だから」わたしは気持ちを引きしめた。「だったら、〈ヴィクトリアナ・イン〉で、ジャコモたちが遺言について口論したことは？　ヴィニーはジャコモに遺書を書き換えて、ジャッキーを相続人からはずすように要求したみたい。財産の半分はヴィニーが相続するのよ、きっと」

「さあね」

「ヴィニーは口論のとき、財団の話をしなかったらしいから、口から出まかせなのはまちがいないわ」

「もう、いいかげんにし──」

「お願い、ユーイー。ヴィニーはジャッキーを脅迫する気よ」

「脅迫？　どういうことだ？」

きのうの路上でのヴィニーとの会話は、アーソに〝首をつっこむな〟といわれるのがいやでまだ報告していなかった。そしていまここでお説教されるのもいやだから、一気に話すしかない。

「ヴィニーはね──」わたしはアーソのデスクの真ん前に立った。「ジャッキーがこの町に住んでいることを知られたくなかったら、自分に小遣いを渡すしかないっていったの。つまり口止め料よ」

「口止め料？」

「それにヴィニーは、ジャコモは大金を持ってきたって主張しているでしょ？　そのお金が見つからなかったらどうするの？　ヴィニーのつくり話ってことはない？　警察の注意をそらすためのでっちあげとか？」

「きみもレベッカも――」アーソは記録簿からボールペンを抜き、ボタンをかちっかちっと何度か押した。そしてデスクの上に放り投げ、椅子をうしろに引いて立ち上がる。「どうしていつも理屈を並べて物語をつくる？」

「心配だからよ。プロヴィデンスでまた犯罪の犠牲者が出ないでほしいからよ。観光客は減り、景気は悪くなり、住民は苦しむわ。あのヴィニー・カプリオッティは、わたしたちのふるさとで、兄を殺したの」

アーソは大きく息を吸いこみ、ゆっくりと吐き出した。

「〈ヴィクトリアナ・イン〉での口論については、こちらにも情報が入っている。食堂のマネジャーが聞いていているんだよ。事件の翌日、彼がここに来て話してくれた。どうしてヴァイオレットはそうしなかったのかな？」

「あなたのことが怖いみたい」

アーソは両手をひらひらさせた。「そ、おれは怖いからね」

「ええ、怖いわ。からだは大きいし、がさつだし、そんな顔をして――」

「どんな顔だ？　こんなか？」眉を寄せ、しかめっ面をする。

「ええ、そうよ。だけどわたしは怖くないわ。あなたが感傷的なのを知っているから」

「感傷的？」

「そう。このまえの冬、あなたはわたしにキスをして、ずっとわたしを好きだったと――」

「あれは感傷的ではなく、正直になっただけだ」アーソはくるっと背を向け、窓の外をながめた。

　わたしは心のなかで激しく自分を叱った。からかうにもほどがある。なんていやな女なんだろう。

　ずいぶん長い沈黙のあとで、アーソはわたしをふりむいた。無表情で、わたしの目を凝視する。それからまた椅子に腰をおろし、警察官の口調でいった。

「〈ヴィクトリアナ・イン〉のほかの従業員の話も聞いてみよう。ただ、あそこでの口論については、すでにヴィニー・カプリオッティに事情を尋ねている。彼によれば、兄に離婚するよう迫ったことが口論の原因らしい」

「食堂のマネジャーは、遺言のことは聞いていないの？　ヴィニーはその話をしなかった？　今度の事件でいちばん得をするのはヴィニーなのよ。そして万が一、ジャッキーが死ねば、ヴィニーは遺産をひとり占めできるわ」

「遺言書にそう書いてあればね」

「えっ？　まだ見ていないの？」

アーソは指で髪をかきあげた。これはたぶん、見ていないという返事だ。財産管理人が休暇中なのは偶然？　それとも必然？

「ヴィニーはこういったんだよ」と、アーソ。「魔法でもなんでも使って、ジャコモを生き返らせたい。そうでもしなきゃ金が手に入らないってね。自分はその言葉を信じるよ」

だったら――もしほんとうにヴィニーが潔白なら、真犯人はほかにいるということ？　それはいったいだれなの？　電話でお母さんと話していたというヒューゴ・ハンターのアリバイは裏がとれているのかしら？

アーソは咳払いした。「おれの話を聞いているか？」

「ヒューゴのアリバイは確かなの？」

「そんな話はしていない」

「アナベルのアリバイは？」

「頼むよ、シャーロット……」

「真実は追求しなくちゃ」

「追求するのはきみじゃなく、このおれだ。殺人事件は警察が捜査するんだよ。だが、これだけはいっておこう。きみのおじいちゃんの証言から、ジャッキーのアリバイは成立するとみなしていい。これで満足だろ？　さ、帰ってくれ」アーソは机の上のファイルを開き、読みはじめた。

「エディはどうなの？」この場の雰囲気を考えれば、怪しい人物としてエディの名前を出すのは無謀だとわかってはいたけれど、口をついて出てしまったものはどうしようもない。

「エディがどうした？」

アーソは射るような目でわたしを見上げた。

正直なところ、わたしもたまにアーソを怖いと思うことがある。いまも彼ににらまれて身を縮め――「ん？　その……デートはどうだったかなと思って」と答えてしまった。

アーソは椅子の背にもたれた。

「彼女とは二度デートしたが、べつに深刻なものじゃない。いまは広く浅く、いろんな女性とおつきあいさせてもらっているんでね。きみとの感傷的な出来事があってからというもの――」そこでニヤリとする。例の一件は過去の話でしかないと、わたしをからかっているらしい。「さすがのおれも、少しばかり臆病になったようだ」

「そうなのね、わかったわ。じゃあその線でがんばって」

わたしはドアに向かった。すると部屋から出かけたところで、アーソがいった。

「レベッカとボーイフレンドはうまくいってるのか？」

「婚約したわ。でも、どうして？」

「オシェイ副署長から訊かれたんだよ」

オシェイ副署長というのは新しくアーソの部下になった警官で、アイリッシュ・パブの経営者ティモシー・オシェイの甥であることが、あとになってわかった。職務熱心な、とてもすてきな若者だ。そしてうちのショップに来たときの会話から、彼もレベッカとおなじく刑事ドラマの大ファンであることが判明した。

「副署長は順番待ちするしかないわね」と、わたしはいった。「レベッカは地元の蜂蜜業者に夢中だし、万が一、何かが起きて彼と結婚しなくても、あの風変わりな記者がいまだにレベッカにご執心だから」

アーソは苦笑した。「あの記者はほんとに変なやつだよな。町にいるかと思えば、いつの間にかいなくなっているし」

「町を出入りするといえば、ヒューゴもそうよね」

「だからといって、怪しい人間とはかぎらない」

「でもアリバイは怪しいんじゃない？」

アーソはため息をついた。

「お母さんと何時間もおしゃべりしていたなんて、あなたはすなおに信じているの？　アリバイとしては弱くない？」

アーソは立ち上がると、ドアを指さした――「さあ、もう帰ってくれ」

「でも……」

「ここに来た目的は果たしただろ。ジャッキーの疑いは晴れたよ。これできみの心配事はなくなったはずだ」

「ううん、それはないわ。プロヴィデンスで人が殺されたんだもの。わたしは――」

「この町が大好きなの、だから心配なのよ、だろ？　よーくわかったから、帰ってくれ」

わたしは彼に向かって両手をあげた。「はい、退散します。だからそんなに怖い顔をしないで」

19

警察署の外に出ると、わたしは約束どおりオクタヴィアに報告しなくてはと思い、〈オール・ブックト・アップ〉を目指してヴィレッジ・グリーンを東へ歩いていった。時計塔の向こうに、来る《ハムレット》の仮設ステージが見えた。公演区域の四隅には大きな杭が立って赤い旗を風になびかせ、杭と杭のあいだには花を入れた樽がずらりと並ぶ。

そちらに近づいてみると、ストラットンが舞台の上でべつの役者に剣をふりおろしているところだった。ほかの役者たちは舞台のそでにすわってサンドイッチを食べている。そしてその舞台の前には、不機嫌そうな顔をしたおばあちゃん《グランメール》。役者も祖母も、わたしが近づいてくるのにまったく気づいていないようだ。

「ふたりとも、ちょっとこっちに来て」

ストラットンともうひとりは小走りで舞台をおりて祖母のもとに行く。そのとき、頭上から口笛が聞こえてきた。見上げると、なんと梯子の上にジョーダンがいた。腰には革の工具ベルトを巻いているけど……いつから劇団の大道具係になったの？　彼はほかの数人といっしょに、背景板の準備をしているようだ。

ジョーダンがこちらに向かって金槌をひらひらふり、わたしは梯子の下まで走っていった。彼は梯子の上で満面の笑み。

「悪いけど、少し休ませてもらうよ」ジョーダンはほかの人たちに声をかけると金槌をベルトにしまい、梯子をおりてわたしの首にキスした。

「いつから劇団の大道具担当になったの？」

「きみのおばあちゃんが、人手が足りないっていうから」ウィンクをひとつ。「ぼくも多少は頭を使うんだよ。おばあちゃんのご機嫌をとるには、ボランティアがいいとふんだんだ。いまひとつ、気に入られていないのはわかっているから。奉仕活動は効果があると考えたわけさ」

わたしはうれしかった。祖母の気持ちまで考えてくれるなんて――。

「ところでジャッキーから連絡はあった？」

ジョーダンは首を横にふり、わたしは祖父がジャッキーのアリバイを裏づけてくれたことを話した。ジョーダンの顔が安堵と喜びに輝く。

「それですぐ警察署に行ったら、アーソは祖父の話を信じてくれたわ」

ジョーダンは力をこめてわたしを抱きしめた。

「これほどうれしい知らせはないよ」

彼はわたしの耳もとで、きみを愛しているとささやいた。そしてボランティア仲間を見上げ、急用ができて妹に会わなくてはいけなくなったと詫びると、ヴィレッジ・グリーンの西の出口に向かって全速力で走っていった。

役者たちに演技をつけていた祖母が、駆けていくジョーダンに、そしてわたしに気づいた。

「五分休憩しましょう」祖母は役者たちにそういうと、わたしのところへ来て頰にキス。

「例のアリバイの話は、ジョーダンには伝えていなかったのよ。おまえがアーソ署長に話すのが先だと思ったから」にっこりする。「ジョーダンの走りっぷりから想像すると、アーソはおじいちゃんの話を信じてくれたみたいね」

「そうなの」

祖母はわたしの腕に腕をからめた。「それにしても、ジョーダンはよく働いてくれてありがたいわ」

「ほんとに？」

「もちろん《ウィ》」

わたしは心がぽかぽかしてきた。「リハーサルの調子はどう？」

「よくないわね《パ・ビアン》。だらだらしてる役者が何人もいるのよ。とくにストラットンは困りものだわ。彼はハムレットという人間を理解しようとしないの。デリラは彼につきっきりだけど、そもそもどうして彼を主役に選んだのか……。あら、少しいいすぎたわ。忘れてちょうだい」

「平気よ。デリラのことだから、最後の追いこみでうまくやれると思う」

「さ、休憩はおしまい」祖母はわたしにキスし、わたしがその場を去ろうとするとこういいそえた。「帰るまえに、ぶどう踏みを見ていってね」

舞台の片側に、ぶどうがたっぷり入った巨大な木の桶が置かれていた。ここで子どもたちにふどう踏みを体験してもらうのだ。もちろん靴をぬいで裸足で、服に染みがつくのはあらかじめ保護者に注意しておく。

「すてきでしょ？」祖母は両手を合わせた。「わたしも子どもにもどりたいわ」

＊

〈オール・ブックト・アップ〉に到着してみると、見違えるほどきれいになっていた。真新しいペンキのにおいがして、段ボールは消え、棚には本がぎっしりだ。肘掛け椅子とクッションチェアがあちこちに置かれ、カラフルなポスターがお客さんを迎えてくれる。といっても、まだ正式にはオープンしていないので、店内はとても静かだ。オクタヴィアはアナベルに配慮して、彼女がシカゴに引っ越すまで、新規オープンのパーティは開かないと決めていた。

「オクタヴィア！」わたしは入口から名前を呼んだ。でも返事はない。そこでレジまで行って、もう一度呼んでみる。

「シャーロットなのね？」

オクタヴィアが売り場と保管スペースを仕切るカーテンの向こうからあらわれた。明るいコーヒー色の肌はどこか血の気が失せ、眉間には皺がよっている。

「ああ、よかった、あなたで」

「何かあったの？」

「アナベルよ……」

レジのカウンターには食べかけのチーズとライス・クラッカーのお皿があった。ラトゥールはイタリアのダブルクリームで、牛、山羊、羊の三種のミルクを混ぜた珍しいチーズだ。

「アナベルが食あたりでもしたの？」

「いいえ、それはわたしのランチ。とてもおいしかったわ。でもアナベルは……」首を左右にふると、ブレイズに編んだ髪が頬に当たった。「たいへんなのよ」わたしについて来るよう手をふる。

そうして奥の事務室に入ったけれど、そこにアナベルがいるわけでもなく、部屋が荒らされているわけでもなかった。ただし、デスクの上は混乱のきわみだ。整理箱に書類の山、古いデスクトップ・コンピュータ、空のソーダ缶……。オクタヴィアはたいへんなソーダ好きで、ラトゥールもたぶんワインではなく、ソーダを飲みながら食べたにちがいない。といってももちろん、日中のこの時間帯にワインを飲むのはいかがなものか。祖父ならさしずめ「迷ったときは水にしろ」というだろう。

「いったいどうしたのよ、オクタヴィア？」

「あれからまたインターネットで調べてみたの。そうしたら――」

コンピュータ画面はスリープ状態だった。オクタヴィアはキーをたたき、画面が明るくなってから、そこに示されたリンク先のひとつをクリックした。あらわれたのは、《アビリーン・リフレクター・クロニクル》紙のニュース一覧だ。

「あれからここに帰ってきて荷をほどいていたら、あんなものを見つけて……」

オクタヴィアはデスクの上に積まれた箱を指さした。いちばん上の箱には〝アナベル〟と書かれている。

わたしがその箱を見ようとしたら、オクタヴィアはわたしの腕をとり、コンピュータのほうに向かせた。

「そのあとで、アナベルのことを調べてみたの」と、オクタヴィア。「そうしたら……」

オクタヴィアがこんなに動揺するなんて珍しかった。彼女はいつもどっしり構え、あわてふためいたりしないのだ。わたしはデスクに両手をついて、画面をのぞいた。

「どの記事を見たらいいの？」

「左下よ」

そこの見出しは〝教師、遺体で発見される〟だった。マウスでクリックすると、記事の本文があらわれた――ジョージ・ギャリソンという名の教師が学校の図書室で他殺体で発見された、教師はアナベル・フィオロッシと交際していた、犯人はまだ見つかっていない。

「これがどうしたの？　アナベルの苗字はロッシでしょ？」わたしは口にしたとたん、はっとした。「ロッシとフィオロッシ……」

オクタヴィアはうなずく。

「アナベルは、アビリーンに住んでいたことがあるのよ。いつだったか、本人がそういっていたから」

「でも、この記事によると、アナベルに向けられた疑いは完全に晴れたみたいじゃない？」

「だけど彼女はこの町に来て、名前を変えたのよ」

それをいうなら、ジョーダンとジャッキーもおなじだとわたしは思った。アナベルもしつこい記者たちに追われていたのかもしれない。

「この箱の人形も、その記事で説明がつくの」オクタヴィアは〝アナベル〟と書かれたいちばん上の箱を下におろすと、なかから人形をとりだした。

わたしはそれを見て息をのんだ。アナベルが好きな、かわいい赤ん坊のような人形とはまったく違い、茶色のシャツと茶色のパンツを着た人形は黒髪の少年だった。シャツの中央にはマジックでGの文字が書かれている。そしてそのGに、何十本もの針が突き刺さっていた。

胃がきりきりするのを感じた。わたしは呪いの人形などというものを信じない。でもいま目の前にある人形は、たまらなく恐ろしかった。

オクタヴィアは両手で人形をつかむと、スツールに腰かけた。

「アビリーンで殺された教師の名前はジョージ・ギャリソンで、イニシャルはG・Gよ。偶然かしら？　わたしには偶然とは思えないわ。そしてジャッキーの夫の名前もGで始まるの」

ジャコモのG……。偶然が二度重なったということ？

「犯人はアナベルかもしれないと思っているの？」わたしは小さな声でオクタヴィアに訊いた。

「わからないわ。あなたはどう思う？」

くちびるに人差し指を当てて考えこむ。アナベルの精神に異常があるとは思えないけれど、人形に針を何十本も刺したのはおそらく彼女だろう。わたしは人形に目をやった。するとGの文字の下に何か青っぽいものが見えた。

「ねえ、それは――」わたしは指さした。「食べものの染みじゃない？　ジャコモはブリー・ブルーベリー・アイスクリームの容器で殴られたの。それがブルーベリーの染みってことはないかしら？」

オクタヴィアはそこに顔を近づけ、「ずいぶん古いみたいよ。においはしないし」といった。

犯人が呪いの人形を現場に持参するなんて考えにくいけど、ふつうでは考えられないことをする人も世のなかにはたくさんいるから……。

「それにもうひとつ、おかしなことがあるの」と、オクタヴィア。「引越しの予定は一週間後だったのに、急にもっと早めることにしたみたいなのよ」

入口の呼び鈴がチリチリンと鳴った。オクタヴィアはびくっとしてふりむき、そろりそろりとカーテンのほうへ行く。

「だれ？　アナベル？」

わたしが彼女に訊くと、いいえお客さんよ、とオクタヴィアは答え、入口に向かいながら咳払いをひとつ。

「申し訳ありません、まだ開店していないんですよ」

相手の声はわたしのところまで聞こえなかったけれど、オクタヴィアがチラシを一枚とって男性客に渡すのは見えた。彼が出ていくと、オクタヴィアはドアをロックする。そして窓の外に目をやり、「あらっ！」と声をあげた。

わたしは小走りで窓際へ生き、彼女の背後から外の通りに目をこらした。すると〈ラ・ベッラ・リストランテ〉の前で、アナベルがヴィニーと腕を組み、彼にべったりもたれかかるようにしていた。アナベルの反対側の手は、料理の持ち帰り用の袋を持っている。

「あの事件は、ふたりの共犯かもしれない」オクタヴィアがつぶやくようにいった。

「どうかしら……。でもアナベルに関してわかったことは、すぐアーソに報告したほうがいいわ」

「きっと信じないわよ。ただの憶測だっていうにきまってるわ」

わたしがオクタヴィアの代わりに警察署に行っても、さっきあんな別れ方をしたばかりだから、アーソはまともに耳を貸してくれないだろう。

「証拠はあるのか？　彼はきっとそういうわ」と、オクタヴィア。「そんなものはひとつもないから……。本人に直接訊いてみるしかないわね」

「え？　とんでもないわよ！」

「アナベルはわたしを襲ったりしないわ。わたしたちは友人でしょ？　きっと真実を話してくれる」

オクタヴィアはレベッカにひけをとらないくらい楽観的だ、と驚いたところで、わたしはレベッカにショップを任せきりなのを思い出した。でもいま、アナベルとヴィニーのあいだには何かがあり、その何かをどうしても知りたかった。

「アナベルひとりならともかく」わたしはオクタヴィアにいった。「ヴィニーがそばにいたら危険だわ」

「真っ昼間に手荒な真似はしないわよ」

引き止める間もなく、オクタヴィアは新規オープンのチラシを二枚つかむと、外に飛び出していった。わたしは彼女のあとを追う。

オクタヴィアはチラシを一枚丸めると、「はい、これ」と差し出した。

「これをどうするの？」わたしは歩くペースをオクタヴィアに合わせ、チラシをうけとった。

「図書館で仕事をしていたときに学んだの」と、オクタヴィア。「子どもたちは丸めた紙を耳に当てて、離れた子たちの会話を聞くのよ」

「いやだわ、そんなの」

「この距離から、アナベルたちの会話は聞こえないでしょ？　だからって、あまり近くには寄れないし」オクタヴィアは丸めたチラシを耳にあて、前方に向けた。

その姿を見てなおさら、わたしは真似できないと思った。

「よしてちょうだい。アナベルたちがふりかえったら変に思うわ」

「危険をおして、もう少し近づいてみる？」

「そうね、証拠になりそうな話を聞けるかもしれないから、この際、行ってみるしかないかも」

わたしたちは歩を速めて近づいたものの、アナベルとヴィニーの会話はなかなか聞こえてこない。アナベルは媚びるようにロングの黒髪を手ですいたり引っぱったりし、ヴィニーのほうは、なんともいとおしそうな目で彼女を見つめている。そして耳もとで何かささやき、彼女はくすくす笑って彼をたたいた。

「ホープ通りに曲がったけど」と、オクタヴィア。「食事をしに行くわけじゃないわよね。持ち帰り用の袋を持っているんだから」

わたしたちも角を曲がってペースを合わせる。前のふたりは〈シルヴァー・トレイダー〉と〈ル・シック・ブティック〉を通りすぎ、〈カントリー・キッチン〉の手前で立ち止まった。こちらに気づいたようすはない。ヴィニーはアナベルの顎に片手を添えて顔を近づけ、鼻の頭と頭をこすり合わせた。アナベルのほうは、見るからにうっとりしている。そういえば――わたしは思い出した――ヴィニーはたしか四回、結婚しているのだ。女性を夢中にさせる術を心得ているのかもしれない。

「彼が何か話しているわ」オクタヴィアがわたしをつついた。「チラシの筒を耳に当てて聞いてみない？」

「だめよ」わたしは彼女の手からチラシを奪いとった。

このとき、あたりは静寂につつまれていた。通りすぎる車も、通行人も、携帯電話で大声で話す人もいない。そしてアナベルがこういうのがはっきりと聞こえた――「あとでまた会える？」

「ああ、会えるさ。心ゆくまで買い物を楽しんでこいよ」ヴィニーはジャッキーの〈ア・ホイール・グッド・タイム〉をちらっと見てから角を曲がり、チェリー・オーチャード通りを北へ歩いていった。

アナベルは〈カントリー・キッチン〉の外壁にもたれ、ほてった顔を手であおぐ。

「結局、新しい情報は得られなかったわね」わたしはオクタヴィアにいった。

「まだわからないわよ。アナベルが携帯電話をとりだしたわ」

アナベルは電話のボタンをつづけて押すと、耳に当てて何かしゃべった。

「聞こえた？」オクタヴィアに訊くと、彼女は首を横にふる。

アナベルは電話機を閉じると歩きだし、ヴィニーとおなじく角を曲がって、チェリー・オーチャード通りを北へ向かった。

「買い物をするんじゃなかったの？」わたしは首をかしげた。「こっそりヴィニーのあとをつける気かしら？」

「なんだかずいぶん怪しいわ」

「さあ、急ぎましょう。アナベルに直接質問するの」

「結局、わたしよりシャーロットのほうが大胆ね」

それをいうなら〝無謀〟のほうが近いかも。と思ったけれど口にはせず、わたしは走った。

20

〈カントリー・キッチン〉の角を曲がろうとしたとき、わたしの頭のなかで黄色信号がともった。オクタヴィアの腕をつかみ、「ちょっと待って」と小声で引き止める。そして首をのばし、曲がった先のようすをうかがった。

「何をしてるの？」オクタヴィアが小声で訊いた。

「アナベルは〈アンダー・ラップス〉に入ったわ」

「よかった……」オクタヴィアはため息をついた。「買い物に行くのは嘘じゃなかったのね。じゃあ、アナベルに質問しに行きましょう」オクタヴィアはさっさと歩きはじめた。

わたしはこれまで、シルヴィの〈アンダー・ラップス〉には一度しか入ったことがない。それも買い物をするためではなく、ふたごを迎えに来ただけだ。そして二度めのきょう、オクタヴィアについて一歩足を踏み入れたとたん、くせのあるパチョリの香りにつつまれた。シルヴィはこのハーブが大好きで、アロマや香水をやたらとふりかけるのだ。一方、インテリアのベースカラーがちょくちょく変わるのは、外の通りからながめるだけでもわかった。夏のあいだ、ショーウィンドウは銀と黒を基調とし、秋に入ってからはゴールドに変わった。

そしてきょうは（まだ秋の真っただ中だけど）赤系統でまとめられ、いくつもある鏡にはすべて、いちご色のリボンがかけられていた。ハンガーラックには深紅の弓の飾り、マネキンは真っ赤なショートドレスを着て、その首には緋色のビーズのネックレス——。内気でおとなしい販売員の女性が着ているのも、赤い細身のワンピースだ。

店内にはそれなりにお客さんがいて、ほかのショップの袋を提げた人もいる。

「アナベルはあそこよ」

オクタヴィアの視線を追うと、セーターが重ねられた中央テーブルの先で、アナベルが棚からカクテルドレスをとりだすところだった。彼女はそれを持って鏡の前に行き、はらりと広げて胸に当てると、からだを右や左にひねって鏡を見つめる。

そこへ、店の奥からシルヴィがあらわれた。膝丈の短いキモノ姿で、いうまでもなくこれも真っ赤だ。

「みなさま、こんにちは」モデルのように手をふる。ひとつにまとめた髪に挿した、赤い箸のような棒が揺れてピカピカ光る。

シルヴィはわたしに気づくと、ほんの少し口をゆがめた。でもそれもすぐ満面の笑みに変わる。

「あら、よく来てくれたわねえ」シルヴィはアナベルのそばに行った。「そのドレス、すてきでしょ？　あなたは趣味がいいわ」

するとアナベルもわたしたちに気づいて、「オクタヴィア！　シャーロット！　ねえ、どう思う？」と、ドレスをかかげた。

「とてもよく似合ってるわよ」答えたのはシルヴィだ。そしてわたしをふりむき、「シャーロットもセンスを磨く努力をしなきゃ」といって、たたんだ赤いセーターを広げた。「これなんか、あなたにぴったりよ」

「ありがとう」わたしはとりあえずそういった。「でも、それよりアナベルと少し話したいの」

「ちょっと、シルヴィ！」

ありがたいことに、かっぷくのいい女性がシルヴィを呼び、シルヴィは「はーい」と返事をしてそちらへ向かった。

「よく似合ってるわよ」わたしはアナベルにいった。

「ほんと？」アナベルの目が輝く。「ヴィニーから、パブのアイリッシュ・ダンスに誘われてるのよ」

「ヴィニーから？」

わたしは知らないふりをして訊いた。

「ええ。彼って、最高にすてき！　それでね、ほんとはグリーンのドレスを買うつもりで来たの。そうしたら——」赤一色の店内に手をふる。「あら、オクタヴィア、なんだか元気がないように見えるけど、どうしたの？」

オクタヴィアは返事をしようとして口を開いたものの、言葉は出てこなかった。そこでかわりにわたしがいった。

「あなたに少し訊きたいことがあるの」

「どんなこと？」

「オクタヴィアとわたしで身元調査みたいなことをしたんだけど……」

「まあ、書店で新しい人を雇うの？」オクタヴィアの顔を見て、またわたしに視線をもどす。

「わたしの知っている人？　書店で働きたいって人はこの二年でたくさんいたから、そのなかにいるかもしれないわ」

「そうじゃないのよ、アナベル。あなたのことを知りたいの」

アナベルの丸い目がひとまわり大きくなった。

「えっ？　わたし？」

「オクタヴィアがたまたま開けた箱のなかに、呪いの人形らしきものがあったのよ」

アナベルの顔が、まわりのドレスやセーターとおなじ真紅になった。

「あ、あの人形のことは……たぶん、わかってもらえないわ」

「それでも話してみてくれない？　ほんとうのことを教えてちょうだい」

アナベルはうつむき、何もいわない。

「アビリーンに住んだことがあるのよね？」

アナベルは目をあげてオクタヴィアを見た。オクタヴィアは眉間に皺を寄せ、つらそうな顔つきだ。

「ダラスにだってルイヴィルにだって住んだことがあるわ」アナベルはつぶやくようにいった。「父といっしょに、いろんなところに行ったのよ」

「だけどここに来る直前は、カンザスのアビリーンじゃなかった？　そして本名はフィオロッシよね？」

アナベルはため息をついただけで否定はせず、赤いドレスを棚にもどした。

「アビリーンで起きた教師殺人事件の新聞記事に、あなたの名前があったわ」

「ジョージね……」

「呪いの人形にはGの文字が書かれて、針が何本も刺さっていた。Gはジョージのなの？」

「あら、それは違うわ！　わたしは彼を愛していたもの。あの人形をつくったのは……いろいろあったからなの」胸いっぱいに、大きく息を吸いこむ。

「話してくれない？」

「わたしはGで始まる名前の人が好きなの。理由は自分でもわからないけど、たぶん……父の名前がそうだからじゃないかしら。父はグレッグっていうの。でもね、だからって、ファザコンじゃないのよ」くちびるを舐める。「わたしがつきあった男性の名前はジョージ、ガレン、ガレス、ゴードン、グレイディ……ゲイロードって苗字の人もいたわ。なんていうか、Gにとりつかれたみたいで……。だからセラピストのところに通ったの。そうしたらそのセラピストが、呪いの人形を買ってGの字を書いて、執着から解放されるように針を刺してみなさいっていったの。それが、あの人形よ。ジョージが殺されたとき、わたしは警察に、別れた恋人のグレイディが関係しているかもしれないといったの。でも警察は彼をつかまえずに、わたしばかり疑ったわ。結局、わたしが潔白なのはわかってくれたけど」

「ジャコモ・カプリオッティの事件とは無関係なのね？」

「もちろんよ！」アナベルは肩から髪をはらった。「そりゃ、あの人とデートはしたわ。ハンサムで、感じがよくて、とっても魅力的だと思った。でもすぐに、彼の名前もGで始まるとわかって、つきあうのはよそうって決めたの。わたしは彼を殺したりしないわ」

「人形には青い染みがあったの。あれはブルーベリーじゃないのね？」

「あの染みはインクよ。人形はいつもレジの下に置いていたの。毎日かならず目にすることで、忘れないようにするっていうか……。でも、ほかの人には見られないように、上にペンの箱をのせていたら、なかの一本から青インクが漏れだしたの。だから人形の染みはブルーベリーじゃないわ。お願い、信じてちょうだい」

でもオクタヴィアは厳しい顔つきでこういった。

「あの箱を見つけたのはレジの下じゃないわ。保管庫のいちばん上の棚よ。包装紙で隠すようにしてあった」

「それは違うわ。わたしは包装紙で隠したりしていないもの。箱をたくさん移動させたから、間違ってそこに置いたのかもしれない」

「いちばん上の棚に、間違って置いたの？」わたしは首をかしげた。

「ほんとうよ」アナベルは両手を広げ、首をすくめた。「信じてもらえないかもしれないけど」

「その、別れた恋人っていうのはどんな人？」

「グレイディは……」アナベルは腕を組んだ。「卑劣で、執念深い人よ。わたしはジョージを殺した犯人は彼だと思ってるの。でも詐欺をはたらいて、いまは刑務所に入ってるわ。だから今度の事件とは無関係よ」

「じゃあ、ヴィニーは？」

アナベルは怪訝な顔をした。「ヴィニーがどうしたの？」

「ヴィニーが兄を殺したとは考えられない？」

アナベルの視線がオクタヴィアへ、そしてわたしへ――。

「ヴィニーは犯人じゃないわ。彼に人殺しなんかできっこないもの」

「ヴィニーが遺産の半分を相続することは知っている？」

「大金が手に入るとはいっていたけど」

ほら、やっぱり。

「だけどそういう台詞は」と、アナベル。「ギャンブラーの口癖のようなものじゃない？」

たしかに、いわれてみればそうかも――。

「アナベルは事件の晩、どこにいたの？」

「書店の奥で古い映画を見ながら、オクタヴィアが不要だといった本を箱詰めしていたの。出版社に返すまえにカバーをとらなくちゃいけなくて、これがすごく単調な作業で、しかもつらいのよ。本は生きているの。なのにカバーをはがして痛めつけるなんてひどいと思うわ」顔を手であおぐ。「テレビは映画専門チャンネルのAMCに合わせたわ。オクタヴィアがチャンネルを変えていなかったら、いまもAMCになっているはずよ」

オクタヴィアは首を横にふり、「わたしはテレビを見ないわ」といった。

「グレン・クローズを追悼する週で――」アナベルはつづけた。「あの日は《ガープの世界》だったわ」

「またGね」オクタヴィアがぼそりといった。

「主役はロビン・ウィリアムズよ」アナベルは疑いを晴らそうと早口になった。「グレン・クローズはガープのお母さん役なんだけど、年齢からいっても――」

「ちょっと待って」わたしは彼女の話を止めた。「そういえば、あなたはアーソに、現場から逃げてくる人を見たといったんじゃないの？」

「少し休憩して、外の空気を吸いに行ったの。本の箱詰めで腕は疲れるし、埃は舞うし……」目の隅に涙がたまった。「夜中の二時くらいだったと思うわ。お店の入口のドアをあけようとしたら、〈イグルー〉から黒い人影が走ってくるのが見えたの」

「男か女か、わからなかった？」たぶんアーソも訊いただろうけど、時間がたてばまた違うかもしれない。

「わからないわ」

「ヴィニーじゃなかったのね？」

アナベルは、わっと泣きだした——。

「そんなの……わたしには……わからない」

21

泣きつづけるアナベルはオクタヴィアがなぐさめ、わたしは走って自分のショップにもどった。そして玄関から事務室へ直行する。事務室に飛びこむと、ラグズとロケットは驚きもせず、のんびりわたしを見上げた。たぶん、レベッカからおやつをもらったばかりなのだろう。わたしは受話器をとってプロヴィデンス警察に電話した。

意外なことに、電話をとったのはアーソだった。

「今度は何だ？」

緊張したムードのなかで、わたしは一気にしゃべった――アナベルのこと、殺された教師のこと、Gの名前の男たち。

「アナベルの話だと、グレイディは服役中のはずなんだけど、いまもそうなのかどうかはわからないわ。アナベルのデート相手に嫉妬する男なら、ジャコモも殺したかもしれない」

電話の向こうからアーソのため息が聞こえた。

「ふたりはどれくらいデートしたんだ？　一日？　半日？　そういうのを拡大解釈というんだよ」

「でも、手がかりになりそうなものは何だって調べるべきじゃない？」

「ああ、おっしゃるとおりだよ。だけどそれをやるのはおれであって、きみじゃない。何度いえば――」

「はい、わかりました。もうよけいな口出しはしません」わたしは顔を見て話しているように片手をあげた。「わたしのことを無給の市民名誉警官くらいに思ってくれたらいいのに」

「肩書きに関係なく、やってることはおなじだろ？　じゃあ、ひとつだけ情報を教えてやるよ」

　わたしは耳をそばだてた。

「ヒューゴ・ハンターは町から出たよ。携帯電話にかけても、応答はない。もちろん、追跡調査はするよ、きみにいわれるまでもなく。じゃあな」

　電話がきれた。

　ということは――わたしは新たな可能性を考えながら事務室を出た。真犯人はヒューゴで、アリバイを捏造したものの、母親と話していたなどという嘘はすぐにばれると思い、町から逃げ出した、とか？

　わたしはあわててエプロンをつけた。レベッカが両手を腰にあて、それはもう恐ろしい顔でにらんでいたからだ。

「そろそろ仕事をしてくださいね、シャーロット。〝きょうのおすすめ〟をご所望の方たちが――」お客さんたちのほうに手をふる。「たくさんいらっしゃいます」

〝きょうのおすすめ〟は、カプリオーレのジュリアナだ。山羊の生乳からつくるフレッシュ・チーズで、とろりとやわらかい白チーズを、乾燥させたハーブでコーティングしてある。ジャムを塗ったクラッカーといっしょに食べると、口のなかで溶けるチーズとクラッカーのぱりぱり感が絶妙にマッチして、味だけでなく食感もすばらしい。

「シャーロットがいないから、マシューが地下でチーズの出し入れを手伝ってくれました」と、レベッカ。

「ごめんなさい。そのぶん何倍も働くから」

それから二、三十分後、お客さんの波が引いて一段落すると、わたしは試食カウンターの前にあるラダーバックの椅子に腰をおろした。ここのところ、ふたごの引越しの荷造りもあり、からだの節々が痛い。わたしは両脚を投げ出し、首をひねってストレッチした。でも、こんなからだの痛みなんて、ジョーダンに抱きしめられたら一瞬にして吹き飛ぶような気もする。彼とジャッキーはいまごろ、嫌疑が晴れたお祝いでもしているかしら……。

「それで結局、事件に関してはどんなことがわかったんですか？」レベッカが椅子にすわって訊いた。

わたしは順序立てて話した。ヴィニーのお金の問題、遺産相続の可能性、アナベルの呪いの人形――。

「アナベルの別れた恋人は犯人じゃないと思いますよ」と、レベッカ。

「そう？　異常な嫉妬心があっても？」

「それより金銭のほうが大きな動機になると思います。ほかには何か？」

「ヒューゴ・ハンターが町からいなくなったのよ。アーソが電話をしても応答がないらしいわ」

「やっぱり奇術師フーディーニのように、何をするかわかりませんね」

「ジャッキーは知っているのかしら……。知ったらきっと悲しむわね。ヒューゴはやさしい人だったもの」

「香りのすばらしいチーズでも、味がいいとはかぎりません」

わたしはほほえんだ。「逆にいえば、香りがきつくても、食べるとおいしいチーズもあるわね。エポワス・ド・ブルゴーニュなんて――」

「においは強烈、味わいは至福、ですよね」

エポワスは牛乳からつくられるウォッシュチーズで、産地のフランスでは、バスや電車では運べないといわれるほど香りがきつい。

「それでヒューゴ・ハンターについて、今後は？」

「アーソが彼の居所を見つけるでしょう」

「ただ、もし見つかっても、わたしはヒューゴ・ハンターが犯人とは思いませんけどね」

「どうして？」

「殺人なんて危険なことをあえてするとは思えないからです。お店は繁盛しているし、ジャッキーともそれなりにうまくいっているようだし」レベッカは試食用のお皿を回して、チーズが正面にくるようにした。「やっぱり、動機はお金ではないでしょうか。〝金を見せろ！〟ですよ」

「トム・クルーズの《ザ・エージェント》の台詞ね」

「そうです。金は力なり――世のなかには、お金のためならなんだってやる人がいます。わたしの祖父の友人は、アーミッシュの村ではまともな収入が得られないといって、ペンシルヴェニアに移って金融業を始めました」

「その人は違法なことをやったの？」

「いいえ。だけど金銭のために妻を捨て、信仰も捨てました」

そのとき、ショップの入口の呼び鈴が鳴った。

入ってきたのはシルヴィで、「シャーロット！」といいながら〈アンダー・ラップス〉のシルバーの袋をかかげた。彼女のうしろにはプルーデンスとアイリスがいる。そしてハンサムな年配の男性と、三十代くらいの女性がふたりいて、こちらはシルヴィとは関係がなさそうだ。わたしはお客さまたちを迎えようと、立ち上がった。

「はい、シャーロット、これはあなたのものよ」シルヴィがシルバーの袋を差し出し、わたしはそれを受けとってなかをのぞいた。さっき彼女が〈アンダー・ラップス〉でわたしにすすめた赤いセーターが入っている。レベッカが「お客さんのお相手はわたしがします」といってカウンターにもどった。

「どういうこと？」わたしはシルヴィに訊いた。

「自分のお店の品物を――」横からプルーデンスがいった。「わざわざ売りつけるために持ってきたの？」

「違うわよ」と、シルヴィ。「シャーロットがうちのお店に来たとき、太って野暮ったい女の人がいたでしょ？」

「青果店の奥さんのこと？」たしかに彼女はかっぷくがいいけど、〝太って野暮ったい〟はいいすぎだと思った。

「そうそう。彼女はチーズが大好きで、いつもシャーロットにいろいろ教えてもらうから、お返しにこれをプレゼントしますって」

「あなたはほんと、絶対に人のことをよくいわないわね」横からプルーデンスが口をはさんだ。

シルヴィはくるっと彼女をふりむき、にらみつけた。

「あなたに何の関係があるの？」

「プロヴィデンスでお店を経営する人間は、一人ひとりが町を代表する存在なのよ。当然、あなたもね。おかしなことをいえば町のイメージが悪くなって、ほかのみんなが困るわ」

「自分のショップの経営が苦しいからって、やつあたりしないでちょうだい」

「苦しくなんかありません」

「あら。あなたのお店をエディ・ディレイニーが買いとるって聞いたけど」

「根も葉もない噂よ。ブティックは売りに出していないんだから」

アイリスがプルーデンスの腕に手をのせた。

「もうよしましょ、プルーデンス。あなたはいつもわたしに、挑発にのっちゃいけないっていうじゃない」

「シルヴィはこの町でわがもの顔にふるまいすぎなの。だれかがはっきりいってやらなきゃだめなのよ」

アイリスは彼女の腕をとって商品棚のほうへ連れていこうとした。けれどプルーデンスは抵抗し、結局は腕をふりはらってショップから出ていった。アイリスは彼女の名前を呼びながらあとを追う。

女性のお客さんたちは、包装したチーズをレベッカからもらうと帰っていき、ハンサムな男性客はこちらの会話には無頓着で、まだ店内を見て歩いていた。

レベッカがわたしとシルヴィのところに来て訊いた。

「エディがプルーデンスのお店を買うってほんとうですか?」

「ただの噂でしょ」と、わたし。「彼女がそんなにお金持ちとは思えないもの」

するとシルヴィがわたしの肩をたたいた。

「シャーロットはずいぶん純情ね。女ならだれだって奸智術策《かんちじゅっさく》はお得意よ。お金をもっている男さえいれば……」シルヴィは玄関に向かい、顔だけふりむいていいそえた。「わたしの言葉を信じなさいって」

玄関扉が閉まり、レベッカがいった。

「シルヴィのいうとおりかもしれませんね。ジャッキーが自分の過去についてシャーロットに話すのをエディが聞き、ジャコモの存在をつきとめた。そして彼に電話をして、ジャッキーの居所を教えてやる、ただし交換条件があるといい、ブティック経営の資金援助を要求したとか？」

ふむ。わたしはレベッカの推理に従って先をつづけた——「でもジャコモはエディを裏切った。なぜなら今後、彼女の要求がエスカレートするにちがいないと思ったから。その結果、エディはジャコモを殺し、持参していた〝札束〟を奪った」

「ブティックを一軒買えるほどの〝札束〟だったということでしょうか？」

「殺人までするくらいだから、よほどの大金じゃないと……」

窓の外で、お皿の割れる大きな音がした。もしや〈ア・ホイール・グッド・タイム〉から？　つづけて壁をたたくような音と、女性の悲鳴。

「アーソに連絡して、レベッカ！」わたしはそう叫びながら外へ飛び出した。

Capriole Julianna

カプリオーレ・ジュリアナ

山羊乳チーズ専門のカプリオーレ社のフレッシュ・チーズ。やわらかい白チーズを、乾燥させたハーブでコーティングしてある。ハーブにはラベンダーやローズマリー、タイムが含まれるが、詳細は公表されてない。1 ホイール 1 ポンド（高さ 5 センチ）で、比較的小ぶり。

Marieke foenegreek Gouda

マリエケ・フェネグリーク・ゴーダ

フェネグリーク（マメ科）の豆（種子）が入ったゴーダ・チーズ。ナッツの風味と、ほんのかすかにメープルシロップのような香りがする。マリエケは、アメリカのウィスコンシン州でつくられるゴーダ・チーズのブランドのひとつ。

22

〈ア・ホイール・グッド・タイム〉の入口は開いていて、わたしはそこで立ち止まると店内をうかがった。カウンターのスツールで、ジャッキーが背をまるめて激しく泣いている。足もとにはセシリーのベビーカー。右側を見ると、白いカップが並んだそばで、母娘が抱きあっていた。女の子はぶるぶる震え、母親はわたしに気づいて目を見開く。そして左側、うちのチーズ・ショップに隣接する壁ぎわでは、白い陶器の破片が床に散っていた。お店の奥に動く人影はないだろうか――わたしは目をこらした。でも、人がいるようすはない。だれであれ、ここで乱暴な真似をした人間は姿を消したらしい。

「ジャッキー！」わたしは彼女のもとに駆けよった。「大丈夫？」

ジャッキーのくちびるは動いたものの、言葉は出てこない。

セシリーは足もとのベビーカーのなかで少し口をあけ、ぐっすり眠っているようだ。わたしはほっとして、右手にいる母娘に目を向けた。

「いったい何があったの？」

「黒髪の、背の低い男が入ってきて怒鳴ったの。ジャッキーを脅していたわ、みんなにばらしてやるからな、とかなんとかいって。あれはどういう意味かしら？」

「ごめんなさい、わからないわ」わたしはジャッキーの顔をのぞきこんだ。「ヴィニーなの？」

ジャッキーはうなずいた。「ええ……。わたしがあの人の人生をむちゃくちゃにしたっていうの。わたしはジャコモを殺していない。いくら説明しても聞いてくれないの。あんたは重大な点を見逃しているって……」

母親と少女が、そろりそろりとこちらに近づいてきた。

「その男が、棚の陶器を片っ端から払い落としたの」母親がいった。「それからジャッキーの顔の真ん前で何度もピッチャーをふってから壁に投げつけたわ。助けを呼びに行きたかったんだけど」娘の肩を抱く手に力がこもる。「怖くて動けなくて……」

「ええ、よかったのよ、それで」わたしはゆっくりとうなずいた。

「シャーロット、お願い」ジャッキーがいった。「カウンターの下に陶芸教室の無料クーポンがあるの。それをおふたりに渡してくれない？」

わたしはいわれたとおりにし、母娘はそそくさとお店を出ていった。

「アーソに連絡するようにレベッカに頼んだから」わたしは少しでもジャッキーを安心させたかった。

「彼に何ができるの？」

「破壊行為とか、そういう罪で逮捕できるでしょう」

「ヴィニーは腕のいい弁護士を雇って、すぐ自由の身になるわ。あの人はわたしとセシリーに死んでほしいのよ。この町にはもういられないわ。またどこかよその町に逃げなくちゃ」

「それはだめよ」思わずそういったものの、自分にそんなことをいう権利もなければ、きわめて利己的な発言であるのもわかっていた。ジャッキーとセシリーがこの町を出るなら、ほぼ確実にジョーダンもふたりといっしょに出ていくはずだ。ジョーダンはわたしに、ついてこいというだろうか？　わたしは彼についていけるだろうか？

そんな考えをふりはらい、わたしはジャッキーにいった。

「ヴィニーはあなたの命を狙ったりしないと思うわ。彼はただ、お金がほしいだけよ。きっとマフィアか何かに借金があって見境がなくなっているんだわ。もっと理性的になれば――」

「そこなのよ。彼は理性的な人じゃないの。何をするかわからないわ。おれは遺産を残らずほしい、いや必要なんだっていうの」

あら、それはみずから認めたに等しいのではない？　要するに、彼はどこかの財団ではなく自分が相続人であることを知っていたわけだ。

「ヴィニーはわたしが生きていることを地元の人間に知られたくないのよ」と、ジャッキー。「だからわたしは彼に約束したの――身元は隠しつづけるし、権利放棄の誓約書に署名もするわって。なのに彼は、わたしを信じようとしなかった。冷静に考えることすらできない人よ」

わたしはここでヒューゴの話をもちだすのはよくないと感じた。

そのとき、副署長のデヴォン・オシェイが入ってきた。二十代後半で筋骨たくましく、髪はブロンド。いつでも銃を抜けるよう、手はホルスターの上だ。彼のうしろには、険しい目をした赤毛のロダム副署長もいる。

「銃は必要ないわ」わたしは立ち上がってふたりにいった。「男はもう出ていったから」

オシェイ副署長はホルスターから手を離したものの、顔は緊張したままだ。

「アーソ署長はどうしたの？」わたしが訊くと、ロダム副署長はこちらに歩いてきながらいった。

「いまこちらに向かっています。ピーターソンさん、怪我はありませんか？」ロダムはジャッキーがうなずくのを確認するとカメラをとりだし、荒らされた場所の写真をとりはじめた。

「状況を話してもらえますか？」オシェイをふりむく。「メモをとってくれ」

ジャッキーは起きた出来事を語りはじめた。

その話が終わったところで、わたしはジョーダンを呼ぼうかと彼女に訊いた。

ジャッキーは首を横にふる。

「ジョーダンはプロヴィデンス劇場の仕事を手伝っているから、心配かけたくないわ」

「むしろ知らせたほうが安心するんじゃない？」

「あとでわたしから電話をするわ。シャーロットも仕事にもどってちょうだい。ロダムさんたちがいるから安心よ」わたしの腕を握る。「ありがとう」

そこでわたしは帰ることにした。するとお店を出たところで、ヴィニーが道路の向かいに停めたファイヤーバードの運転席に乗りこむのが見えた。わたしの視線に気づいたのだろう、こちらをふりむき、にやりとする。そして指を二本立て、まず自分の目を、それからわたしの目を指さした。

どういう意味かしら？

このことを店内にもどってロダムたちに伝える間もなく、ヴィニーのファイヤーバードは猛スピードで走り去った。

*

それからあとは、ショップでお客さんの対応に追われた。〝ぶどうを踏もう〟レースに参加する人たちが大勢町に来たおかげで、〈フロマジュリー・ベセット〉も大忙しだ。ショップを閉めて帰宅すると、足はむくみ、肩は痛い。それでもきょうは、まだやることがあった。マシューとメレディスが夜のデートに出かけ、わたしはふたごに、宿題をすませたらゴートチーズのグリッツのつくり方を教えると約束していたからだ。そしてふたりは、宿題をすませていた。

「手を洗ってちょうだい」

わたしがいうとふたごはスツールに乗って水道の蛇口をひねった。シンクの上のロールブラインドの下から、残照が射しこんでくる。

「ロケットがね、なんとなく元気がないの」クレアがいった。「おやつがほしいのかな」

「わたしがあげる！」エイミーがスツールから飛び降りて食品庫に行き、大きな手づくりビスケットを持ってきた。このまえ試しにつくったビスケットで、ふたごの要望に従い、チェダー・チーズを加えてある。

ロケットは部屋の隅の専用ベッドで、縁に顎をあずけて寝ころがっていた。エイミーはその鼻先で「はい、どうぞ」とビスケットをふる。そこへラグズがのんびりやってきた。

「ラグズにもおやつをあげて、エイミー。それから、さ、お料理開始よ」わたしは指を鳴らした。「きょうは何をつくるんだっけ?」

「ゴートチーズのグリッツ！」ふたごは同時に声をあげた。

「はい、正解。そしたらクレアは食品庫からコーンミールをとってきてくれる？　エイミーはおやつをあげたらもう一回手を洗って、冷蔵庫からカプリオーレ・ジュリアナを持ってきてちょうだい」チーズには火を通すので、室温にもどす時間は必要ない。わたしはほかの材料を用意した。「あとはベルギー・エシャロットと、庭で摘んだタイムとローズマリー、それからたまねぎのみじん切りよ」

「たまねぎは、いやだ」と、エイミー。「涙が出るもん」

「出ないようにする方法ならいろいろあるわよ。たとえば、皮をむいてから水にさらすとかね。わたしはパンの切れ端を軽く嚙むわ。そうすると口呼吸になって、たまねぎの涙を出す成分がパンに吸収されるの」

「グルテン・フリーのパンでもいいの？」クレアがコーンミールの容器をカウンターに置きながらいった。

「ええ、たぶんね」

「だったらわたしがやってみる」クレアは冷蔵庫を開き、グルテン・フリーのパンのかけらをビニール袋からとりだすとスツールに乗った。「たまねぎの量はどれくらい？」

「半個ぶんよ」

クレアは包丁とまな板を用意し、パンを口にくわえると、わたしのほうへ手をのばした。わたしはカウンターのバスケットからたまねぎをひとつとり、クレアの手にのせる。

エイミーのほうはチーズのシュレッダーをとってきてスツールに乗ると、ゴートチーズのラップをはずしてわたしに差し出した。

「半分に切ってくれる？」

カプリオーレ・ジュリアナは約一ポンドの丸いチーズだけれど、外皮にドライ・ハーブが混ぜこんであり、おなじ山羊乳のフェタ・チーズほど軟らかくはない。わたしは切れ味のよいナイフで皮をそぎおとしてから、半分に切ってエイミーに渡した。

エイミーは顔を近づけ、「いいにおいねえ」といった。「グリッツに使うハーブとおなじ、ローズマリーとタイムかな？」

「大正解よ」

エイミーはにっこりして、チーズを削りはじめた。

そこでわたしはふと、アーソから何の連絡もないことに気づいた。あれからヴィニーはどうなっただろう？　アーソは休暇中の財産管理人と話せたのかしら？　ヴィニーはジャッキーに遺産はすべて自分のものにしたいようなことをいったらしいけど……。

「どうかしたの、シャーロットおばちゃん？」クレアが心配そうな目でわたしを見た。

「ううん、どうもしないわ、大丈夫よ」といってはみたものの、頭の隅で、ヴィニーのあの恐ろしい目がまたよみがえった。わたしが彼の車をのぞいているのを見つけたときの彼の目つき。あの車のなかに、人に見られてはいけないものがあったのだろうか？

「ミルクを火にかけるね」と、クレア。

「コーンミールを入れるとぐつぐつするから、お鍋は深めで、鍋つかみを使うのよ」

クレアはうなずき、深めの鍋をとりだして、そこに牛乳を計量カップで六杯ぶん入れた。そして細い腕にきゅっと力をこめてお鍋を持ち上げ、コンロに置いて点火する。

わたしはアナベルのことを考えた。アーソは彼女を調べただろうか？　アナベルはジャコモに惹かれたことを認めた。そしてもし拒絶されていたら？　あの人形のGの文字は、アナベルがいうような意味ではなく、具体的にジャコモを指している可能性はないか？

それにヒューゴ・ハンターは？　こんな時期にどうして町を出たりしたのだろう？　アーソは彼をつかまえることができたかしら？

そして忘れてならないのはエディだ。ジャコモをこの町に呼び寄せたのは、エディのような気がしてならない。それにシルヴィの話を信じれば、エディはプルーデンスのブティックを買いとれるくらいの資金をもっているらしい。その資金は、ジャコモを殺して奪ったものとか？

エイミーがお鍋の縁をスプーンでたたいた。

「シャーロットおばちゃん、ここはどこでしょう？」

「え？」

「目がどこか遠くを見ているみたい」

「大丈夫。ここはキッチンでしょ？」わたしはいまやるべきことに気持ちをもどし、グリッツづくりを再開した。

「わたしたち、はじめてお料理をしたときは何もできなくてひどかったよね」と、エイミー。

「お母さんがひとつも教えてくれなかったんだもん」クレアがぶすっとする。

「そんなことないよ。サンドイッチのつくり方は教えてくれたもん」

「パンにマヨネーズを塗って、それで終わりじゃなかった？」

クレアがグルテン・アレルギーだとわかったのは、マシューとふたごがうちに引っ越してきてひと月くらいたってからだった。シルヴィは娘が下痢や便秘などをくりかえし、体重が減ってもアレルギーを疑わず、マシューのほうもわがまま放題のシルヴィに手をやくばかりだった。

「それにお母さんはいま、〈ラ・ベッラ・リストランテ〉でお料理の勉強をしているわ」エイミーがいった。

このイタリア・レストランは料理教室を開き、わたしとジョーダンはそこで出会った。わたしの肘がたまたま彼にぶつかり、わたしは彼の目を見た瞬間、運命的なものを感じた——。

電話に目をやる。兄妹はプロヴィデンスを出る具体的な計画を練りはじめているかもしれない。ジャッキーはヴィニーがお店を荒らしたことをジョーダンに知らせたかしら？

「お母さんはあそこのシェフを好きなの」と、エイミー。

「あら、そうなの？」わたしの知るかぎり、シルヴィがマシュー以外の男性に関心をもつなんて珍しい。彼女にも心境の変化が訪れたということかしら？

ゴートチーズのグリッツの準備を終えて野菜サラダをつくってから、わたしたちはお肉を焼きに裏庭に行った。ロケットとラグズもついてくる。

花壇の紫色のアスターが残照に映え、菜園のかぼちゃとズッキーニは刈りとられるのを待っている。そして、トマトも。あまり長くほったらかしにはできないから、なんとかあした、時間をつくって野菜の収穫をしよう。

小鳥のさえずりを聞きながら、わたしとふたごはオリーヴオイルとライムに漬けたチキンのむね肉を焼いた。しばらくしてキッチンにもどり、テーブルにつく。クレアが自分で編んだマットをテーブルに敷き、グラスや銀の食器はエイミーが用意する。わたしは自分のグラスにサンタ・マルゲリータ・ピノ・グリージョをついだ。マシューによれば、ゴートチーズにはこのイタリア・ワインがぴったりらしい。そして、たしかに彼のいうとおりだった。

夕飯をすませ、わたしたちは屋根裏部屋に行くことにした。ロケットとラグズは、玄関ホールに積まれた段ボール箱を不安そうにながめてから、わたしたちについて階段をのぼってきた。屋根裏では三人で、グルテン・フリーのクッキー——手づくりのアプリコット・ジャムを塗ってある——をつまみながら読書をする。九時くらいになるとみんなあくびをするようになり、わたしはふたごを部屋に帰した。

そしてキッチンにもどってお皿を洗い、ナイフ類を乾かすためにタオルの上に並べていく。するとロケットがウウーとうなって立ち上がり、玄関まで走っていって吠えた。

「ロケット、静かにして。きっとマシューよ」

でも、鍵をあける音は聞こえてこない。そしてドアが開く音も……。

ロケットがまた吠えた。

いやな予感がして、わたしはナイフを持って玄関に行った。ロケットは段ボールの山の手前で吠え、ラグズがロケットのお腹の下にもぐっている。どちらも箱の山を越えて玄関ドアまで行くのが怖いらしい。わたしは愛犬と愛猫に、大丈夫よと声をかけた。この家は古いから、ときどききしんだ音がするのだ。でもたとえそうでも、わたしはナイフを持つ手に力をこめた。

バン、バン、バン！　だれかが玄関ドアを激しくたたいた。

23

ロケットは低くうなりながら、段ボール箱のあいだをゆっくりと玄関へ向かった。ラグズはまだ子どものロケットを心配するように、その場でじっと見つめている。

「おちつきなさい、ロケット」わたしはささやいた。「たぶんマシューが鍵を忘れたのよ」

バン、バン、バン！　たたく音が大きくなった。

「あけろ！」男のわめき声。この声はだれだろう？　聞き慣れたものではない。わたしが考えこんでいると、男はドア・ノブを乱暴にいじった。

ドア板が揺れた。ドン！　こぶしでたたいた音ではない。男はたぶん、ドアにからだをぶつけたのだ。なんとしてでも、この家に入りたいのだろう。わたしの全身が緊張した。

携帯電話は身につけていない。いちばん近い電話は廊下の先の部屋にある。

もう一度、ドアに激しい衝撃音。そして、うめき声。年代ものの古い鍵がはずれ、ドアがいきなり、勢いよく開いた。

そこに立っていたのはヴィニーだった。手には黒と灰色の銃——。あれはベレッタ？　ジャコモの銃だろうか？

「あんたのせいだ」ヴィニーは開口一番そういった。

「どういう意味かしら？」ひるんではならない。堂々としていなければ。「わたしはジャコモを殺していないわ」

「あんたが殺したとは、いっちゃいない」

「ええ、遺産目当てに殺害したのは、あなたじゃないの？」

「おれに遺産はまわってこないよ」

「ほんとにそうなの？」わたしは一歩あとずさった。踵《かかと》が段ボールに当たる。これ以上はうしろに行けないということだ。「帰ってちょうだい」

「いいや」ヴィニーは銃の引き金をひく真似をした。

わたしは必死で自分を奮い立たせた。「でもあなたは、ジャコモが持ってきたお金のことで嘘をついたわ」

「嘘なんかついちゃいない」

「お金はどれくらいあったの？」

「十万ドルだよ」

わたしは絶句した。そんなに大金だったなんて……。ヴィニーが一歩、足をこちらに踏みだした。

「動かないで」わたしはナイフをかかげた。「マシュー！」彼が家にいるかのように、大声で呼んでみる。

するとなんとロケットが、マシューの代わりを務めるつもりか前に飛び出し、ヴィニーのズボンの裾に嚙みついて引っぱった。

「おい……」ヴィニーはよろけ、銃が手から落ちた。

わたしはそれを、段ボールの山の向こうまで思い切り蹴とばした。

「犬をなんとかしろ！」ヴィニーはわめいた。

ふだんは犬どころか子猫のようなロケットなのに、いざとなるとずいぶんたくましく、わたしは内心びっくりしていた。

「いい子だから、そのままくわえていてね」わたしはロケットに声をかけてから、またヴィニーを見ていった。銃が近くにないことで、気持ちが大きくなる。「用件は何なの？」

「よけいなことをしやがって」

「え？　何の話？」

ロケットが、くわえたズボンの裾を横に引っぱった。ヴィニーは足を引きずるようにして段ボールの山に近づくと、力いっぱい肩で押す。〝本〟と書かれた箱が床に落ちて大きな音をたてた。それでもロケットはズボンの裾を放さず、むしろ低いうめき声の迫力が増した。

ふたごの部屋の扉が開いた。寝巻き姿のクレアとエイミーが廊下の手すりまで来て、「シャーロットおばちゃん！」と同時に叫ぶ。

「部屋にもどって、警察に連絡しなさい！」わたしが大声でいうと、ふたごはすぐさま部屋にもどった。

「兄貴に電話をしただろ」と、ヴィニー。「そしてこの町におびきよせて殺したんだ」

「そんなことはしないわ」

「女が電話したんだよ。あんたでなけりゃ、ジャッキーだ」

「どうして彼女がそんなことをするのよ？　彼女は夫を恐れていたわ。夫のお金なんてほしくないわよ、一セントだってね。彼女の望みはあなたに町を出ていってもらうことだわ。そのためなら、遺産をもらうどころか、逆にお金を払ってもいいくらいの気分かもね」

「そんな話は聞いちゃいない」

「わたしだって、払ってもいいのよ」そういった瞬間、ジョーダンから忠告されたことを思い出した——いったん金を渡したら、ヴィニーはその後もしつこく要求してくる。でもいま、この男を家から追い出せるならなんだっていい。わたしは、やけになっていた。「あなたには借金があるんでしょ？　だからこんなことをしているんだわ。お金を持って、早く町から出ていってちょうだい」

　ロケットがまたズボンの裾を力いっぱい引っぱった。と思うと、すぐに放した。ヴィニーはバランスをくずし、しりもちをつく。すると、携帯電話が鳴った。彼のポケットのなかだ。ヴィニーは腕をふってロケットを追い払うと立ち上がり、電話をとりだしながらわたしにいった。

「あした、あんたの店に行くよ。金を用意しておくんだな。五万ドルだ。そうしたら、ジャッキーの話は信じてやるよ。いいな、五万ドルだ」ヴィニーはわたしの返事を待たずに電話のボタンを押し、あせったようすで外へ走っていった。

わたしはドキドキする心臓を懸命に鎮めながら、五万ドルをどうやってかき集めるかは、いまはできるだけ考えないようにした。ナイフをサイドテーブルに置き、玄関を閉め、床の上の銃をとりにいく。手にしてみれば、それはベレッタだった。どこかにジャコモのものであることを示す印はないかさがしたけれど、見つからない。安全装置は掛かったままだった。わたしが十代のころ、祖父が開けた場所で銃の撃ち方を教えてくれた。そのとき以来、わたしは引き金をひいたことがないけれど、撃ったあとの強い反動や発砲音は忘れられない。

ふたごの部屋のドアが開いた。わたしは銃を持つ手を背中にまわし、これをどこかに隠せないかときょろきょろした。

「シャーロットおばちゃん……」クレアが廊下の手すりから呼んだ。顔から血の気が引き、それはエイミーもおなじだ。「911の女の人が、副署長を呼んだほうがいいかって訊くの」

わたしは玄関横の窓から、おそるおそる外をのぞいた。あたりにヴィニーの姿はない。

「呼んでくださいって、答えてちょうだい。きちんと報告しなくちゃいけないから。でも心配しなくていいわよ。恐ろしい男はもういないわ」

わたしは書斎へ走り、オハイオの風景画のうしろにある、壁の埋め込み式金庫に銃をしまった。これでようやく動悸はおさまり、ジョーダンに電話をすると、彼は最初の呼び出し音で出た。

「どうした？」

わたしは事情を説明した。「副署長が来てくれるわ。ヴィニーはたぶん、もどってこないと思うけど」

「ぼくからアーソに連絡しよう」

「彼の居場所を知っているの？」

「いいや。でも、いそうな場所の見当はつく」

エディといっしょなのかしら？　ううん、よけいなことを考えるのはよそう。ジョーダンとの電話をきってから、つぎにマシューにかける。マシューはあわてふためき、ロダム副署長がうちに到着してから数分後に帰宅すると、ふたごのようすを見にすぐ二階にあがった。わたしはロダムに経緯を報告する。

ヴィニーがまた来るとは思えなかったけれど、ロダムが帰ったあとは、なかなか眠ることができず、読書にも集中できなかった。そこで書斎に行き、テレビのスイッチを入れてチャンネルを選びながら、ヴィニーとの会話を頭のなかで再生する。そして少し疑問に思った──ああいう人に、兄弟を殺すことなどできるかしら？　さっきも銃を持ってきたのに安全装置は掛けたままで、わたしが銃を蹴ったあともとりかえそうとはせず、床にほったらかしで帰っていった。ギャングまがいのわりに、ずいぶんずさんで感情的だ。

わたしはチャンネルを映画専門に合わせた。《危険な情事》を放映中で……つい、アナベルのことを考える。事件のあった時刻、書店でテレビを見ていたという話はほんとうだろうか？

アリバイといえば、ヒューゴ・ハンターの場合は真実？　彼は行方をくらました。町を出た理由は……ジャコモを殺害したから？　愛する女性を守りたい、ただそれだけで殺人を犯したのだろうか？

テレビのチャンネルをかえると《私立探偵マイク・ハマー》をやっていた。探偵は怪しい人間をリストアップし、犯人と断定できるだけの十分な証拠がない者の名前をひとつずつ消していく。

マイク・ハマーの苛立ちと落胆が、わたしにはよくわかった。

24

あくる日の早朝、祖父母がうちにやってきた。どうやらマシューが電話をして、ヴィニーがうちに押しかけたことを伝えたらしい。祖父はわたしのまわりをぐるぐる歩きながら、祖母はわたしの髪を撫でながら、もっと用心しろとうるさくいった。そのうちマシューがふたごを学校に送っていく時間になり、ようやく祖父母のお説教と忠告は終了した。

ただし、〈フロマジュリー・ベセット〉に行くと、今度はマシューがうるさかった。

「万が一のことがあったらどうするんだ？　ぼくらがメレディスの家に引っ越したら、ひとり暮らしになるんだぞ。それとも、ジョーダンといっしょに暮らすか？　これからのことが心配だよ、シャーロット」

正直なところ、わたし自身少し心配だったけれど、それを口にするわけにはいかない。

「大丈夫よ、マシュー。子ども扱いしないでちょうだい。これでも立派な大人なんだから」

それにプロヴィデンスは安全な町だし、とわたしは自分にいいきかせた。アメリカのほかの町とおなじく、ときには事件も起きるけれど、治安はしっかり守られている。

その後はキッシュづくりに専念した。きょうはブロッコリと松の実のキッシュで、チーズはウィスコンシンのマリエケ・フェネグリーク・ゴーダを使う。フェネグリークの種子が入った香りのいいチーズだ。

そうしているあいだに、ゆうべの出来事はたちまち噂となって広まった。マシューがティアンに話し、ティアンはすぐレベッカに。そしてレベッカは走って通りを渡り、〈カントリー・キッチン〉のデリラに話した。

午前十時ごろ、シルヴィがあらわれた。不機嫌そうにチーズ・カウンターまで来ると、右手のこぶしを腰に当て、わたしをにらみつける。

「いらっしゃい、シルヴィ」わたしは明るくいった。「きょうのおすすめチーズはペンシルヴェニア産のタンブルウィードよ。牛乳が原料のセミハード・タイプ。香りも味わいもフルーティでとってもおいしいわ。そこの試食用のお皿にのせてあるから、ぜひ食べてみて」

「いったいあなたは何を考えてるの？」シルヴィは憤然としていった。「わたしのかわいい娘たちを危険にさらすなんて！　ほんとにあなたって人は、騒動を起こしてばっかりよね」

「エイミーたちを巻きこむような問題じゃなかったわ。けさもふつうに学校に行ったし。だいたいあなたこそ――」

ティアンがわたしの横に来て、耳もとでささやいた。

「負けるが勝ちのときもあるわよ」

たしかに、シルヴィといいあってもむなしいだけだ。

「ご忠告とご心配ありがとう、シルヴィ。わたしは仕事に専念しなきゃいけないの。そうだ、マシューとおしゃべりしたら？」ワイン・アネックスのマシューに手をふる。「マシュー！シルヴィが来てるわよ！」

マシューは怖い目をしてこちらをふりむいたものの、シルヴィは気にとめるようすもなく、アネックスに向かった。

その後、時間が過ぎていくなかで、わたしはヴィニーがいつお金をとりにくるだろうかと考えた。ゆうべ寝るまえに、オンラインで預金残高を確認したところ、二週間まえに見たときと変わらず二万ドルだった。結婚資金と家のリフォーム用の蓄えはべつにあるけど、もしヴィニーが町を去り、ジョーダン兄妹の居場所を黙っていてくれるなら、すべてを渡してもいいと思った。

十二時少しまえ、ショップの玄関が勢いよく開いた。きっとヴィニーだと思い、そちらを見ると、うれしいことにジョーダンだった。おまけに、ピクニック・バスケットを持っている。

「やあ、シャーロット。ヴィレッジ・グリーンでいっしょにランチでもどうだい？」

「そのバスケットのなかにランチがあるの？」

「きみのために、最高のものばかり選んだよ。うちの農場のゴーダ・チーズに、焼きたてのサワー・ブレッド、うちの菜園で摘んだ野菜のフレッシュ・サラダ。そしてぼくがつくったハーブとサワークリームのディップだ」そこで人差し指を立てる。「これでも不足とおっしゃる場合に備えて、道の向こうのお店でつくりたてのチキン・パイも買ってきた」道の向こうのお店とは、たぶんデリラの〈カントリー・キッチン〉だ。「もっと栄養分がほしいなら、〈プロヴィデンス・パティスリー〉のカラメル・ゴートチーズ・クッキーもあるからね」ハムレットを真似て、大げさにお辞儀をする。「どうか、お嬢さま、昼餐におつきあい願えませんでしょうか」

わたしが拍手をすると、隣でティアンがいった。

「いってらっしゃい。お店はわたしに任せて」

するとエプロンをとったところで、ショップの玄関が勢いよく開いた。チーズの形をしたドアストップに扉が激しくぶつかる音がする。息をきらして飛びこんできたのはレベッカだった。

「彼が殺されました！」

「彼って？」

「ヴィニー・カプリオッティです！」

わたしは呆然とした。

「嘘だろ」ジョーダンがつぶやく。

「死体は〈イグルー〉で発見されました」

「また、〈イグルー〉で？」わたしがなんとか声を出すと、レベッカはうなずいた。

「凶器はアイスピックのようです」

近くにいたお客さんたちがざわめいた。

「アーソ署長はいま〈イグルー〉にいます。検視官と鑑識班も」レベッカがいった。「死体を発見したのは、販売員の女の子です」

かわいそうに、ふたりの高校生は一週間で二度も死体を発見してしまった。

「いつのことなの?」

「ゆうべの九時から深夜にかけてのようです。〈イグルー〉は月曜と火曜はお休みですよね」

九時というと——ヴィニーがうちから帰ってまもなくで、わたしがジョーダンに電話をした直後くらいだ。

「ぼくのことなら心配しなくていい」ジョーダンがいった。「鉄壁のアリバイがあるから。わが町の署長といっしょに芝居の準備を手伝っていた。彼のいる場所なら見当がつくといっただろ? 作業は深夜までかかったよ」そしてバスケットを見る。「悪いがシャーロット、昼ごはんは延期にしてくれ。妹のようすを見にいきたいんだ」

「ええ、もちろん、すぐ行って」

わたしの食欲は吹き飛んでいた。

＊

一週間もたたないうちに二度めの殺人事件が起きたのだから、その詳細を知るために、一時間ほどショップを閉めてもいいだろうと思った。でもマシューは、ショップはあけておこう、自分は出かけずに残るから、という。結婚式前日のリハーサル・ディナーに向けて、マシューにはまだまだアネックスでやるべき準備がたくさんあるのだ。

わたしはレベッカといっしょに〈イグルー〉へ向かい、途中、〈ソー・インスパイアード・キルト〉から出てきたフレックルズが加わって三人になる。

「また殺人事件が起きるなんて怖いわ」フレックルズがいった。「長女に赤ん坊の子守をさせてお店を出てきたんだけど、大丈夫よね？」

わたしはうなずいた。「犯人はカプリオッティ兄弟の命を狙ったのよ。きっと親しい人間や身内がからんでいて、プロヴィデンスの町民とは関係ないと思うわ」自分で声に出していってみると、いっそう確信がもてた。

「身内といえば、マフィアのような〝ファミリー〟は関係しているんでしょうかね」と、レベッカ。

「それはわからないけど、兄と弟がどちらも家から遠い町で殺されるなんて偶然とは思えないわよ」

「ジャッキーが疑われないといいですけどね」

「その点は安心よ」フレックルズがいった。「彼女のアリバイなら、わたしが証言できるから。セシリーが眠ったあと、ジャッキーにお裁縫を教えたのよ。チェーンステッチとかジグザグ縫いとか基本的なことをね。ジャッキーはなかなか上手だったわ。それで思い出したけど、シャーロット、最後にもう一回試着してね」そこでフレックルズは口をつぐみ、頰をピンクに染めた。「ごめんなさい。こんなときにいうことじゃなかったわね」

「いいのよ、気にしないで。あなたはジャッキーのアリバイ証人ね。アーソにも話さなきゃ」

「犯人はヒューゴ・ハンターでしょうか？」と、レベッカ。

「彼は町から出たって聞いたけど」と、フレックルズ。

「でも、帰ってきたのかもしれません。町を出ていったのは、ヴィニーに恐ろしい秘密を知られたせいだったとか」

「ヒューゴが連続殺人犯だっていうの？」フレックルズは目をまるくした。

「決めつけないほうがいいわ」わたしはそこでふと思いついたことをいってみた。「ヒューゴはだれかと結婚しているのかもしれないし」このまえアイリスが、ジャッキーはヒューゴに用心したほうがいい、といったのはそういう意味だったのかもしれない。

でもそういうことは、人を殺してまで隠すような秘密ではないし、自分の大切なショップで二度も血を流したりはしないとも思う。むしろ町から遠い場所、人目につかない場所を選ぶだろう。かわいそうなジャッキー。男運が悪いというか……。

あと少しで〈イグルー〉だ。見ると入口からアーソが出てきて、歩道に立つとハットをぬぎ、集まった野次馬に向かって語りかけた。

「みなさん、どうかご自宅や職場にもどってください。事件は解決されましたので」

「こんなに早く？」わたしがつぶやくと、レベッカが「そんなわけありませんよ。野次馬を追い払いたいだけでしょう」といった。

「でも、ほんとうに解決していたら？」

「はっきりするまで、わたしはここを動きません」

どうやら、プロヴィデンスの住民はレベッカにかぎらずみんな頑固らしい。野次馬たちが帰る気配はまったくなかった。

「みなさん！」アーソは声を大きくした。「事件は解決し、詳細は朝のニュースで報じられます。さあ、仕事に、家事に、ショッピングに……いままでしていたことをつづけてください！」

野次馬はぶつぶついいながら散りはじめた。そのなかには、ストラットンをはじめとする《ハムレット》の役者たちもいる。〈オール・ブックト・アップ〉の前にはオクタヴィアとアナベルがいた。アナベルは双眼鏡を持っているから、今回もまた何かを目撃したりしたのだろうか？

わたしはフレックルズの腕をとり、散り散りになる人びとのあいだを〈イグルー〉の入口に向かって進んだ。もちろん、レベッカもついてくる。

わたしは店内にもどろうとするアーソに声をかけた。

「ちょっと待って、ユーイー！」

彼は温かいとはいえないまなざしでふりかえった。

「ジャッキーを疑わないでね」わたしはいきなりいった。「彼女にはアリバイがあるのよ。ねえ、フレックルズ、彼に話して」

アーソは片手をあげた。「いや、その必要はない。ジャッキーが無関係なのはわかっている。事件は解決したんだよ」

「ほんとに？」と、フレックルズ。「それなら安心だわ。じゃあ、わたしはお店にもどるわね、子どもたちを残してきたから」

フレックルズはそそくさと帰っていった。でも、わたしはそうすぐには納得できない。

「犯人はだれなの？」

アーソはあたりを見回した。近くに野次馬はもういない。

「ヴィニーの古い知り合いが、恨みを晴らすためにここまで追ってきたんだよ。ヴィニーの胸に、ピンで警告のメモを残していた」

「間違いないの？」

アーソは冷ややかな笑みをうかべた。「ありがたいことに、証拠を残してくれる犯罪者もいるんだよ。ヴィニーの携帯電話に、その男からの着信履歴があってね」

「ゆうべ、ヴィニーは携帯電話が鳴ってすぐ、うちから帰っていったから、あれがそうかしら？」

アーソの目が険しくなった。「その件だが、なぜすぐおれに連絡しなかった？」

「911には電話したわよ」わたしはうつむき、爪をいじった。「ジョーダンが、アーソには自分から話すっていったの」

アーソは両手をズボンのポケットにつっこんだ。リラックスしたのではなく、わたしを次なる取り調べの対象に決めたのだろう。

「すぐにマシューが帰ってきたし——」わたしはつづけた。「ヴィニーは引き返してこないと思ったの。出ていくとき、なんとなくあせっているように見えたから。借金のとりたてに追われていたんじゃない？」

「犯人はマフィアの金貸しですかね？」レベッカがいった。

「犯人はもうつかまえたの？」

アーソは首を横にふった。「時間の問題だよ。怪しい男が赤いトラックを運転するのをデリラが見て、ナンバープレートを書き留めてくれたんだ。その車の所有者が、電話の着信履歴にある男と一致した。現在、州警察が追跡中だ。どの事件もこれくらい楽だとありがたいね」

「凶器はアイスピックだと聞きましたが」と、レベッカ。「マフィアなら銃を持っていますよね？　どうして使わなかったんでしょう？　それになぜ〈イグルー〉で？」

「ズークさん……」アーソはため息をついた。「すべての質問に答えることはできないよ。ただ、壁に銃弾をひとつ発見した。おそらくひとりは銃を持っていたんだろう」

「ヴィニーはうちに銃を置いていったわ」

「ジョーダンからそんな話は聞いてないぞ」アーソの眉間に皺がよる。

「わたしが話すのを忘れたのよ。書斎の金庫にしまったわ」〈イグルー〉の入口に目をやり、何か心にひっかかるものを感じた。でも、具体的にはわからない。「どういう経緯でこうなったのかしら？」

「ヴィニーが銃を所持していなかったのなら、犯人は彼を脅して〈イグルー〉に連れ込んだんだろう」

「今回もまた、ドアは施錠されていなかった、ってことですね？」レベッカはアーソを疑いのまなざしで見た。

アーソは大きく息を吐く。「ヴィニーは犯人に抵抗し、ふたりはもみあって、銃が発射された。ヴィニーは男の手から銃を払いおとし、男はアイス・ピックを手にとった」

「その銃は見つかったの？」と、わたし。

アーソはかぶりをふった。「犯人が持って逃げたんだろ」

心にひっかかっていたことが、はっきりした。カプリオッティの兄と弟の殺人事件は、状況がそっくりなのだ。どちらも犯人ともみあい、犯人は凶器らしからぬものを使って殺害した――。

「壁の銃弾は、最初の事件のものじゃないって断定できるの？」

アーソはちょっと驚いた顔をした。「いいや、断定はできない。たしかに、ジャコモ事件のときの可能性もある。弾があった場所は、ジャコモの死体があった場所とはかなり離れているけどね」首のうしろをぽりぽり搔く。「その点は確認しないとだめだな」

「銃弾から、発射された銃の種類を特定することはできないのでしょうか？」レベッカが尋ねた。

「よくそんなことを思いつくわね」わたしはびっくりした。

「《CSI》で、そういう場面があったんですよ」

アーソは苦笑し、「銃の種類はわかっているよ。鑑識のひとりがその道のベテランでね」

といった。「使われた銃はベレッタのようだ」

「あら……」わたしは思わずつぶやいた。

「何が〝あら〟だ？」

「ジャッキーの話だと、ジャコモはベレッタを持っていたらしいの。つまり、こういう仮説
がなりたたない？　まず、ジャコモ・カプリオッティは女から、あるいは女を装った男から
匿名の電話をもらった」

「ヒューゴですかね」と、レベッカ。

「女かヒューゴか、それ以外のだれかね。そしてジャコモはその電話の内容に従って、ジャ
ッキーを見つけにプロヴィデンスに来た。そしてもっと情報を得るには、匿名の電話の主に
会うしかなかった」

「情報？　たとえば？」と、アーソ。

「たとえば……ジャコモはジャッキーの具体的な住所までは知らなかったんじゃないかしら。

犯人はジャコモから情報料をとる気だった。そして〈イグルー〉に連れ込んだ」

「銃で脅してか？」アーソは納得がいかないようだ。

「ううん、ベレッタを持っていたのはジャコモのほうだもの。犯人がどうやって彼を〈イグ

ルー〉に誘いこんだのかはわからないけど……」その点は大きな謎だった。犯人はなぜ、〈イグルー〉を選んだのか？

「やっぱり犯人はヒューゴでしょうかね」レベッカがいった。「彼も自分の銃を持っていたのかもしれませんせん」

「それはともかく、犯人はジャコモに会って情報を教え、お金を要求したの」

「ふつうは逆じゃないですか？」と、レベッカ。「お金を手にしてから、情報を教える」

「そこまで考えるほどのプロじゃなかったんじゃない？　そして結局、ジャコモは拒否した。犯人は怒り、ジャコモは銃をとりだした。ふたりはもみあい、弾が発射された」

「あの晩、銃声を聞いたという証言はないよ」アーソがいった。

「だったら今夜は？　だれか聞いたの？」

「一軒ずつ聞き込みをしたわけじゃないけどね。いまのところ、そのての情報提供者はいない」

「冷蔵室だったら――」わたしは〈イグルー〉の店内を指さした。「音は外まで聞こえないかもしれないわ。ヴィニーが殺されたのも冷蔵室なの？」

アーソはうなずき、わたしはつづけた。

「それでジャコモの場合、もみあって銃が発砲し、彼の手から銃が落ちた。でも犯人はその銃を拾う余裕がなくて、たまたま手近にあったアイスクリームの容器をつかみ、ジャコモの頭を殴った。そしてヴィニーを殺した犯人は、ジャコモがアイスクリーム・パーラーで、凶器らしからぬ凶器で殺されたことを知っていたから、ヴィニーとの待ち合わせ場所もおなじ〈イグルー〉にしたんじゃないかしら」

「ヒューゴに罪をきせるためか」と、アーソ。

「ええ。ただし、メモを残せばヒューゴの疑いは晴れてしまうわね」

「犯人が自分でアイスピックを持ってきた可能性もあるな」アーソがつぶやいた。

「ジャコモ事件のときに使われた銃さえ見つかれば、壁の銃弾と照合できますね」レベッカがいった。

「銃は発見されていないよ」と、アーソ。「たとえ使われたとしても、犯人が持ち去ったんだろう」

「そういえば、うちの金庫にある銃はどうかしら？」

「ヴィニーの銃か？」

わたしはうなずいた。「ジャコモを殺した犯人は、やっぱりヴィニーじゃないかしら。そして匿名電話の件も、ジャコモが十万ドルもの大金を持っていたなんていう話も、何もかもヴィニーのでっちあげだった」

「十万ドル？　どこでそんな話を――」アーソはかぶりをふった。「そうか、ヴィニーがきみの家に行ったときに話したんだな」

「でも、その話も嘘だったとしたら？　十万ドルも持ち歩く人がいるかしら？　ヴィニーは兄に遺書を書き換えるよう迫り、兄は拒否した。そしてもみあいになってヴィニーは兄を殺し、彼のベレッタを拾って持ち去ったの。それがうちの金庫にある銃よ」

アーソはため息をついた。「そういうものは、すぐ警察に届け出てほしいんだが」

「ええ、そうするわ」

「でも壁の銃弾が——」レベッカがいった。「その銃から発射されたものではない可能性もありますよね」

「その場合は、シャーロットのヴィニー犯人説が成立しないだけだ」

「もしヴィニーが犯人でないとしたら」と、レベッカ。「行方不明のヒューゴはどうでしょう？　彼はジャッキーを愛し、彼女にはつきまとうなとジャコモに迫り、結果的に殺してしまった。そしてヴィニーはヒューゴが犯人であることをつきとめ、彼を脅迫し、ヒューゴは町を去るしかなくなった……」

「彼の居場所はわかったの？」

「いいや、まだだ。アルバイトの女の子たちのところにも、連絡はないらしい。ジャッキーもおなじで、ずいぶん心配していたよ」

レベッカの顔がこわばった——「まさか、彼まで殺されたんじゃないでしょうね？」

25

翌日も翌々日も、プロヴィデンスはヴィニー・カプリオッティ殺害事件の噂でもちきりだった。もちろん、〈フロマジュリー・ベセット〉も例外ではない。ただ、お客さんたちがいくら話しかけたところで、レベッカはめずらしく寡黙だった。噂話はもとより、自分なりの推理や仮説を話したり、テレビ番組の場面をもちだすこともないのだ。そして例のヴィニー殺害の容疑者は、アクロン東部の七十六号線で逮捕された。車からは、彼のベレッタが見つかっている。といっても、自分は犯人ではないと、容疑を否認しているらしい。うちに来たお客さんの話によると、アーソは町じゅうを走りまわっているとのこと。エディとデートするところを見たお客さんはいないし、アーソの笑顔を見た人もいなかった。

　お昼ごろ、アーソはサンドイッチを買いにあらわれた。わたしは勇気を奮い起こして、壁の銃弾はヴィニーのベレッタのものかどうかを尋ねてみたけれど、アーソは〝首をつっこむな〟とぼそっというだけで、サンドイッチを手に帰っていった。というわけなので、ヒューゴ・ハンターが見つかったどうかはまだわからない。

　わたしは時間を見つけて〈ソー・インスパイアード・キルト〉に行き、花嫁付添い人用のドレスの最終試着をした。

「これでぴったりね！」フレックルズはうれしそうにいった。「ゴールドがすてきだわ」

「ええ、ほんとにすてき」わたしはストラップレスが苦手で、それを知っているフレックルズはAラインのドレスにしてくれた。ウェストはシャーリングで、幅の広いベルトにはかわいらしい造花。とってもフェミニンな仕上がりになっている。これならジョーダンも気に入ってくれるだろう。

フレックルズは手首にピンクッションをはめ、「裾を調整しなきゃね。当日の靴は、これでしょ？」と、わたしが以前持ってきたヒールを棚からとりだした。「はいてみてくれる？」

このバックストラップのヒールはわたしが九月に買ったもので、ストラップにはライムストーンがちりばめられている。このヒールにフェミニンなドレス、そしてシンプルなゴールドのチョーカーとドロップイヤリングで、付添い人の衣装は完成だ。

フレックルズはわたしの足もとにしゃがみ、「背筋をのばして」といった。

わたしは鏡に向かっていわれたとおりにする。「エディの姿が見えないけど？」

「お遊び中よ」

「え？」

「休憩をあげたの。少しひとりになりたい、将来について考えたいっていうから」フレックルズはわたしを見上げ、ウィンクした。「たぶん警察署に行ってるんでしょ」

「アーソに会いに？」さっきのアーソは見るからに不機嫌で、サンドイッチもひとつしか買わなかったから、エディはたぶんがっかりするだろう——なんて、わたしが心配することもないわね。

「からだを回して、シャーロット」フレックルズがいった。「ストップ！」ドレスの裾にまち針を刺していく。

そのときカーテンが引かれ、メレディスが入ってきた。雑誌の切り抜きをひらひらふって、「ねえ、これを見てよ。どれもチーズでつくったウェディング・ケーキなの」という。わたしは背筋をのばしたまま身動きせず、鏡に映った写真を見た。「チーズを重ねてつくってあるのよ」と、メレディス。「なかなかすごいでしょ。シャーロットはどれがお好み？」

ひとつは全体が真っ白の白かびタイプで、シンプルな丸いチーズを三つ重ね、飾りつけは茎の長い桃色のバラと桃のジャムだ。もうひとつは、種類の違うブルーチーズのホイールを組み合わせたもので、ぶどうと、淡い黄色のバラを全体にぐるっと巡らせている。三つめは、さまざまな色のチーズを使い（皮の色も違っている）、上から下までハーブが巻きついていた。個性があってエレガントで、わたしはこんなウェディング・ケーキをこれまで見たことがない。

「チーズ三昧ね」わたしはメレディスにいった。「だけどチーズもフルーツもタルトも、種類はもう決まったと思って注文しちゃったわよ。ふつうのケーキもね」

「リハーサル・ディナーだったらいいんじゃない？　まだ何も決まっていないでしょ？」

そうはいっても、リハーサル・ディナーはあしただ。

「このブルーチーズのケーキは、とってもすてきだわ。わたしの家族もきっと気に入ると思うの。こんなに急じゃだめかしら？」

わたしは親友にノーとはいえなかった。

「みんな、あなたのために集まるんだもの。わたしにできることはなんでもするわ」

「ありがとう！　わがままいってごめんなさいね」メレディスはわたしに抱きついた。「ところで、あなたとジョーダンの式の日どりは決まったの？」

「ううん、まだなの」このところ、ふたりでゆっくり話しあう時間がなかった。

メレディスはケーキの写真をトートバッグにしまいながら、「ジャッキーはヒューゴから何か連絡をもらったのかしら？」といった。

「まだみたいよ」

「そのうち帰ってくるでしょ」フレックルズがいった。「見てなさい。帰ってきたら、びっくりするような話をしてくれると思うから」

「彼を好きなのね」

「みんなそうでしょ？　ヒューゴはいい人よ。アイスクリームが大好きで、アルバイトの女の子たちにはやさしいし、女の子たちも彼を大好きだわ。ヒューゴは大学へ行くよう勧めていたみたい」

「彼が殺人事件にかかわっているとは思わないのね？」

「ええ、そんなことはありえないわ。私生活で隠している部分があるとは思うけど……どこかに奥さんがいたりしてね」

わたしもアーソと話しているときにおなじことを想像した。ヒューゴはべつの町で妻とともに暮らしているのではないか?

「でも、殺人者ではないわ」フレックルズはドレスの裾にまち針を刺した。「横を向いて」

わたしはいわれたとおりにした。

メレディスが咳払いをすると、こんなことをいった――「ヴィニー・カプリオッティが殺されたと聞いたときは、ジョーダンのことが心配になったわ」

「どうして?」と、わたし。

「マシューもわたしも――」

「ジョーダンは虫一匹殺さない人よ」

「わたしだってそう思ってるけど、アーソは職業柄、ジョーダンを疑うかもしれないでしょ。アーソとジョーダンがいっしょに劇場の仕事を手伝っていてよかったわ。アリバイって、ほんとに大事よね。そういえば、あのアイリスは――」

「彼女も人殺しなんかできないと思うわ」

「違う、違う、そうじゃなくて」メレディスはわたしの腕をたたいた。「事件の話とは違って、アイリスはゆうべ、マシューとティアンとわたしに結婚式のお花を見せてくれるはずだったのに、すっぽかしたのよ」

「すっぽかした?」

フレックルズも驚いたらしい。「アイリスはわたしに、大きな仕事でうれしいって話していたわよ」

メレディスはにっこりした。「怒っているわけじゃないから安心して。わたしがヴィレッジ・グリーンに行ってみたら、アイリスは《ハムレット》のリハーサルに見入っていたの。ストラットンに夢中なのね。休憩になったら、彼のところに飛んでいって、はしゃいでいたわ。あんなアイリスを見たのははじめてよ。こういってはなんだけど、ストラットンて、ずいぶんずんぐりしているのね。アイリスが痩せて背が高いからよけいそう見えたわ。わたしも彼女と少し話をしたのだけど、アイリスはお芝居に没頭して時間がたつのを忘れたって、何度もあやまってくれたわ」一気に話したメレディスは、いったん言葉を切ってから、またにっこりした。「ともかく、式のお花の準備は心配しなくていいみたい。トートバッグから見本帳を出して、お花はすべて注文したから、日曜の朝には届くって。でも、それだとブーケから何から全部、当日の朝に準備するってことでしょ？　料金をずいぶん割安にしてくれたから、アイリスには追加の謝礼をしなきゃと思っているの」

そのときカーテンが開き、「ここにいたのね、シャーロット」といいながら、プルーデンスが入ってきた。ワンピースも靴も帽子も青紫で、さしずめ〝赤ずくめのシルヴィ〟VS〝青ずくめのプルーデンス〟だ。「やっと見つけたわ。それにメレディスもいてちょうどいいわね。びっくりしないで聞いてちょうだい。シルヴィはあなたの結婚式を台無しにする気よ」

「いいかげんなことをいわないで」と、メレディス。

「いいえ、わたしはたしかに聞いたのよ。シルヴィは式の当日、大量のテントウムシを放すつもりらしいわ。きっと料理に群がるわね」

「まさか……」メレディスはわたしの腕をつかんだ。

「心配しなくていいわ」と、わたし。「わたしからシルヴィ本人に訊いてみるから」

するとまたカーテンが開き、シルヴィが入ってきた。

「わたしに何を訊くの？」

きょうのシルヴィは、目に痛いほど真っ赤な、それもからだにはりつくようなワンピースを着ていた。まるでこれからニューヨークのおしゃれなカクテルパーティにでも行くみたいだ。

「嘘をいいふらすのはよくないわ、プルーデンス」と、シルヴィ。

「嘘じゃないわよ。わたしはこの耳で、あなたがアイリスにテントウムシのことを尋ねるのを聞いたんだから」

「それは、うちのガーデニングのためよ。アブラムシがついたから、テントウムシが退治してくれないかしらって訊いたの」

「それだったらわかるわ」と、メレディス。

「アブラムシは春から夏にかけて増えるのよ」プルーデンスは引き下がらない。「いまは十月だわ」

シルヴィはプルーデンスのほうに身をのりだした。「自暴自棄になってるんじゃない？　うちのブティックが繁盛したせいで、あなたのお店は閑古鳥が鳴き、売りに出すしかなくなったから」

「売ったりしないわ！　何度いったらわかるの？」

「だったらどうしてエディが銀行にローンを申しこんだりするのよ？」

いつものこととはいえ、プルーデンスとシルヴィの言いあいはとどまるところを知らない。

「お願いだから、もう帰ってくれない？」わたしはそういうと、ふたりを無理矢理カーテンの外へ、ショップの出口へと連れていった。「お店の営業妨害にもなるわ」メレディスがついてきて、ふたりの背中を押す。

「あなたに忠告するために来たのよ、メレディス」と、プルーデンス。

「ええ、ありがとう。でも、もう十分よ」と、メレディス。

「わたしの忠告を忘れないでね。シルヴィは結婚式で、何かやらかすに決まってるんだから」プルーデンスはそういうと外に出て、ぷりぷりしながら帰っていった。

Caciocavallo

カチョカヴァッロ

牛乳が原料のプロヴォローネ・タイプのイタリア産チーズ。紐で吊るして熟成させる。硬質だが、もちもちっとした食感で、赤ワインによく合う。

26

わたしはメレディスといっしょに〈フロマジュリー・ベセット〉に帰り、プルーデンスがいったようなことにはならないわよ、とメレディスをなぐさめた。

「おばあちゃん《グランメール》とティアンがシルヴィに目を光らせるから」わたしはカウンターに向かいながら、売り場の中央の樽に飾ったクラッカーの箱をまっすぐに整えた。「いくらシルヴィでも、あのふたりにはかなわないわ」

メレディスはほほえんだ。「それに、マシューのお母さんもいるものね。シルヴィに関しては複雑な思いがあるらしいけど、以前よりはいい母親になったみたいだって話していたわ。ふたごもしあわせそうだもの」

「ええ、ほんとにね」わたしはふたごが引っ越していくのがとてもさびしかった。でも、もう泣いたりはしないと決めている。「帰ったわよ！」ワイン・アネックスに向かって声をあげる。マシューとレベッカがバー・カウンターの前にいたからだ。ふたりは何やらおしゃべりし、マシューはメモ用紙にペンを走らせていた。

「そういえば」わたしはメレディスにいった。「クレアとエイミーが、結婚式の前に美容院に行くのを楽しみにしているわ」

「エイミーも？」

「そう。髪型をフレンチ・ブレイドにしたいみたい」

「きらきらした飾りをつけて？」

　わたしたちは同時に笑った。中学生のときの記憶がよみがえったのだ。ふたりで髪をいじりあい、きらきらした飾りを、あろうことか糊づけしてしまったのだ。その後、髪から糊がきれいにとれるまで何日もかかった。

「ずいぶん楽しそうですね」レベッカがアネックスからもどってきた。「マシューから、ナチュラル・アーモンドソーダとボズート・ワイナリーのノンアルコール・シャンパンを忘れずに用意するようにいわれました。招待客のなかにはお酒を飲まない方もいらっしゃるからって」

「大丈夫よ。もう注文したから」

「わかりました。それで、何がそんなにおもしろかったんですか？」

「子どものころの変わったヘアスタイルを思い出していたの」

「変わったヘアスタイルといえば」メレディスがいった。「彼女のあの噂はどう思う？」

「彼女って？」

「エディのことよ」

「あの人のヘアスタイルはすてきですよ」と、レベッカ。「わたしも一度くらい、ああいうスパイキー・ショートにしてみたいですねえ」

「髪型の話じゃないわ」わたしはレベッカにいった。「ついさっきシルヴィが口走ったの、エディが銀行にローンを申しこんだって。本気でプルーデンスのブティックを買うつもりかしらね」

「それはおかしくないですか？」と、レベッカ。「このまえシルヴィは、エディにはすでに資金があるようなことを話していましたよね？　支援者がいるとかなんとか。いったいどっちがほんとうなんでしょう？　これは、シャーロット、ぜひとも本人に確認しなくては」

「え？　わたしが確認するの？」

「はい。エディとお金と……ジャコモの死が関連しているかもしれません」

メレディスが息をのんだ。「まさかでしょ？　でも、その可能性が少しでもあるのなら、シャーロット、早く確かめたほうがいいわ」

わたしはうんざりした。これまでだって、素人探偵だの救世主気どりだのといわれ、けっして気分はよくないのだ。謎解きが好きな人間は大勢いるし、わたしはそのひとりに過ぎない。とくに勇敢でもなければ、こそこそかぎまわるのが得意でもない。

「いったいどうやれば確認できるのよ？」

レベッカはわたしの肩をぽんとたたいた――「ぶっつけ本番で！」

＊

プロヴィデンス貯蓄貸付銀行は、百年以上にわたって一家族が経営している。店舗は最近できた現代的なモールのなかにあるのだけれど、かたくななまでに古き良き時代の雰囲気を守りつづけ、地元に根ざした銀行であることを前面に打ち出していた。店内はベージュからブラウン系の暖かい色調で、優秀かつ気さくな行員が出迎えてくれ、ここなら安心して大切なお金を預けることができると思える。

わたしは店内を見回した。順番待ちのお客さんのなかにエディの姿はない。奥にある融資の窓口も同様。

それでは帰ろうとふりむいたところで、アイリスが十代の娘といっしょに窓口にいるのが見えた。娘に何やら話しながら、キーを渡している。ひとりで乱暴な運転はしないように、とかそういったところだろう。わたしはアイリスにエディを見なかったかどうか訊いてみようと近づいていった。

アイリスはわたしに気づくと娘をふりむき、「預金伝票をとってきて」といってから、こちらにやってきた。花柄のワンピースがすてきで、よく似合っていた。

「こんなところで会うなんて、びっくりしたわ」アイリスがいった。

「新しいワンピースなの？　とってもすてき」

アイリスの目が輝いた。「ありがとう。ちょっと贅沢なんだけど……。メレディスから連絡があって、仕事の報酬に特別ボーナスをつけてくれるっていうから」

「それはよかったわね」

「メレディスにわたしを推薦してくれたティアンにも感謝しなくちゃ。せめてものお礼のつもりで、メレディスのブーケにはわたしが育てたランを余分に加えるつもりなの」時計に目をやる。「もうこんな時間だわ。急がなきゃ。きょうはやることがたくさんあるの」

「ちょっと待って」わたしはエディのことを訊きたかった。でも、どうもちだせばいいだろう？　そのとき、アイリスの手首のバンドエイドが目にとまり、「火傷はなおったの？」と、いってみた。

「え？　ええ……。ほんとにばかなことをしたわ。鍋つかみくらい、面倒がらずに使えばよかったのよね。それじゃあシャーロット、またね」

「少し訊きたいことがあるんだけど」

アイリスは窓口で順番待ちをしている娘に目をやった。

「まだ時間がかかるみたいね……」くちびるを噛む。「じつは、メレディスからもらった前渡金を預金しに来たの」肩にかけたトートバッグをたたく。「これでなんとか仕事をつづけられるわ。それで、何を知りたいの？」

「この銀行でエディを見かけなかった？」

アイリスは一瞬、困った顔をした。間違いなく、友人のプルーデンスと険悪なエディの姿を見たのだ。

「ええ」アイリスはそういうと、融資の窓口のほうに目をやった。「あそこで、口うるさい女の係員と話していたわ。あなたも知ってるでしょ？　髪がぼさぼさで、かぎ鼻の中年女性よ。エディは彼女をなじっているみたいだった」

「融資を断わられたのかしら？」

「たぶんね」

わたしは声をおとした。「エディがプルーデンスのブティックを買いとるっていう噂があるんだけど」

「あら。あなただって本人から聞いたでしょ？　プルーデンスに売る気なんかないわ」

「ほんとに？」

「プルーデンスはわたしには何でも話してくれるから、ほんとうよ。でもだからといって、エディに買いとる気がない、と断定するつもりはないわ。望みをもつだけなら、だれだってできるでしょ？　それにエディなら、どんな手段を使ってもほしいものを手に入れようとするかもしれないし。あの人の感覚はふつうじゃないもの。あんなにあちこちピアスなんかして……。彼女なら、二流品のアクセサリーを買うお金ほしさに、ジャコモ・カプリオッティを殺して所持金を奪うかもしれないわ」

「ジャコモが大金を持っていたことを、あなたも知っていたの？」

「町じゅうが知っているわよ。それから、もうひとつ教えてあげましょうか？」アイリスは身をのりだした。「エディは融資の窓口から帰るとき、係の中年女性にこういったの――このあと〈カフェ・オレ〉に行くから、コーヒーを持ってきてあげましょうかって。コーヒーは、賄賂のつもりだったんじゃない？」

*

わたしは早速〈カフェ・オレ〉に行ってみた。ここのオーナーはフランスびいきで、丸い小さなビストロテーブルの上には小さな紙製の熱気球がぶらさがり、四方の壁にはみずから描いた水彩画が飾られている。とりわけエッフェル塔やセーヌ川の橋、ノートルダム聖堂、凱旋門がお好みらしい。そしてスピーカーからは、サクソフォンで奏でられるジャズ版の《ラヴィアンローズ》が流れていた。

店内は〝ぶどうを踏もう〟のTシャツを着たお客さんでにぎわっていて、黒いタンクトップに黒いジャンパー姿のエディはすぐ目についた。ミルクとお砂糖のスタンドの前でコーヒーをついでいる。ただし、ふたりぶんではなく、ひとりぶんだ。

わたしは彼女に近づき、にっこり笑った。

「こんにちは、エディ。調子はどう?」

彼女は怪訝な顔でわたしをふりむいた。大きな丸いイヤリングが揺れる。

「友だちぶるのは、よしてよ、シャーロット」エディはわたしをよけて、空いたテーブルへ向かった。

「挨拶をしただけよ」わたしは彼女についていくと、丸テーブルの対面の椅子にすわった。

「わたしにまとわりつくなら――」と、エディ。「もったいぶらずに、単刀直入を心がけてちょうだい。用件は何?　アーソのこと?　彼とはもうデートしていないわよ。それでご満足？　彼はあなたのものってこと」

　わたしはびっくりした。「アーソとは関係ないわ。わたしはジョーダンと婚約しているの」

「そうだったわね。チーズ農家のジョーダン。おめでとうございます」

　エディがあえて嫌味な言い方をしたのは間違いないだろう。というのも、目がうるんでいるように見えるからだ。いったいどうしたのだろう？　わたしは心配になった。でも、過去のいろいろなことを考えると、彼女はまた、わたしをだます演技をしているのかもしれない。ただしその場合、彼女はサンドラ・ブロックどころではない名女優だ。

　わたしは気持ちをしっかりもって、こういった。

「銀行に融資を申しこんだでしょ？」

「あなたに何の関係があるの？」

「プルーデンスのブティックを買いとるつもりなんじゃない？」

　エディはわたしをにらみつけた。「まあね、プルーデンスが売る気になったらね。借金まみれのようだけど、死んだってお店は手放さないと思うわよ。あの人は、わたしのお給料を理由もなくカットするって宣言して、しかも労働時間はおなじだっていうのよ。とんでもないでしょ？　だからわたしは辞めたわけ。救いようのない人だわ。その点では、プルーデンスの親友のアイリスもおなじだけど」

「アイリスのことは関係ないわ」

「あら、じゃあ何を訊きたいわけ？　はっきりいってよ」エディは腕を組んだ。

「もし資金提供者がいたら、プルーデンスのお店を買うつもり？」わたしはなんとか彼女から本音を聞きだしたかった。

「プルーデンスはお金を積まれても売らないと思うし、わたしも買う気はないわ。あとで何をされるかわかったもんじゃないから」

それを聞いて、わたしはつぎの質問が浮かばなかった。短い沈黙が流れ、エディがいった。

「ほかに何かある？　あるならいってちょうだい」

言葉の強さとはうらはらに、エディの目はうるんでいた。わたしはその意味がわからないまま、情に流されないよう自分の心に鞭打った。

「ジャコモ・カプリオッティに電話をして、ジャッキーの居場所を教えたのはあなたじゃないの？　そして情報料を要求したとか？」

エディはわざとらしいため息をついた。

「まえにもいったでしょ？　電話なんかしていないわよ。どうぞ通話履歴をチェックしてください」

「ジャコモは大金を持っていて、アーソ署長はまだそれを発見していないらしいの」

「あらまあ、としかいいようがないわね」エディはテーブルをドンとたたき、揺れるコーヒーカップを手で止めた。「つまりシャーロットは、わたしがその男を殺してお金を奪ったといいたいわけ？」

「べつにわたしはそんなことを――」

「いってるわよ。だいたい、どうしてわたしが彼を殺すの？　動機は何？」

「あなたはお金が必要なんじゃない？　融資を頼みに銀行に行ったでしょ？」

エディは大きく息を吸いこんだ。「人のことを詮索してどうするの？　ナンシー・ドルーにでもなったつもり？」

とんでもない、とわたしは思った。そんな噂をたてられたら困る。だけどわたしは反論せず、ぐっとこらえた。

「それとも、チーズ屋さんの経営に飽きて、探偵ごっこをしているの？」エディはつづけた。「さあ、もうこのへんでやめましょうよ。わたしには事件の夜のアリバイがちゃんとあるの。あの晩は母といっしょにいたのよ」

あら。彼女のアリバイにもお母さんが登場？

「はいはい、わかってるわよ。身内の証言は信用できないのよね？」と、エディ。「でも、わたしの母は嘘なんかつかないわ。あなたは会ったことがないでしょ？」

いいえ、高校時代に二度ほど会ったことがあるわ。髪も服もまったく乱れたところがなく、そのまますぐ美人コンテストに出られるような人だった。その影響で逆にエディは、ゴシック・ファッションを選んだのかもしれない。

「母は病気なの」と、エディ。「西部地区のプロヴィデンス・ナーシングホームっていう介護施設にいるんだけど……」目から涙がひと粒こぼれおち、エディは指でぬぐった。「とても費用がかかるの。銀行に借り入れを申しこんだのはそのためよ。でも、だめだったわ」そこで言葉をきって、うつむく。そしてため息をひとつつくと、また顔をあげた。「あなたがわたしを嫌っているのは、わかっていたわ。あなたの友だちは〝いい子〟ばかりで、わたしはそうじゃないから。それに、高校のときのカンニング事件で、いまもわたしに怒ってるんでしょ？」

つまり、わたしの気持ちはエディにも伝わっていたわけだ。

「責任転嫁になるかもしれないけど」と、エディ。「母が原因で、あんなことをしたのよ。わたしは母が四十五歳のときの子どもなの。母は三度も流産して、ようやくわたしが生まれたから、〝奇跡の子〟のわたしに、母は大きな夢を託したわ。でもね、わたしは平凡な子だった。お裁縫が好きで、着せ替え遊びが好きなふつうの子よ。とくに美人でもなく、チアリーダーで目立つこともなく、勉強ができる子でもなかった。だからね……悪いことだとわかっていても、カンニングをしたの」両手でテーブルをたたく。「そして心機一転。わたしは気持ちを入れ替えてやりなおそうって決めて、フレックルズに何もかも打ち明けたのよ」

そういえば、フレックルズは知っているはずのない秘密のカンニング事件を知っていたっけ……。

「事件の話にもどるけど」わたしはいった。「あなたのアリバイはお母さんが裏づけてくれるのね？」

エディはくちびるを噛んだ。「正確にいえば、母といっしょにいたわけじゃないの」

「どういうこと？」

「介護施設には行ったけど、母の部屋にはいなかったのよ」

「どうして？」

エディは手で丸いイヤリングをいじった。「じつは、施設料を払うためにアルバイトをしているの。廊下や娯楽室の夜間清掃よ。掃除なんて大嫌いだけど、仕方がないわ。アンモニアのにおいって、いくら手を洗ってもとれないのね。ハンド・ローションをたっぷり使ってもだめよ」

わたしは胸が痛んだ。この質問を最後にして、もうエディにあれこれ尋ねるのはよそう。

「施設でだれかと会わなかった？」

「看護師のラチェッドさんに会ったわ」

「えっ？　ラチェッド？」

「そう、本名はリタなんだけど、《カッコーの巣の上で》に登場する看護師のラチェッドとそっくりだから、みんなそう呼んでいるの」エディはコーヒーカップを回した。でも、飲もうとはしない。「こういっちゃなんだけど、わたしもね、あの事件のことはずっと考えているのよ。人殺しがいまもこの町を歩いてるなんて、とんでもないもの。それで、犯人はどうやってジャコモ・カプリオッティを〈イグルー〉に誘いこんだのかしらって考えたの。ジャコモって人は大柄だったんでしょ？　自分の身を守ることはできたはずよね。それに、男がアイスクリームに飢えていたとは思えないわ」

わたしは冷蔵室で見つかった銃弾の話を思い出した。犯人はジャコモを銃で脅して〈イグルー〉に連れこんだのかもしれない……。そうすると、ジャコモの銃とはまたべつの銃があったということ？

27

エディを疑ったわけじゃないけれど、〈フロマジュリー・ベセット〉に帰る道すがら、わたしは念のため、プロヴィデンス・ナーシングホームに電話をかけてみた。電話口に出た看護師〝ラチェッド〟さんはエディがいったとおりの印象で、まずエディの床掃除がいかに不十分かをずけずけいった。でもそのあとは、エディは事件があった時刻、間違いなく施設にいたこと、自分は深夜に少なくともエディを四回は見たこと、施設は毎晩確実に施錠され、だれも自由に出入りできないことを断言した。

つまりジャコモ殺害に関してはエディもアナベルも潔白とわかり、ヴィニーは殺されたから、残るのはヒューゴ・ハンターだけということだ。でも彼はいまだ行方不明で、どこかに逃げたのか、あるいは彼も殺されたのか、それすらはっきりしない。アーソはヒューゴの自宅の家宅捜索をしたのだろうか？〈イグルー〉の壁の銃弾を発射した銃は発見された？警察署に電話をしてみたけれど、アーソはつかまらなかった。

その後はずっと、〈フロマジュリー・ベセット〉で、お客さんの応対に追われた。あした開催される動物愛護の〝ぶどうを踏もう〟レースと、あと二時間で開幕の《ハムレット》が観光客を呼び、B&Bはどこも満室、自然保護区のキャンプ場はすべて貸出中らしい。うちのショップも午後四時には、ブロッコリと松の実のキッシュもサブマリン・サンドも売り切れた。サブマリン・サンドはレベッカがつくったもので、ドランケン・ゴート（セミソフトの山羊乳チーズ）とソプレッサータ（やわらかめのイタリアン・サラミ）、フィノッキオーナ（ウイキョウの種が入ったトスカーナ地方のサラミ）を細長いパンにはさみ、その上にぴりっと辛い赤唐辛子をふりかけてある。

夕方の五時。祖母がショップに駆けこんできた。

「スタッフ用の軽食を急いで用意してもらえないかしら」ふだんはおちつきはらっている祖母も、開幕直前になるとあわてふためくことが多い。「閉幕後の食事は準備したんだけど、軽食を忘れちゃったのよ。からっぽのお腹で演技をするのはつらいわ」カウンターまで来ると、陳列してあるものを端から見ていく。「そんなにたくさんでなくてもいいから、盛り合わせてちょうだいな。カラブレーゼ・サラミがあるといいわ。それから――」カウンターの上にぶらさがる丸いチーズを指さす。「このチーズを薄くスライスしてくれる？」

「名前はカチョカヴァッロよ」と、わたし。これは牛乳が原料のプロヴォローネ・タイプのチーズで、紐で吊るして熟成させる。カヴァッロはイタリア語で「馬」を意味し、もともとは牛乳でなく馬乳でつくられていた、という人もいる。「チェリニョーラ・オリーヴとサワーブレッドもつけましょうか？」

「ええ、そうしてちょうだい」祖母はクラッカーとマスタードの瓶をとり、レジの横に置きにいった。すると裏口からジョーダンが入ってきた。腕にブランケットをかけ、きのうとおなじ籐のバスケットを持っている。ジョーダンは祖母が買う予定のものを見て、くちびるを舐めた。

「おいしそうだなあ。ぼくもパーティに参加していいんでしょうか、バーナデット？」

「もちろんよ《ビアン・シュール》、ジョルダン」祖母はジョーダンの名前をフランス語っぽく発音した。

「きみもそろそろ劇場に行かないか？」ジョーダンはわたしにいった。「食料はちゃんとあるよ。レモネード・チキンとコールスロー、コーン・サラダにスイカもある」

「きのうバスケットに入っていたごちそうはどうしたの？」

「ぼくと――」ジョーダンはお腹をたたいた。「仕事仲間で食べたよ」

そのとき玄関が勢いよく開き、アイリスが飛びこんできた。

「シャーロット！　びっくりする人に会ったのよ！」

アイリスのうしろからプルーデンスが入ってきた。ぶすっとした顔をして、アイリスのからだをつつく――「あなたから話しなさいよ」

「あのね」と、アイリス。「ヒューゴ・ハンターが町にもどってきたの。わたし、彼を見たのよ」

「ヒューゴは元気なのね？」生きていたことがわかって、わたしはほっとした。

「彼は自分の家のなかを、外からこそこそのぞいていたわ」

なぜそんなことを？　それにアイリスは、どうして彼に気づいたの？　まさか彼の家を偵察していたとか？　プロヴィデンスの住民はみんな素人探偵になったのかもしれない。

「わたしは娘を仕事場まで送っていくのに脇道を走っていたの。そのとき彼に気づいたのよ。あなたにも話したけど、彼はどうも信用できないわ」アイリスはカウンターまで来ると、祖母とジョーダンのあいだに割って入った。「はっきりいって、挙動不審だったわよ」

祖母は険しい目をしていった。

「ヒューゴ・ハンターはちゃんと町にもどってきたのでしょ？」祖母は人を疑うのが嫌いで、アメリカの司法の〝推定無罪〟という原則を高く評価していた。

「人は見かけによらない、ともいうわ」と、アイリス。

彼女は先週、ヒューゴはジャッキーにふさわしくないようなことをいっていた。ひょっとすると、彼の秘密を何か知っているのかもしれない。

「ヒューゴはどうして町を出たのかしら？」わたしはアイリスに訊いてみた。

「さあ、わたしは知らないわ」

「彼には秘密の過去があるようなことをいわなかった？」

「男ってみんなそうじゃない？」

わたしはジョーダンをちらっと見た。アイリスのいうとおりだと思うけど、秘密があるからといって悪い人間とはかぎらない。

「ヒューゴは既婚者なの？」

わたしが訊くと、プルーデンスがアイリスの腕をとり、「話はすんだわ。帰りましょう」

と玄関のほうへ引いていった。

「ちょっと待って！」わたしはふたりのあとを追った。「アイリスはヒューゴと親しくつきあっていたの？　彼の何を知っているの？」

アイリスは答えようと口を開きかけた。でもプルーデンスが「もうこれ以上話しちゃだめ」と黙らせる。それからプルーデンスは顔だけふりむき、わたしにいった。「ヒューゴ・ハンターが帰ってきたことを、すぐアーソ署長に知らせてちょうだい」

「それはできないわ」わたしはきっぱり断わった。「これから《ハムレット》を観に行くんだもの。アーソにはあなたが自分で知らせたら？」

「あらまあ、とんでもないわ、シャーロット」と、プルーデンス。「あなたは町で事件が起きたら嬉々として調べまくるじゃないの。そんなあなたの楽しみを、わたしは奪いたくないわ」

玄関がばたんと閉まり、ふりかえれば祖母とジョーダンが、必死で笑いをこらえていた。

＊

わたしは《ハムレット》を観に行く予定を変えなかった。アーソは劇団の公演初日にはかならず顔を見せるから、きょうもたぶん来るだろう。そのときに、ヒューゴの話をすればいい。

ショップの戸締りをして、ジョーダンと祖母とわたしはヴィレッジ・グリーンに向かった。

太陽は沈みきらずに、地平線の陰からほんのり空をオレンジ色に染めている。

ヴィレッジ・グリーンに着くと、劇場スタッフが上演指定エリアで風防つきのランプをかかげて立っていた。仮設ステージのすぐ前は芝生席で、そのうしろに質素なベンチが並ぶ。観客はもう席につきはじめており、指定エリアの西側にあるチケット売り場には人の列ができていた。

「これを首にかけなさい」祖母はそういうと、わたしとジョーダンにプラスチックのケースに入った芝生席の入場パスをくれた。「わたしの家族用の通行証よ」

ジョーダンがわたしの手を握った――「〝家族〟に入れてもらってうれしいな」

「ええ」

祖母は舞台のほうへ行き、周辺ではカラフルなロングドレスを着た十代の女の子たちが、「ハムレット」と書かれた旗を持って歩いている。ジョーダンが芝生の空いた場所に格子縞のブランケットを敷き、バスケットから食料をとりだしていった。

芝生の向こうでは、子どもたちが係員の監督のもとで、ワイン用のぶどうを入れた桶に入り、元気いっぱいに、嬉々としてぶどう踏みをしていた。

そのとき、《グリーンスリーヴズ》のメロディが聞こえ、舞台の裏手から、音楽家三人がリュートとフルート、バイオリンを奏でながらあらわれた。

「きみのおばあちゃんは、何から何まで考えぬいた演出をするなあ」ジョーダンが感心したようにいった。

観客たちは《グリーンスリーヴズ》を口ずさみ、なんとジョーダンまで歌いはじめた——〝グリーンスリーヴズはわたしの喜びだった、グリーンスリーヴズはわたしの楽しみだった……〟

「ほら、ほら」わたしは彼の耳もとでささやいた。「おばあちゃん《グランメール》がこっちを見ているわよ。次回のミュージカル公演で、あなたを主役に抜擢する気かも」

「まさか」

「ううん、きっとそうよ。おばあちゃんに訊いてみましょうか」

「よせよ」ジョーダンはわたしの口を自分のくちびるでふさいだ。いつまでもこうしていたい……と思ったところへ、人の気配を感じ、わたしたちはからだを離した。

「お邪魔したようで、すみません」首から通行証をぶらさげたレベッカだった。

「いいえ、ぜんぜんお邪魔じゃないわよ」わたしはブランケットに腰をおろした。

「ほんとにもう、あちらもこちらも熱々ですね」ボーイフレンドが町を出ているレベッカはため息をつき、右のほうに手をふった。

役者しか入れない、ロープで仕切られた舞台ぎわで、アイリスとストラットンが人目もはばからず抱擁していた。めずらしく、近くにプルーデンスの姿はない。デリラがふたりのところへ行って何かいい、恋人たちはからだを離した。そしてほかの役者たちもデリラを中心に集まって、開演まえの深呼吸運動にとりかかる。

「おもしろいですね」レベッカは自前のブランケットを広げて腰をおろした。「こういう場所だと、役者さんのウォーミングアップまで見学できます」

深呼吸が終わって発声練習が始まったころ、クレアが友だちふたりといっしょにやってきた。エイミーのほうは、亜麻色の髪の男の子——ティアンの息子トマスだ——のもとへ駆けていく。トマスは役者のかつらとハットをかぶり、楽隊長さながら気どって歩いていた。その近くでは、マシューとメレディスが笑顔で子どもたちをながめている。マシューの話では、シルヴィは公演を観に来ないとのこと。シェイクスピアの美しい英語をアメリカ人がもたもたしゃべるなんて、聞くに堪えないというのが理由らしい。

「ワインを飲むかい、レベッカ？」ジョーダンが訊いた。「マシューが、これがいいんじゃないかっていうんだが」バスケットからワインとコルク抜きをとりだす。

レベッカはボトルを見て、「カーリー・ハート・ピノ・ノワールですね」といった。「これなら飲みやすくておいしいです」

「よし、早速いただくとしよう」ジョーダンはほほえんで、ワインのコルク抜きにとりかかった。

「みなさん、こんばんは」すぐそばでアーソの声がした。「ご機嫌いかがですか？」

アーソの横には、金髪で筋骨隆々のオシェイ副署長がいる。彼はレベッカをじっと見つめ、熱い思いを隠すこともない。レベッカの婚約者がこれを見たら、さぞかしやきもきすることだろう。でもいまのところ彼女は、ジョーダンがついでくれたワインにしか目がいかず、オシェイの視線には気づいていないようだ。

「きみも飲むかい？」ジョーダンがアーソに訊いた。「それとも、まだ職務中かな？」

アーソはにっこりした。「ありがとう。でも残念ながら勤務中だ」

「折り返しの電話を待ってたんだけど――」わたしがそういうと、アーソは少しむっとした。

「ええ、もちろんわかってるわ。事件の捜査で忙しかったのよね」

「ヴィニーを殺した犯人は、ジャコモの事件とは無関係なのか？」ジョーダンが訊いた。

「おそらく」と、アーソ。「殺害時刻にはニュージャージーにいたというアリバイがあるので」

「ところで――」わたしはいった。「ヒューゴ・ハンターが町に帰ってきたみたいよ。自宅をのぞいているところを見た人がいるの」

「ん？　だれが見たんだ？」

「アイリス・イシャーウッドよ」

「だれか、わたしの名前を呼んだ？」アイリスが舞台の前の芝生を横切ってやってきた。彼女は地獄耳の持ち主か、でなければ役者のウォーミングアップの見学に飽きていたのだろう。

「いまアーソに、ヒューゴのことを報告したの」

「あら、そうだったのね。ともかく彼は怪しげだったわ。服は黒ずくめで、小さなダッフルバッグをひとつ持っているだけだったし。ヴィニーを追っていた人と関係があるんじゃないかしら？　ヒューゴはしょっちゅう町を出たり入ったりするでしょ。あの人はギャングの殺し屋かもしれないわ」

アーソは目を細め、「おもしろい意見だな。心にとめておくとしよう」というと、「さ、オシェイ、行くぞ」と、歩きだした。

その言葉にレベッカが顔をあげ、オシェイと視線が合ってほほえむ。

「オシェイ！」アーソの声が飛ぶ。

「はい！」オシェイは返事をしてから、レベッカのほうに身をかがめてささやいた。「現場で発見した黒髪だけど、あれは偽物かもしれないんだ」

「えっ？」レベッカは目をまんまるにした。

「オシェイ！」アーソの大声。

オシェイは上司のもとへ駆けていった。

「あれはどういうこと？」わたしが訊くと、レベッカは首をすくめた。

「オシェイ副署長はチェダー・チーズが好きなんですよ。だからときどきスライスしてプレゼントすると、口がうるおって、なめらかになるみたいです」

「悪賢い娘ねえ……」と、わたし。

「聡明ともいえる」と、ジョーダン。

「これは《キャッスル》で見たんですよ。推理作家のキャッスルが、密告者にこの手を使うんです」

わたしはアイリスがもぞもぞとおちつかなげにしているのに気づき、「ここにすわったら？」といった。

「ありがとう。でも少しぶらぶらして、何か飲みものでも飲んでくるわ」アイリスは親指を立て、じゃあね、と歩いていった。

「それで、オシェイ副署長の話は聞こえましたか?」レベッカがいった。「現場で発見された黒髪が偽物だったというのは、植毛か、それとも髪のエクステンションの類なんでしょうかね?」

「あるいは、かつらとか?」と、ジョーダン。

わたしはティアンの息子に目をやった。さっきまでかぶっていたかつらを、いまは友だちとキャッチボールのようにして投げあっている。劇場の管理は厳重ではないから、かつらを持ち出すのは、そうむずかしいことではないのかもしれない。衣装部屋には、見張りに立つ劇団員も警備員もいないのだ。

「お集まりのみなさん!」観客席のうしろ側の通路から、祖母がマイクを手に呼びかけた。「開幕の時間が近づいてまいりました。どうか、お席についてお待ちください」

わたしが祖母に目をやると、そのすぐ向こうに、なんと、ヒューゴ・ハンターの姿があった。両手を組んで、旗のついた杭にもたれかかっている。全身、黒ずくめ。といっても、けっして不気味な印象はない。一見リラックスして、《ハムレット》の幕があくのを楽しみにしている、といった雰囲気だ。近くにアーソはいないかしら? そう思ってあたりを見回してみたけれど、彼の姿はなかった。そこで携帯電話にかけてみる——。残念ながら、留守番電話だ。

照明がうす暗くなった。役者がひとり、舞台中央に走り出てきて、大きな声をあげた。

「だれだ、そこにいるのは？」

お芝居が進むなか、わたしはヒューゴがいた場所に目をやった。でも、彼の姿はどこにもない。わたしが見間違えたとか？　ううん、あれはたしかにヒューゴだった。フレックルズは彼を好きだといい、わたしも彼のことが好きだった。はたしてヒューゴに、人殺しなんてできるだろうか？　もともと黒髪のヒューゴが、あえて黒髪の人工毛――〝かつら〟をつけて変装し、ジャコモを〈イグルー〉に呼びよせて銃で脅した？　ジャコモは抵抗し、銃が暴発。ヒューゴはアイスクリームの容器でジャコモを殴り、警察の捜査をミスリードするために、かつらの黒髪を落としていった……。

だけどそもそも、ヒューゴは自分の店の〈イグルー〉でそんな危険を冒すかしら？　ジャコモと対決する気だったら、どこかべつの場所を選ぶのでは？　それにもし、犯した罪を免れたければ、アリバイづくりのためにジャッキーの家にもどればいいのだ。でも彼は、それをしなかった。

＊

《ハムレット》は、すばらしかった。祖母の心配は杞憂に終わり、わたしはジョーダンといっしょに残ってパーティに参加した。舞台周辺の、ロープで囲った場所にカナッペやサルサ、ポテトフライ、野菜にフルーツ、小さなカップケーキが運ばれてくる。役者や招待客は好きなものを紙皿にとり、会話がはずむ。シェイクスピアの劇の台詞をろうろうと語る役者もいれば、合唱を始める人たちもいた。夜空にうかぶ満月が、みんなの気持ちをさらにもりたててくれたようにも思える。

食べて飲んでおしゃべりして一時間ほどたったころ、わたしは舞台の縁に腰をおろした。そしてつい、ヒューゴのことを考えてしまう。アーソは彼を見つけて話を聞いたかしら……。だめよ、だめ。わたしは気持ちをきりかえ、ほかのことを考えるようにした。まずは、あしたのランニング大会のこと。それからリハーサル・ディナーと、日曜日の結婚式のこと。

ジョーダンがわたしの横に来て、手を握った。

「疲れたかい?」

「ちょっと考え事をしていたの」

「少し休まなきゃ」ジョーダンはそういうと、わたしの目をのぞきこんだ。「きみにいっておきたいことがあるんだよ」

わたしは眠い目をこすりながら、「ん、何?」と訊いた。

「これからはもう、よけいなことは心配するな、ってことだ」

「何もかも? これからずっと?」わたしはからかうようにいった。

「そう、ぼくらのことはもう心配しなくていい。妹は、ヴィニーとジャコモがいなくなって、彼らの影に怯える必要がなくなった。これからもずっとプロヴィデンスで暮らすよ」

わたしはうれしくて、彼の首に抱きついた。「よかった!」

ジョーダンの腕のなかでほっとしながらも、わたしはまたヒューゴのことを考えた。彼もたぶん、ジャッキーを暴力夫から守りたかっただろう。そして彼には、何か秘め事があるようにも思う。アイリスの想像が当たっているとしたら？　ヒューゴは殺し屋を雇った、あるいは彼自身が殺し屋とか？　どうして彼は頻繁に町を出るのだろう？

28

あっという間に朝になった。目覚まし時計が鳴り、目をしょぼしょぼさせながら起き上がる。軽くシャワーを浴びてジーンズをはき、裾にギャザーの入ったペザントふうの黄色いブラウスを着た。そしてテニス・シューズをはいて階段をおり、キッチンへ。

キッチンにはもうマシューがいて、コードレスの電話を顎と肩ではさみ何やら話している。相手はマシューの家族を空港に迎えにいくドライバーらしかった。マシューは手をふって、カウンターの上のバニラコーヒーのポットを指し、わたしはありがとうの投げキスをした。朝にふさわしい、よい香りが漂ってくる。

「遅れている？」マシューはそういうと、相手の話に聞き入った。「わかった。リハーサル・ディナーには間に合うかな？」

きょうは快晴で、気温も二十度を超えているだろう。わたしはマシューに小声で訊いた。

「朝ごはんはどうする？」

マシューはうなずいた。「軽く食べるよ。あ、いやいや、すまない、こっちの話だ」

わたしはまずラグズとロケットにごはんを与えてから、コーヒーをふたつのカップについで、かぼちゃパンとクリームチーズの軽食を手早くつくった。マシューは電話を終えて、そのパンを食べる。

「ごちそうさま、シャーロット」マシューはすぐまた電話をかけた。今度はB&Bの〈ラベンダー&レース〉で、宿泊予約の再確認だ。マシューの父母――わたしの伯父と伯母――は、祖父母の家ではなく、B&Bに宿泊することにしたのだ。

わたしはシンク脇に立ったまま、パンを食べた。祖母は立って食べるな、消化にもよくない、というけれど、たまにはこれもいいでしょう。

それからふたご用の食事をセットする。ゆうべ寝るまえにグルテン・フリーの、マスカルポーネとりんごのフレンチ・トースト・キャセロールをつくっておいたのだ。すると外の通りで、車が停車する音がした。ロケットが吠え、ペット・ドアを抜けて表へ出ていった。ラグズがそれを追う。

「来たのね！」エイミーがキッチンに入ってきた。ランニング・パンツと〝ぶどうを踏もう〟Tシャツと、テニス・シューズというでたちだ。「引越し屋さんだよね」

エイミーにつづいて、おなじ服装をしたクレアが元気よく入ってきた。

玄関の呼び鈴が鳴る。

ロケットとラグズがペット・ドアからキッチンにもどってきて、今度は玄関ホールへ走っていった。

「わたしが行くね」エイミーがいい、「わたしも」と、クレア。

「お父さんも行くよ」マシューが娘たちのあとにつづいた。

わたしは大きく深呼吸して、涙をこらえた。でもそれから一時間後——。玄関ポーチの階段にすわり、最後の段ボール箱がトラックに積まれるのを見届けるなり、わたしの我慢は限界を超えた。涙がぽろぽろ頬を伝って流れ落ちる。

「泣かないで、シャーロットおばちゃん。きょうはまだお家にいるから」エイミーがわたしの横にすわり、肩をたたいてくれた。でもエイミー自身、何度もまばたきして泣くのをこらえている。

「あと一週間はいっしょだもんね」クレアも目をうるませ、わたしをはさんでエイミーとは反対側にすわった。「お父さんたちが旅行から帰ってくるまで、服も歯ブラシも置いたままにするから。ね？　だから泣かないで」

ロケットとラグズがポーチの下に来て、心配そうにわたしたちを見上げる。

もう、どうしようもなかった。わたしはふたごを抱きかかえ、思いきり泣いた。

「みんな！」玄関ホールからマシューの声がした。「そろそろ出かけないと、ランニング大会に遅れるぞ」そしてポーチに出てきて、立ちすくむ。「三人ともどうしたんだ？」

わたしは首をひねってマシューを見上げた。自分がとても愚かに思えた。

「おい……いいかげんにしてくれよ」マシューはつぶやくようにいった。「ぼくをのけ者にするなんて、もってのほかだ」マシューは小走りでわたしたちのところに来ると、腰をおろした。「家族みんないっしょだろ」

その言葉が合図のように、わたしたち四人はいっせいに声をあげて泣いた。

*

〝ぶどうを踏もう〟レースは、スタートを知らせるピストルが鳴るまでもなく、イベントとして成功したことは一目瞭然だった。ペットを連れた大勢の人たちがスタート・ラインに集まっている。エイミーやクレアなど、子どもたちは大人とぶつかりあう危険を避けて、集団のうしろについた。エイミーはロケットのリードを握りしめている。

茶色のサファリ・ルックに身をつつんだ祖母が、りんご箱を重ねた台の上に乗り、メガホンをかまえた――「お集まりいただき、ありがとうございます！　本日は、三百人もの方々がレースに参加してくださいます。これがどれほど大きな支えになるかは、言葉ではいいつくせません。タルーラ・バーカーと動物たちは、みなさんに心から感謝しています！」

動物保護活動家のタルーラは、りんご箱の横に立ち、大きく手をふった。反対側の手は、何匹もの犬のリードを握っている。彼女は人前で話したり、先頭に立って指示したりするのが苦手なため、祖母がひと肌ぬぐことになったのだ。

「ご存知のように――」祖母はつづけた。「タルーラは十歳のときから、恵まれない動物たちを救ってきました」祖母がタルーラをたたえているなか、クレアがわたしのところへ駆けてきて、力いっぱい腰に抱きついた。

「どうしたの？」わたしはしゃがんでクレアの顔を見た。目が少しばかりうるんでいるようだ。

「わたしも大きくなったら犬や猫を助けたい」どうやらクレアは、タルーラの動物保護の話に胸をうたれたらしい。

わたしは少女の髪を撫でた。「ええ、大人になったらやりたいことをやればいいわ。でも一年まえは図書館の先生になりたかったんじゃない？　それとも、毛糸屋さんだったかしら」

「ふたついっしょは、だめ？　オクタヴィアは図書館の先生なのに家も売るし、いまは本屋さんをやってるわ。シャーロットおばちゃんだってチーズ屋さんをやりながら探偵もするでしょ？」

「わたしは探偵じゃないわよ」クレアの首を撫でる。「大きくなったら何になるかは、また今度ゆっくり話しましょう。ね？」

「これからずっと、べつの家に住むのに、いつ話せるの？」

「いつだって話せるわ。歩いてすぐのご近所だもの」わたしはクレアの背中を押した。「さあ、みんなのところにもどりなさい」

クレアはぐずぐずしていた。「ラグズはいま、お家にひとりぼっちでさびしくないかしら？」

「たぶん、うるさいのがみんないなくなって、のんびりお昼寝でもしているでしょ」

「お父さんはどこにいるの？」

「道端で応援できるように、メレディスといっしょに場所とりをしているわ」わたしは〈フロマジュリー・ベセット〉を、レベッカとティアンに任せてきた。ふたりはいまごろ和気あいあいと、今夜のリハーサル・ディナーの準備をしていることだろう。「走っているときにお父さんたちの顔が見えたら、手をふってね」

クレアはエイミーとロケットのところに走っていった。わたしはまた祖母の話に耳をかたむける。

「このレースの——」祖母の話はつづいている。「コースは、ボズート・ワイナリーの敷地内ですから、地面に落ちたぶどうを踏みながら走ってください。気兼ねすることはありませんからね。勝者には、このトロフィーをさしあげます！」かかげた金のトロフィーには、犬と猫と鳥の絵が刻まれていた。「コースぎわで応援している家族や友人を見つけてくださいね。さあ、風を切って走りましょう……位置について！　用意、スタート！」祖母はピストルを発射した。

参加者がいっせいに走りだし、あたりに土ぼこりが舞った。

祖母はピストルをタルーラに渡し、祖父がわたしと祖母に「こっちへおいで」と手招きした。祖父も祖母も、ジーンズにテニス・シューズというスタイルだ。

「季節といいコースといい、なかなかの大会でしょ？」祖母の言葉に、祖父はうなずいた。

秋のワイナリーの光景は、どちらかというと少しさびしい。ぶどうの木の葉はほとんど落ちて、残っているものも黄色く、つるは乾燥している。それでも周囲の山々はみごとなまでに紅葉し、ところどころに常緑樹の緑がまじってとても美しい。そして空は、抜けるような青空だ。

祖父についていくと、マシューとメレディスがいた。そこをランナーの最初の一群が走りぬけていく。なかには、うちのショップのお客さんの顔もあれば……副署長ふたりも交じっていた。でも、アーソの姿はない。

そのトップ集団のあとに、男性ランナーの一群がつづいた。そして、まるで彼らのファン・クラブさながら、女の子たちが黄色い声をあげ、大きく手をふり応援している。

するとそのひとりが「まさか！　ねえ、あの人を見て！」とまわりの女の子にいうなり前に飛び出し、ひとりの男性ランナーの腕をつかんだ。その男性は、なんと、ヒューゴ・ハンターだった。ほかの女の子たちも彼に群がり、ヒューゴは立ち止まるしかなくなった。

「ハンターさんでしょ？　わたし、大ファンです。サインしてくれませんか？」

ハンターさんにサインをもらう？　いったいどういうこと？　わたしは小走りでそちらへ向かった。

「シャーロット、どこへ行くの？」背中に祖母の声が聞こえる。

ヒューゴは女の子たちが差しだすものにサインをしながらつと顔をあげ、前髪をはらい、わたしに気づいた。

「シャーロットまでサインをほしいわけじゃないよな？」

「ずいぶん人気者なのね。驚いたわ」

「えっ、知らないの？」取り巻きの女の子がいった。「すっごく有名な映画監督なのに」

「有名じゃないよ」ヒューゴがつぶやく。

「ううん、インディーズ映画ファンなら、だれでも知ってるわ」と、べつの女の子。「クエンティン・タランティーノみたいな映画をつくるの。《悪の世界》とか《破壊》とか。どれも南部が舞台なの」

「それも、ストレートじゃないのよ」と、またべつの女の子。「殴ったり蹴ったり、露骨な暴力は見せないの。たしか、表現主義的とかっていうのよね？　もともと俳優で、そのあと監督になったから、俳優の使い方もうまいって」

わたしは心のなかで大きくうなずいた。これまで、彼の口調やジャッキーへの接し方に少しふつうと違うものがあるように感じていたからだ。

「ハンターさんがこの大会に出場するのは知らなかったの？」わたしは女の子に訊いた。

「ぜんぜん！　秘密主義で有名で、住んでる場所も公表していないの。でも、あなた……ハンター監督のことを知らないふりをしているだけじゃない？　もしかして、監督の恋人？」

女の子たちがいっせいに、わたしに怖い目を向けた。わたしはこれ以上ないほどまじめな顔で、首を横にふる。

ヒューゴは苦笑いすると、「さあ、みんな」といった。「ぜひこれからも映画館に足を運んでほしい」

「最後に記念写真を撮らせてもらえますか？」

ヒューゴはうなずき、女の子がわたしに携帯電話を差し出して、全員がヒューゴのまわりに集まる。わたしは写真を撮ると、電話を返した。女の子たちはうれしそうにおしゃべりしながら去っていった。

参加ランナーたちが次つぎ通りすぎていくなか、わたしはヒューゴに訊いた。

「ジャッキーはあなたが映画監督だということを知っているの？」

「いいや、知らない。ぼくがこの町を好きなのは、ここならぼくを知っている人がいないからだ。プロヴィデンスでなら、自分らしく暮らすことができる」

「しょっちゅう町から出ていくものね」

「たいていは撮影のためだよ」

「でも、いきなり姿を消すわ」

「昼でも夜でも、ありのままの風景を撮りたいんだ。ファンはありがたい存在だが、つきまとわれたり騒がれたりすると困る。ぼくはおちついた環境でないと撮影できないから」

「ゆうべ、アーソ署長と話した？」

「いいや。ぼくに何か用事でもあるのかな？」

「あなたの携帯電話にかけてもまったく通じないっていっていたわ」

「ああ、それなら電池ぎれだよ。電話がかかってくることはめったにないから、ほったらかしてあるんだ。ジャッキーとは話して、当面、デートは小休止することにしたしね」

「事件の夜、あなたはお母さんと電話で話していたらしいけど、アーソがお母さんに確認したら、電話のことは覚えていないって」

ヒューゴは大きなため息をついた。

「母とは話したよ。でも、母は寝てしまってね。それでぼくは音楽をかけて、母の目が覚めたとき、ぼくがそばにいるように思わせた。まあね、母はそういう病気なんだ。話せば長くなるから……」手で髪をかきあげる。「あの晩、ぼくは上弦の月を撮影しようと思って、このワイナリーまで来たよ。ぶどうの木と月と、とてもいい写真が撮れた」

「だれにも会わなかったの？」

「せいぜいネズミ二匹ってところかな。だけど上弦の月を撮ったから、それが証拠になると思うよ。今夜は満月だから、時間の経過を考えればいい」

「それならわかるわ……。ところで、ジャッキーが自宅の外の不審人物を怖がったとき、ぼくが守る、訓練を積んでいるからっていったでしょ？　従軍したことがあるの？」

「それはないよ」

「あなたは銃を持っている？」

「いいかい、ぼくは役者だったんだ。仕事柄、そういう訓練もしなきゃいけないんだよ」

「じゃあどうして、事件の晩はジャッキーといっしょだったなんて嘘をついたの？」

ヒューゴは大きく息を吸いこんだ。

「ジャッキーにはアリバイが必要だと思ったからだ」

「彼女に疑いがかかると思ったのね？」

「そう、夫の暴力についていろいろ話を聞いて……」つま先で地面をつつき、落ちたぶどうが周囲に跳ねる。

「でもアーソには、正直に話したほうがよかったんじゃない？」

「さっきもいったように、映画監督であることは隠したかったんだ。もしばれたら、プロヴィデンスでの生活をあきらめるしかない。ぼくがアイスクリームをすくっている光景を見に、町の外から大勢やってくるよ。あの女の子たちを見ただろ？　あの調子で……」わたしに指をつきつける。「おいおい、そのほうが観光客が増えていい、なんて思ってるんじゃないだろうな？」

わたしはにっこりした。彼はわたしの心が読めるらしい。

ヒューゴはうんざりした顔で、両手を広げた。

「そしてきみは、事件の夜に撮影したフィルムをアーソに見せろ、といいたいんだろ？」

「ええ、そのとおり」

「きみは秘密を守ってくれるかい？」

「わたしはともかく……さっきの女の子たちはそうもいかないんじゃない？」

29

「シャーロットおばちゃん！」エイミーが紫色のリボンをふりながら走ってきた。あれはレースの完走者がもらうリボンだ。エイミーの横では、ロケットが口をあけて舌をのぞかせ、元気に走っている。「わたしたちを応援してくれた？」

「ええ、もちろんよ」わたしはエイミーの肩に腕をまわした。「クレアはどこ？」

「あっちで友だちと話してる。終わったらすぐわたしたちを追いかけるって」

「じゃあ、お父さんたちのところに行きましょう」

祖父母とマシュー、メレディスは、ぶどう園の五十メートルほど先で待っていた。わたしたちがそこに行くと、メレディスがいった。

「エイミーは、ずいぶんかっこよく走ってたわね」

「うん、〝まっすぐ走るバレリーナ〟みたいにすればいいんだって、おばあちゃん《グランメール》に教わったの。メルシー、おばあちゃん」

「どういたしまして《ド・リエン》」祖母はそういうと、エイミーの耳もとで何かささやき、頭のてっぺんにキスをした。祖母とエイミーはよく似たところがある、と何かにつけてわたしは思う。

そこへ、クレアが息をきらしてやってきた。父親の前で、うれしそうにリボンをかかげて見せる。

「あの子はだれ？」エイミーがクレアに訊いた。

「あの子って？」クレアの頬が、ほんのりピンクに染まる。

「さっき話していた男の子よ」

クレアの頬が、ピンク色から真紅になった。「あの子もレースに参加したの」

「そうか、わかった。クレアの好きな人だね」エイミーがからかうと、クレアは真顔になって怒った。

「違うもん！」

エイミーはクレアから逃げるようにしてマシューのうしろに隠れると、「美容院にはいつ行くの？」と訊いた。

「これからすぐ行きましょうか」メレディスが時計を見ていった。

「そのまえに、家に帰ってシャワーを浴びなきゃ」と、わたし。「エイミーもクレアもぶどうを踏んで走ったから、足が泥やぶどうの染みだらけだわ」

＊

わたしとふたごはシャワーを浴びて普段着に着替えると（リハーサル・ディナー用の服はショップに置いてあるので、五時半ごろにとりに行く予定だ）、美容院〈ティップ・トゥ・

トー・サロン〉に向かった。きょう、そしてあすの結婚式ではメイクもしてもらう予定で、これはわたしにとって初体験だ。

ティアンが〈ティップ・トゥ・トー・サロン〉の入口で待っていてくれた。

「いらっしゃい！　さ、こちらへどうぞ」

わたしたちはティアンについて店内に入った。ティアンはビーズがついたシルバーのゴムバンドで髪をまとめていて、歩くときれいな金髪が揺れ、とてもすてきだ。

クレアがわたしの横で「わたしもああいうふうにしたい」とつぶやき、「ええ、いいわよ」と、わたしは答えた。きょうとあす、ふたごには王女さまのような気分でいてもらいたい。

〈ティップ・トゥ・トー・サロン〉はこの何カ月でずいぶんようすが変わった。以前の内装は特徴のない平凡なベージュで統一されていたけれど、いまは黒と白のタイル張りの床に、壁の模様はアルーデコ風だ。そして漆黒の御影石の受付デスクには銀色の縁どりが施され、お客さん用の椅子はあざやかな黄色。スピーカーからは、ビートのきいたロックが流れてくる。

ティアンの姉のリジーが町に引っ越してきてから、わたしは彼女にカットしてもらうようになった。リジーはとても腕のいい美容師さんなのだ。わたしは髪をのばしていたのだけど、どうも似合わないような気がするから、やっぱりショートにもどすことにした。

「リジー！　みなさんご到着よ」ティアンが姉に声をかけた。

姉妹とはいえ、リジーの外見はティアンとはずいぶん違っている。背は十センチ以上低く、赤い髪はティアンより数センチ長くのばして、ブレスレットにイヤリング、ネックレス、指輪——と、アクセサリーをたくさんつけていた。きょうの服装は黒いショートパンツに黄色いタンクトップ。そしてウェッジサンダルのヒールは十センチくらいあるだろうか。右肩にはドラゴンと戦う蝶のタトゥーがあった。

「いらっしゃいませ！」リジーがいった。声と話し方だけは、ティアンそっくりだ。「あしたは世界一のすてきな花嫁になるわよ」リジーがメレディスにいうと、メレディスの目が少しばかりうるんだ。「あら。まさかマリッジ・ブルーじゃないでしょ？」リジーは笑顔でいった。「わたしはそれを経験したわよ。しかも三度も。わたしって、短気だから」屈託なく笑う。「では申し訳ないけどシャーロット、あなたの順番は最後になるから、ガウンを着て少しだけ待っててくれるかしら？　受付にいろんな雑誌が置いてあるわ」

わたしは着替え室で黒いローブをはおってから、雑誌が積まれたガラス・テーブルのほうへ行った。雑誌の山から《フード&ワイン》を引きぬく。

「こんにちは、シャーロット」

女性の声がしてふりむくと、アイリスだった。受付デスクの前で、これから帰るところらしい。ただ、髪がきれいに整っているわりに、顔色は悪く、見るからに元気がない。

「何かあったの？」わたしは心配になって訊いた。

「ううん、何もないわ」声の調子から、それが嘘なのはあきらかだった。

「あしたの結婚式のお花のこと？」

「それは大丈夫よ。早く本番にならないかなって、うずうずしているくらい」

「だったらストラットンと何かあったの？」

「何もないわよ。悪いけど、わたしのことは心配しないでくれる？」アイリスは受付係からレシートをうけとると、外に出ていった。

「そろそろシャンプーしましょうか」リジーがわたしの肩をたたいた。「いま、アイリスと話していたわね」

「ええ。ちょっと元気がないように見えたから」

「お嬢さんのことが心配みたいよ」

「どういう理由で？」

「アーソ署長がいろいろ質問したみたい。だからアイリスは、娘に殺人容疑がかかっているんじゃないかって心配しているの。信じられる？ まだ高校生なのに……」リジーはわたしをシャンプー台へ連れていった。そして黒い革張り椅子にすわらせ、シャンプー・クロスをかける。「おまけにプルーデンスがひどいことをいったのよ」

「お嬢さんに何かいったの？」

「いいえ、アイリス本人によ。プルーデンスっていう人は、我慢できないたちなのね」リジーはわたしの髪をお湯でぬらし、シャンプーにとりかかった。パイナップルの香りがして、わたしは目を閉じ、頭にリジーの心地よい指先を感じてリラックスする。

「プルーデンスはアイリスに、デート相手を紹介されるのが内心いやなのよ」リジーは話をつづけた。「携帯電話で話しているのが聞こえたから」

「ここは店内で携帯電話を使ってもいいの？」

「ほんとはだめなんだけど、世のなかにはルールを守る人もいれば、守らない人もいるわ」リジーはわたしのうなじに手をそえた。「結局、プルーデンスはアイリスにいわなくてもいいことをいったのよ、ストラットンが彼女の陰口をたたくのを聞いたって」

「聞いたのはいつのこと？」

「きのうの夜らしいわ」

「それならストラットンは《ハムレット》に出演して、プルーデンスは観に来なかったわ」

「たぶん、公演のあとなんじゃない？　プルーデンスの話だと、ストラットンを見たのはテイモシーのパブらしいから」

「プルーデンスがパブに？　珍しいこともあるわね」

「アイリスに頼らずに、ひとりで友人を見つけたかったんじゃないの？」お湯でシャンプーを洗い流していく。「ともかく、そのあとがひどかったらしいわよ。プルーデンスから話を聞いたアイリスは、ストラットンのところに行って怒りまくったって。ストラットンはその場に凍りついたようになって——もちろん、彼本人から聞いたわけじゃないからほんとのところはわからないけど——あやまったり懇願したりしたみたい。まるでメロドラマね」声をあげて笑う。「毎日仕事をするようになって、メロドラマも見られなくなったけど」リジーはこの町に来るまえ、ニューオーリンズでコーヒーショップを経営していた。ひとつの仕事にこだわらず、いろいろやってみたいたちのようで、ティアンの離婚をきっかけにプロヴィデンスに来るときも、まったく新しい生活ができると胸をふくらませたという。

「アイリスは男運があまりよくないのかしら」と、わたしはいった。

「そうね、挙式直前に逃げられたり」

「ずいぶんひどい話よね」

「恋愛と戦争は手段を選ばないっていうけど、そんなことはないと思うわ。おまけに彼女はストーカーにつきまとわれたことがあるしね」

わたしはその言葉に、アナベルのことを思い出した。アーソは彼女のもと恋人の居場所をつきとめただろうか？

「どうしたの、シャーロット？」リジーがわたしの肩をたたいた。「そんなにむずかしい顔をしていると、そのうち皺が刻まれて消えなくなるわよ」

わたしは気持ちをきりかえ、メロドラマのことを考えた。そうね、わたしもたまには昼間、テレビでメロドラマを見るくらいの時間的余裕がほしいわ……。と、そこでまた、アナベルのことを思い出した。事件があった時刻、彼女はテレビを見ていたという。グレン・クローズが出演していたらしいけれど、もしそれが録画だったら？　彼女はジャコモを〈イグルー〉に誘い、殺害し、書店にもどって録画したものをざっと見て、それをアリバイがわりにした……。でも、どうやって〈イグルー〉に入ったのだろう？　アルバイトの女の子が入口の鍵をかけ忘れたとか？　だからアーソは、アイリスの娘に質問したのかしら？

リジーが髪に何かをつけ、ココナツとチェリーの香りが漂った。

「このコンディショナーは効果抜群よ。髪を保護して、さらさらにしてくれるの。ジョーダンはきっとわたしに感謝するわね」リジーは頭にヘアキャップをかぶせ、ドライヤーのほうに連れていった。「ここでのんびり、うたた寝でもしてちょうだい。時間は二十分くらいよ」

ちょうどよかった、とわたしは思った。事件のことを考えすぎて、もう頭が働かない。

30

「きょうは忙しかった？」チーズの大皿を冷蔵庫からとりだしながら、わたしはレベッカに訊いた。リハーサル・ディナーに向けて、チーズの盛り合わせにもう少しだけ飾りつけをしようと思う。美容院からショップにもどってきたのは三時四十五分だった。わたしはとりだしたお皿を持って、カウンターまで行った。

「まあまあですかね」と、レベッカ。「町民は全員、ランニング大会に出場するか、でなきゃ応援に行ったような気がしますけど」そういいながら、わたしの顔を穴のあくほど見つめる。「きれいなメークですねえ……ヘアスタイルはもちろんですけど」

ほっぺたが熱くなった。でも、メークの担当者は少しばかりやりすぎたような気がしている。わたしはめったにアイライナーやアイシャドーを使わないし、口紅もこんなには塗らない。でもこのほうが、写真うつりがよくなるといわれた。

「エイミーもクレアも、とってもかわいいわよ。ディナーのときに会うのを楽しみにしててちょうだい」わたしはチーズの大皿の縁にドライ・アプリコットを並べ、中央に焼いたアーモンドを盛った。チーズはフォンティーナ（イタリア）、モンゴメリーの布巻きチェダー

（イギリス）、グリーン・ダート・ファームのボッサ（アメリカ）だ。

レベッカは壁の時計を見ていった。「閉店して、ディナーのお客さんを迎えるまであまり時間がないですけど、準備は問題ないですか？」

「あとはこれの封を切って……」わたしは〝M&M〟の文字を入れたゴールドのナプキンの袋をとりあげた。「着替えをするくらいね」カクテルドレスは事務室に持ってきてある。ティアンとアイリスもおなじだ。

「そうだ、マシューから電話があったんですよ」と、レベッカ。「ご家族は予定どおり〈ラベンダー&レース〉に到着しましたって」

わたしはワイン・アネックスのほうに目をやった。ティアンがテーブルのあいだを歩きまわり、椅子の向きをそろえたり、テーブルに置かれた食器類の確認をしている。アイリスのほうは、ガラスの花瓶に巻かれたコバルトブルーのリボンを調整中だ。金魚鉢の形をした花瓶で、白いバラとアスターと、緑の葉物が美しくアレンジされている。アイリスは美容院で会ったときよりも元気に見えた。

五時半ごろ、ふたごと祖父母が到着。

「そろそろ着替えてください、シャーロット」レベッカがいった。「わたしはお店の入口に〝貸切〟サインを掛けてきますから」

クレアとエイミーは、メレディスが〝サプライズ〟でプレゼントしたパステルカラーのドレスに身をつつみ、エイミーは美容院で髪飾りを、クレアのほうは希望どおりのヘアバンドをつけてもらい、ご機嫌だ。

わたしが事務室に向かうと、ティアンが「わたしもすぐ行くわ！」といった。「アイリス！あなたも急いで着替えたほうがいいわよ！」

事務室に入ると、寝ていたロケットが元気よく立ち上がった。どうやらアイリスのトートバッグを枕がわりにしていたらしい。ラグズもミャアと鳴きながら寄ってくる。

わたしはアイリスのバッグを拾って椅子の上に置くと、「きょうはおまえたちにも特別の日ね」と、デスクの引き出しからおやつを出して与えた。

ティアンが事務室に入ってきて、「あなたが先にバスルームを使って、シャーロット」といった。そのすぐあとにアイリスも来て、壁のフックから花柄のドレスをとる。

「さっきはごめんなさいね」わたしは彼女にあやまった。「ストラットンとのことを知らなかったから……」

「ううん、べつにたいしたことじゃないから」アイリスはティアンに目をやった。「リジーはずいぶんおしゃべりみたいね」

「うちの姉妹はわたしもふくめて、みんなおしゃべりだわ」ティアンはハンガーからシンプルな青いワンピースをとった。「誉められたことじゃないけど、だからといって無口になりたくてもなれないし」

わたしはバスルームに入り、ドレスに着替えてマスカラをチェックした。目の下が黒くなっていなくて、ほっとする。アクセサリーはイヤリングとブレスレットで、どちらもシルバーだ。

バスルームから出ると、ティアンがいった。

「シャーロットはシルバーがよく似合うわ」

「サテンのドレスもすてきよ」と、アイリス。

わたしはこれまでサテンを着たことがなく、今回はフレックルズのおすすめでこのドレスにした。たとえお世辞でも誉めてもらえて、フレックルズに感謝しなくちゃ。

レベッカがドアをあけて顔をのぞかせた。

「準備オーケイですか？　そろそろお客さまがいらっしゃいますよ。あら、シャーロット、見違えましたよ！　メレディスもブルーベリー色のレイヤードドレスがとってもすてきです」

そういうレベッカは、横に広い丸襟のクリーム色のブラウスとタイトなスカートで、なかなか格好よい。

ティアンもアイリスも着替え、準備は整った。

事務室を出るまえ、わたしは身をかがめ、ラグズとロケットに話しかけた。

「あとでかならず、お散歩に行くからね」それぞれの頭を撫でる。「おやつもあげるから、しばらくここで待っててちょうだい」

＊

おいしいディナー――ロースト・ターキーにスイートポテト・パイ、焼いた秋野菜をいただいたあとで、わたしはメレディスご所望のケーキを運んだ。すべてブルー・チーズでつくったケーキで、材料はルージュ・クリーマリーのオレゴン・ブルー、ロアリング・フォーティーズのブルー・チーズ、ゴルゴンゾーラ・マウンテン、そしてロックフォール・ダルジェンタルだ。これにレベッカが、ぶどうと小さな黄色いバラを飾ってくれた。ただ、ロックフォール・ダルジェンタルはライ麦パンの青かびを使うので、グルテンがチーズにうつっていないともかぎらないため、クレアにはこのチーズは避けたほうがよいといっておいた。

みんなでチーズ・ケーキを味わうあいだ、ヘンリー伯父さん——マシューの父親——がやんちゃで手に負えなかったマシューの少年時代のエピソードを語り、アン伯母さん——マシューの母親——がメレディスの美しさとやさしさをたたえる。そしてふたりの話が終わったところでマシューが立ち上がり、みなさんを地下のワインセラーにご案内しますと告げた。

まずはヘンリー伯父さんとアン伯母さん、そしてクレアとエイミー、祖父母がおりていき、つぎにメレディスのご両親と兄弟だ。

するとメレディスのお母さんが階段をおりながら、地下はずいぶん寒いのねとつぶやいた。

「おばあちゃん《グランメール》がショールを二枚持ってきてくれましたよ」レベッカはそういうと、そのショールをとってきてメレディスに渡した。

「わたしは地下のセラーには行かないわ」アイリスがいった。「このところ、閉所恐怖症ぎみなのよ。だからこのまま残って、花瓶の片づけをするわね」

その後、ティアンとレベッカが地下におりていった。そして食事のあいだ静かにほほえんでいたジョーダンがわたしの横に来て、腰にやさしく腕をまわしてささやいた。

「これからふたりでどこかへ消えようか？」

「何いってるの」わたしは彼の胸をたたいた。「できるわけがないでしょ」

ジョーダンはにっこりした。「でも、もしよければこのまま失礼して、ジャッキーのところに行きたいんだが」

「わかったわ。彼女によろしくいってね」

「シャーロット！」下からマシューの声がした。

「すぐ行くわ！」わたしはそう答えてから、ジョーダンの頬にキス。「それじゃ、あした結婚式で」

「うん、じゃあ、また」

ジョーダンが背を向け、わたしは階段をおりていった。マシューたちはプロヴィデンスの風景が描かれた窓の絵の前に集まっている。

わたしが到着すると、マシューがセラーの説明を始めた。

「地下を貯蔵室にしたらどうかと提案してくれたのは、シャーロットのフィアンセのジョーダンでね。設計してくれたのも彼なんだ」

「せっかくのワインを、どうしてわざわざ寝かせておくの？」アン伯母さんが訊いた。

「最近は若いうちに飲むことが多くなったけど、それぞれのワインには飲みごろがあってね。

たとえばソーヴィニョン・ブランは若くても十分に楽しめるけど、ボルドーはじっくり熟成させたほうが味わいが深まる」

「お部屋が暗いのはどうして？」と、クレア。

「ワインは光に弱くてね、太陽の紫外線だけじゃなく、照明の光があたっても劣化していくんだ。温度もおなじで、暑くても寒くてもよくないから、ここは十三度に保つようにしてある」

「ほんとに？」と、アン伯母さん。「この部屋におりてくるときは寒いと思ったけど、だんだん暖かくなってきたわ。情熱いっぱいのだれかさんが、そばにいてくれるせいかしら？」

伯母さんはおばあちゃん《グランメール》をふりむいて頬にキスし、祖母は笑った。まわりのみんなも、にっこりほほえむ。

でも、わたしは笑えなかった。また事件のことを思い出したからだ――なぜジャコモと犯人は冷蔵室に入ったのか？　彼を寒い部屋に誘いこんだのは……彼の恋人？

「そんな顔をして、あのことを考えているんじゃないですか？」レベッカがわたしの横に来てささやいた。

「じつは、そうなの」わたしも小声で答える。「ヒューゴにはアリバイがあるらしいけど、わざわざ冷蔵室に入るなんて、彼以外には考えつかないような気がするのよ」

「ヒューゴのほかには、アルバイトの女の子たちとか？」

「そうね……」

アーソはアイリスの娘を取り調べ、アイリスはそのことをとても心配しているという。わたしは何か大きな手がかりを見落としているような気がしはじめた。

「コンピュータで映画監督のヒューゴ・ハンターを調べてみたんですけど」レベッカがいった。わたしはヒューゴが映画監督であることをレベッカにだけこっそり打ち明けていたのだ。

「いまとはずいぶん違って、はげあがっているというか、額がずいぶん広かったですね。まるで別人のようでした」

〝偽物は偽物でしかないのよ〟というティアンの言葉がよみがえる——。

「ヒューゴは、かつらを使っているのかしら？」

レベッカは眉間に皺を寄せた。

「殺害現場に落ちていた毛髪は、そのかつらのものだったかもしれませんね。ひょっとして、アナベルにつきまとっていたボーイフレンドは、ヒューゴだったりして？」

「それはないと思うわ。アナベルが〈イグルー〉でアイスクリームを買っているのを見たことがあるもの。自分につきまとっている男のお店で買い物はしないでしょう」

周囲で拍手が起きた。マシューーが話しつづける。

「ではみなさん、ここのワインを持って上にもどって、試飲会をしましょう。ノンアルコールのシャンパンもあるからご心配なく。参加する人、手をあげて！」

みんないっせいに手をあげた。

わたしは一階にもどったけれど、試飲会には参加せず、こっそり事務室に入った。ロケットとラグズが鳴いて迎えてくれる。わたしはそれぞれの頭を撫でると、デスクの椅子にすわって、自宅にいるはずのアーソに電話をかけた。

アーソは最初の呼び出し音で出た——「いったい何のご用かな？」

その口調から、アーソはくつろいでいるらしく、テレビのフットボール中継の音がかすかに聞こえた。きょうはオハイオ州立大学バックアイズの試合がある日だ。

「どう？　バックアイズは勝っている？」

「十対十だよ。で、用件はなんだ？」

「ヒューゴ・ハンターのことなの」

「きみのおかげで、彼をつかまえられたよ。というか、彼のほうが会いにきたんだけどね。そして撮影したフィルムを見せてくれた。日時が明記されて、事件があった時間帯だった」

「捏造画像の可能性はないの？」

「おれは専門家じゃないから断定はできないが、おそらく真正だと思っている。ついでにいえば、アナベルのもと恋人の居場所もわかったよ。いまはイリノイの刑務所のなかだ」

つまり、レベッカの推理ははずれたということだ。電話の向こうで、テレビ中継の音が小さくなった。

「きみの活発すぎる精神活動に、何か問題でも起きたか？」

「〝かつら〟が気になったの」

アーソは少し間をおいてから、こういった。

「どうしてかつらのことを知っている？」

「なんとなく、そう思っただけよ」オシェイ副署長がレベッカに話したことは、極秘にしなくてはいけない。「見つかった毛髪が、かつらのものだった可能性はないかなと思って」

「ヒューゴがかつらをつけているから、そんなことを訊くのか？」

「あら、彼はかつらをつけているの？」わたしは、とぼけた。

「しらじらしい言い方をするなよ。知っているんだろ？　ただし、見つかった毛髪は長くてね、額だけの部分かつらのものとは違う。さあ、話はこれでおしまいだ。ちゃんと捜査しているから心配するな」

一時間後、リハーサル・ディナーと試飲会は終了し、解散となった。わたしはロケットとラグズにリードをつけて、ショップの玄関の鍵をかけ――いったん忘れていた疑問がふたたび頭をもたげた。犯人は深夜、鍵も持たずに、どうやって〈イグルー〉に入ったのだろう？

現場に行けば、何か思いつくかもしれない。そう思ったわたしは、ロケットとラグズを連れて〈イグルー〉へ向かった。そして歩きながら、頭のなかを整理する。

その一――アイリスは、アーソが自分の娘を疑っているのではないかと心配している。でも、高校生の女の子が、ジャコモのような男を冷蔵室に誘いこむなどという策略をとっさに思いつくだろうか？　だれかが彼女にお金を払い、〈イグルー〉の玄関に鍵をかけず、あけたままにさせたのか？

その二――ジャコモは妻に暴力をふるうような男だ。彼なら〈イグルー〉の店じまいをしている人間に声をかけ、むりやり店内に入ったかもしれない。そしてその人間を——アイリスの娘を銃で脅して、冷蔵室に入った。彼女は抵抗し、もみあったすえ、アイスクリームの容器で彼を殴った。でもその場合、どうして彼女は堂々と、アーソに事情を説明しないのだろう？　結果的に殺人を犯してしまったから、恐ろしくて正直に話すことができないのか？

その三——アルバイトの女の子のどちらかが、お店の鍵をだれかに貸した可能性はないだろうか？　たとえば、ボーイフレンドに。あるいは、アイリスの娘なら、母親のアイリスに。といっても、アイリスにジャコモを殺す理由があるとは思えない。ただし、ヒューゴに悪意を抱き、彼を陥れたければ話はべつだ。または、ストラットンがアイリスのバッグから鍵を盗んだとか？　彼も薄毛で額が広いから、かつらをつければ変装できる。だけど、動機は？アイリスの娘の貞操を守ろうとした？

少し考えすぎよ、シャーロット。わたしは自分を叱った。もっとシンプルに考えたほうがいい。

〈イグルー〉に到着して、わたしは店内をのぞいた。カウンターではヒューゴが明るい表情でアイスクリームを売っている。アルバイトの女の子たちも、とくにそわそわしたり、怯えているようすもない。

そのとき、だれかがわたしの肩に手をのせた。

31

ぎょっとしてふりかえると、うしろに立っていたのはアナベルだった。片手をコートのポケットに入れている。まさか、銃を持っているわけじゃないわよね？　わたしはあたりを見回した。人っ子ひとりいない……。声が震えないよう気をつけて、わたしはいった。

「おどかさないでよ、アナベル」

「あなたにこれを――」

アナベルがポケットに手を入れ、わたしは最悪の事態を想像してぎゅっと目を閉じた。

「どうしたの、シャーロット？　目にごみでも入ったの？」

アナベルの口調はやさしく、わたしは自分が過剰な反応をしたことに気づいて目を開いた。

「ううん、そうじゃないけど、でも……」アナベルの手を見ると、本を一冊持っていた。本にはリボンがかかっている。

「わたしは結婚式に招待されていないけど」と、アナベル。「これをメレディスにプレゼントしたいと思って」

本の背には『預言者』とあった。ハリール・ジブラーンの有名な詩集だ。

「メレディスはわたしの書店に来ると、かならずこの本を手にとっていたの。だから彼女にとっては、何か特別な本なのよね」

高校時代、メレディスとわたしは図書館でよく『預言者』を読んでは語りあった。たとえ険しい道であろうと愛に従いなさい、ふたりのあいだに天国の風を舞わせなさい——十代のころに読んだジブラーンの愛と結婚の詩は、いまもよく覚えている。

「あした、この詩集をメレディスに渡してもらえる？」アナベルの目にうっすらと涙がうかんだ。「わたしはもう出発するから。荷造りもすませて、オクタヴィアにはお別れの挨拶をしてきたわ。あとはこれをお願いするだけなの」アナベルはわたしに本を差し出した。

「わかったわ。かならず渡すわね」わたしは詩集をうけとった。「プロヴィデンスのことを忘れないでね」

アナベルはわたしに抱きつき、涙をこぼした。わたしはたとえ一瞬でも彼女を疑った自分を恥じた。

*

日曜日。わたしは夜明けとともにフル回転した。ふたごの朝食をつくり、犬と猫に食事を与え、家を飛び出してショップに向かう。到着してすぐ、きょうのブランチ・セットとして、たまねぎとポテトのキッシュをたくさんつくり、ボズに店番を頼む。ボズは〈フロマジュリー・ベセット〉のインターネット担当だけど、大学生になってからは忙しくて、以前ほど顔を見せなくなった。でもきょうはレベッカをはじめ全員が結婚式に出席するから、ボズひとりにお店番をしてもらうことになったのだ。

十一時ごろ、わたしとレベッカはハーヴェスト・ムーン牧場に向かった。メレディスと彼女のお母さんとふたごはとっくに到着し、リジーに髪をセットしてもらっていた。わたしはまずレベッカとふたりで届いた料理の確認をして、それから着替えるつもりだった。マシューは十二時くらいに両親と祖父母といっしょに来る予定だ。

レベッカは早速、料理が盛られたお皿をひとつずつ確認していった。

窓の外に目をやると、ティアンが料理の準備をしてくれたケータラーに何やら指示している。ケータラーは銀髪の女性で、笑顔をたやさない明るい性格の人だ。ふたりはビュッフェ・テーブルからダイニング・テーブルへと進み、そのうしろを六人のウェイターがついていく。みんなぱりっとした白いシャツにブルーのネクタイを締め、パンツも白だ。どのテーブルにも白いクロスがかけられ、中央には白と青の花が飾られている。そしてもうひとりのウエイターがワイン・バーのセッティングをしていた。ワインはクップ・ブラザーズのブラック・バート・ブライドと、カーリー・ハートのピノ・ノワールだ。ブラック・バート・ブライドはシャルドネとヴィオニエのブレンドで知られ、ラベルには花嫁の絵が描かれている。そしてカーリー・ハートのほうは、《ハムレット》を観劇しながら飲んだものだ。

白い籐製の大きな鳥かごの横では、白いスーツ姿のほっそりした男性が、青い羽の美しいルリノジコたちの世話をしている。また、ここからあずま屋までは白い絨緞が敷かれ、アイリスがその脇をゆっくり歩きながら、並んだ椅子を飾る花の向きを整えたりして最終チェック中だった。そこから少し離れた木陰にはストラットンがいて（おそらくアイリスが同伴者として連れてきたのだろう）、すでに結婚式用の服に着替えていた。どことなく居心地が悪そうで、おちつかないようす。

「デザートを見てみましょうか」わたしはレベッカにいうと冷蔵室に入り、棚に目をやった。トレイにのっているミニ・チーズケーキと、マスカルポーネとフルーツのタルトはわたしの要望どおりの仕上がりになっている。数はそれぞれ三ダースだ。棚にはブリー・ブルーベリー・アイスクリーム用のホワイトチョコレート・キャンディ・シェルも積まれていた。これは白いお皿とスカイブルーのナプキンといっしょに供される予定だ。そしてアイスクリーム本体は、この部屋の奥の冷凍庫に保管されている。

「うう、寒い……」レベッカがむきだしの腕をさすりながらいった。「デザートはどれもおいしそうにできましたね」

わたしは冷凍庫の扉をあけると、ブリー・ブルーベリー・アイスクリームの容器を両手で持ってとりだした。冷凍庫の扉は、腰で押して閉める。

「念のために、これの口あたりを確かめたほうがいいわね」

「〈イグルー〉製だから心配いらないと思いますけど、シャーロットは〝こだわり〟の人ですからね」

「わたしが？　そんなふうに見える？」そういいながら冷蔵室の出入り口に向かったところ

で、アイスクリームの容器が手からつるっとすべり落ちそうになった。あわてて両手に力をこめて、手首でキャッチ。その瞬間、容器の極度の冷たさに、手首の内側が感電したような激しい痛みに襲われた。それからわたしはまた、しっかり容器を持ちなおすとドアのほうへ向かい……立ち止まった。

「わかったような気がするわ」

「え？　何がですか？」

「冷たい容器を手首ではさんだの」

「それが？」

「先週、ランチハウスで試食をしたとき――レベッカは欠席だったわね――シルヴィがアイリスに火傷用の軟膏をあげたといったの。アイリス本人の説明は、卵を茹でて、鍋つかみを使わなかったせいで手首を火傷した、というものだったわ。だけど現実に、そんなふうになるかしら？」

「さあ、わたしにはわかりません……」

「だって、お鍋には最低ひとつは持ち手がついているでしょ？」わたしはアイスクリームの容器を棚に置いた。「片手鍋でも両手鍋でも、ともかく持ち手を握れば、手首がお鍋の側面に当たるなんてことはないと思うの」わたしは自分の手首をレベッカに見せた。「ね、赤くなっているでしょ？　アイリスの手首の火傷が、アイスクリームの容器による冷凍火傷だったとしたら……」

レベッカの目が険しくなった。

「つまりシャーロットは、ジャコモ・カプリオッティを殺したのはアイリスだといっているのですか？」

わたしは冷蔵室のドアまで行き、そこから外をのぞいた。アイリスはまだ花飾りのチェックをつづけ、ストラットンの姿はどこにもない。わたしはレベッカのところにもどると説明した。「ジャッキーがわたしに夫の話をしたとき、アイリスとプルーデンスも近くにいたの。ニュージャージーのジャコモに電話をしてこの町に呼んだのはエディだと思いこんだけど、エディはそれを否定して、プルーデンスだってあの場にいた、といったわ。プルーデンスはアイリスに何だって話すでしょ？　ジャコモに電話をしたのはアイリスだったのかもしれない」

「でも、どうしてそんなことをするんですか？」

「仕事があまり順調ではなくて……きっとお金に困っていたのよ。だからジャコモから情報料をもらおうとした」

「でもきょうの結婚式の仕事もあるし、そこまで経営が苦しいとは思えませんが」

「この結婚式は庶民的で、そんなにぜいたくはしていないわ。それに彼女は娘を大学に行かせたいみたいだし。たまたま銀行で会ったとき、アイリスはメレディスから前渡金をもらって助かるといっていたもの」

レベッカは首を横にふった。「それは何の裏づけにもなりませんよ。また、現場で見つかった髪は黒色でしたが、アイリスは金髪です」

「彼女がストラットンから、《ハムレット》で使ったかつらを借りたとしたら？」ロケットはアイリスのトートバッグを枕にして、のんびり眠っていたのだ。あのバッグにストラットンのかつらが入っていたかもしれない。ストラットンは犬のトリマーだから、ロケットは彼のかつらのにおいに惹かれたのかも……。

「でも」と、レベッカ。「どうしてアイリスは、ジャコモを誘う場所として、わざわざ〈イグルー〉を選んだのでしょうか？」

「それもそうね……。だけどアイリスは、ヒューゴには過去があるようなことをほのめかしていたわ。わたしたちよりヒューゴのことをよく知っている口ぶりだったから、もしかして、ふたりは交際していたのかも」

レベッカは小さくうなずいた。「そして、ひとときの逢瀬を楽しめる格好の場所が、〈イグルー〉の冷蔵室だった」

「あそこなら、だれにも見られずにジャコモと話せる、と考えたのよ」わたしは銀行で、アイリスが娘にキー・リングを渡している光景を思い出した。「娘が〈イグルー〉の鍵を持っているから、それを使ったんだわ」わたしはそこで、全体の流れを整理してみることにした。

「アイリスはジャコモに、閉店後の〈イグルー〉で会おうといった。そしてジャコモは了解した。彼は女好きだったから、多少の下心があったのかもしれないわね。でも本音としては、アイリスにお金を払う気などさらさらなかった。ジャッキーがこの町にいるのはわかったたんだから、いまさらアイリスの手助けなんか必要ないわ。だから〈イグルー〉の冷蔵室でふたりは口論になり、ジャコモは銃をとりだして脅した――金は払わない、おれのことは口外するな、でなければこの冷蔵室に閉じこめるぞ。アイリスはきのうわたしに、閉所恐怖症ぎみだといったの。きっかけはジャコモだったかもしれないわ」

「そして彼女は抵抗し、銃が暴発して――」

「アイリスはアイスクリームの容器をつかんだ」

「ジャコモの銃は、アイリスが持っていったんでしょうか？」

「たぶんね。ジャコモの所持金といっしょに」

「でも殺害に関しては、正当防衛だった、事故だったと主張すればいいと思いませんか？」

「情報料を要求した結果の〝事故〟だもの、正直には話せないでしょう」

「強引な金品要求は、脅迫罪に問われる可能性がありますからね」

「ええ。それにたぶん、ジャコモのお金も盗んだのよ」

「その点は、銀行預金を調べたらはっきりしますね」

「盗んだお金を銀行に預けたりはしないでしょう。もしかすると、あのトートバッグに入れて持ち歩いているかもしれないわ」

レベッカが時計に目をやった。「そろそろ結婚式のお客さんたちが到着しますよ。わたしたちも着替えないと……。でも、そのまえにアーソ署長に電話しましょうね」

そのとき、キッチン・ドアの開く音がした――「シャーロット！　どこにいるの？」

アイリスの声だった。どこかあわてたようすで、キッチンを小走りで進むハイヒールの音が近づいてくる。「花ばさみがこわれたの。替えがほしいんだけど……」

アイリスは冷蔵室の戸口に立ち、こちらを見た。わたしは思わず自分の手首に視線をおとし、それから棚のアイスクリームの容器に目をやった。

アイリスはじっとわたしを見つめた。そしてレベッカに目を移す。その顔が恐怖にゆがんだ。おそらく察したのだろう、わたしたちが事件の真相を知ったことを。

アイリスは冷蔵室のドアを閉めた。

「ほんとうのことを話してくれない？」わたしは彼女にいった。

「何のことかしら？」

「ジャコモを殺したのは、あなたでしょ？」

「あれは事故よ。銃をつきつけられたから、仕方なかったの。正当防衛だわ」

「彼のお金を盗まなかった？」

「もともと、わたしがもらうはずのお金よ。なのに、あの男は……」アイリスの瞳が揺れた。

「お願い、シャーロット、わたしを見逃して。だれも、何も、傷つけたりする気はなかったのよ、ほんとうよ」

わたしは首を横にふった。

「あのお金があればいろんなことができるわ」アイリスは懇願するようにいった。「半分はジャッキーに渡すし、女性保護シェルターにも寄付するから」

「それよりも、アイリス、どうか自首してちょうだい」

「いやよ、それはいや」トートバッグに手を入れ、銃を取り出す。黒一色のベレッタだった。

アイリスはその銃口をわたしに向けた。

「シャーロット、逃げて！」レベッカが叫ぶ。

「だめ。少しでも動いたら引き金をひくわ」

「お願い、自首してちょうだい。きちんと事情を話せば、陪審員もわかってくれるわ」

「あなたって、ほんとに楽観的ね。そういうところがいらいらするのよ」アイリスはじりっ、じりっとあとずさった。「あなたたちには、ずっとこの冷蔵室にいてもらうしかないみたい」後ろ手にドアの取っ手をさぐる。でもうまくつかめず、一瞬、視線がわたしたちからはずれた。

　わたしはすぐさま、アイスクリームの容器を棚からつかみとると、ボウリングのボウルのようにアイリスめがけて投げた。容器は床にぶつかって跳ね、アイリスの脚に勢いよく当たる。アイリスはよろけてドアにぶつかり、手から落ちた銃がするするっと冷たい床をすべった。わたしは走ってアイリスにとびかかると床に押し倒し、レベッカは急いで銃をとりにいく。

「もう大丈夫です」レベッカが銃をかかげた。

　わたしは、ほっそりした体でもがきつづけるアイリスを押さえつけたままいった。

「アーソに連絡しましょう」

32

アーソは結婚式用の、あらたまった茶色のスーツ姿であらわれた。わたしはアイリスを連れて、玄関ホールで彼を迎える。アイリスは心身ともに疲れきっているのだろう、いっさい抵抗しなくなった。アーソはわたしと目が合うなり、何かいいたそうな、どこか不機嫌な表情をしたけれど、わたしはひるむことなく、堂々と彼を見つめた。わたしとレベッカは冷蔵室に閉じこめられ、あやうく殺されかけたのだ。彼に責められるいわれはないと思った。

「イシャーウッドさん」アーソは手錠をとりだした。「あなたを逮捕します」

アイリスは静かに両手を差し出し、「娘は何の関係もないわ」とだけいった。

「ここから出ていくとき、ほかの人に見られないようにしてくれないかしら？」わたしはアーソに頼んだ。「このことをメレディスが知ったら、結婚式を中止しかねないわ。ティアンも途方に暮れるだろうし、祖母はわたしに怒りまくると思うから」

「できるだけ、きみの期待に添うようにするよ」

「結婚式に間に合うように、またここにもどってこられますか？」レベッカがアーソに訊いた。

「悪いが、ズークさん、いまは結婚式より大切なことがある」

「だけど署長がいないと、マシューとメレディスだけじゃなく、みんなが不審がりますよ」

「それをいうなら、装花の責任者がいないだけでおかしいと思うんじゃないか？」

「いいわ、その点はなんとかするから」と、わたしはいった。とりあえず、あたりさわりのない嘘をついてごまかすしかないだろう。「ねえ、アイリス――」わたしは彼女をふりむいた。「きょうのお花の飾りはとてもすてきよ、ほんとうに」

「ありがとう」アイリスは力なくほほえんだ。「でも刑務所では、お花を飾りたくても飾れないわね」

＊

ジョーダンは、グレーのピンストライプのスーツがとてもよく似合う。わたしは彼に駆けよった。

「やあ、シャーロット、きょうは一段とすてきだな」

「あなたもね」彼の頬にキスして手をつなぎ、白い絨緞の上を歩いていく。あたりに流れる音楽は、ビートルズの《ヒア・ゼア・アンド・エヴリホエア》だ。

わたしたちは最前列の席で、祖父母の横にすわった。ジョーダンがわたしの耳に口を寄せて訊く――「いったい何があったんだい？」

「何の話？」

「アイリスがいない。アーソもまだ姿を見せていない。きみの手首が赤い」

「ずいぶん鋭い観察眼ね」わたしは小声で事件の概要を話した。ジョーダンが小さく口笛を吹き、わたしは彼の脚をたたいた。と、そこで牧師が開式を宣言した。

＊

「いまここに、夫と妻になったことを宣言します」牧師がいった。「夫は妻に誓いの口づけを」

マシューとメレディスは向かいあい、やさしくキスをした。そしてわたしたち参列者のほうを向く。

四重奏団がビートルズの《オール・ユー・ニード・イズ・ラヴ》を演奏し、ティアンの合図で、白いスーツの若者が鳥かごを開けた。美しいルリノジコたちが青い空に向かって飛び立ってゆく。クレアとエイミーが走り寄り、マシューとメレディスと抱きあった。参列者は温かい拍手を送る。わたしはジョーダンの手を握り、シルヴィのようすをうかがった。きょうの彼女は場にふさわしいおちついたドレスを着て、よけいなことはいわず、いまも行儀よく拍手をしている。

マシューとメレディスはそれぞれクレア、エイミーと手をつなぎ、参列者が両脇に並ぶ白い絨緞を歩いた。そして絨緞が終わったところで向きを変え、あずま屋に向かう。ふたりのうしろに祖父母が、それからメレディスの両親とマシューの両親がつづいた。これから披露パーティで参列者を迎えるのだ。いうまでもなくみんな笑顔で、だれひとり、キッチンの冷蔵室で起きた出来事を知らない。

＊

「シャーロット、ジョーダン、こちらにいらっしゃい」ビュッフェ・テーブルの端で、祖母がいった。隣には祖父とふたごがいる。

わたしたちはそちらへ向かった。美しく盛られた料理のお皿が塔のように垂直に、段をなして並べられ、いちばん上ではクリスタルの花瓶に白と青の花がいけられている。ジョーダンはこのディスプレイに感嘆し、祖母もメニューの仕上がりを誉めてくれた。

「さあ、おまえたちもいっしょに料理をいただきましょう」と、祖母。

「うん、シャーロットおばちゃんもわたしたちのテーブルに来てよ。お父さんたちのテーブルの近くだよ」クレアがいった。

メレディスとマシューは窓ぎわの新郎新婦のテーブルで、お客さんたちのほうを向いている。着席のディナーではなくビュッフェ形式にしたのはメレディスの意向だった。そのほうがみんな自由に動けて楽しく語らえる、という理由からだ。

「わたしたちのテーブルにはね」と、クレア。「お母さんもいるの」

わたしはちらっと祖母を見た。祖母はにっこりほほえんで、「きょうはお祝いの日だものね」といった。

「さあさあ――」祖父がふたごに催促した。「おまえたちのテーブルに案内しておくれ」

祖母はビュッフェ・テーブルに沿って歩きながら、お皿にお気に入りの料理をとっていった。まずドーセット・ドラム、それからゴートチーズのクロスティーニ、そしてリコッタ・チーズをたっぷり詰めて焼いたきのこ――。祖母はジョーダンをふりむいてほほえんだ。

「ジャッキーはしあわせそうね。新しい恋かしら？」

祖母のいうように、ジャッキーとヒューゴは並んですわり、ヒューゴは目を輝かせてジャッキーを見つめている。

「妹の気持ちはさておき」と、ジョーダン。「ヒューゴはジャッキーを次回作の主役にしたいといったようですね」

わたしは赤チコリのマーマレードのパイをふたつお皿にとった。

「レベッカもしあわせそうね」祖母があずま屋のほうを見ながらいった。

そこではタンポポ色のキャップスリーブのワンピースを着たレベッカが、ようやく町に帰ってきたフィアンセと楽しそうに話していた。彼のほうも、白いシャツに締めたネクタイはタンポポ色だ。

「それにひきかえ――」と、祖母。「アーソは疲れて見えるわ」

彼はアイリスを勾留したあと引き返してきて、なんとか式の開始に間に合った。そしていまも、表情は冴えない。

「アーソ署長！」祖母は彼に手をふると、「さあ、彼を元気づけなさい」とわたしにささやいた。アーソを疲れさせた原因のひとつがわたしにあることを、祖母はまだ知らない。

アーソはこちらに来ると、まわりの人たちに会釈した。

「その後、どう？」わたしは彼の横に行くと、小声で訊いた。

「どうって？」

「アイリスよ」

「とても後悔していたよ。いまごろは何もかも正直にロダム副署長に話しているだろう。娘は彼女のいうとおり、おそらく事件には無関係だ」

四重奏団の演奏がやみ、ティアンが声をあげた。

「みなさま、どうかグラスをおとりください」

ウェイターがフルートグラスのトレイを持ち、ゲストのあいだを歩いていく。グラスにつがれているのはヴーヴ・クリコのブリュットだ。祖父母とジョーダン、アーソ、そしてわたしがグラスをとる。エイミーたちは、アーモンド味のナチュラルソーダだ。

全員がグラスを手にしたところで、ティアンがいった。

「シャーロット、乾杯の挨拶をしてくれる？」

あたりが静まりかえり、わたしは深呼吸した。用意していたのは、古いアイルランドのお祝いの言葉だった。ずいぶんまえ、祖母が刺繍し、わたしの寝室の壁に飾ってくれたものだ。目頭が熱くなり、わたしはグラスをかかげていった。

「神があなたたちとともにあり、祝福してくださいますように。あなたたちの子どもの子どもを見ることができますように。災いは少なく、幸いは多からんことを。きょうこの日から、毎日が幸福でありますように」

全員がグラスをかかげ、大きな声でいう——「乾杯！」

わたしはそのあと、みんなに《アイリッシュ・ブレッシング》を合唱しましょうと呼びかけた。ティモシー・オシェイのパブで毎晩のように歌われているから、知っている人も多いはずだった。そしてまずはわたしとジョーダンで歌いはじめ、徐々に歌声は大きくなった。

合唱が終わって、ふたたび歓声と拍手がわきおこる。

祖母が笑顔でジョーダンに話しかけた。

「あなたはほんとうに謎の男ね。チーズをつくるだけじゃなく、舞台の道具方をやったり……おまけに声まですばらしいわ」人差し指を立ててふる。「プロヴィデンス劇場の次回のミュージカルには、何があっても出演してもらわなきゃ」

ジョーダンは黙って首を横にふった。

「おや、急に声が出なくなったのか？」アーソがからかう。

「でも、わたしはあきらめませんよ」祖母はそういうと《アイリッシュ・ブレッシング》を口ずさみながらお客さんたちのほうへ行き、アーソも新郎新婦に挨拶に行った。

わたしとジョーダンは料理を満喫し、ひと段落したところでわたしは彼にいった。

「話したいことがあるの。少しお散歩しない？」

ふたりで外に出て手をつなぎ、のんびり歩く。

「わたしたちの結婚式の日どりなんだけど、あなたのいうとおり十二月でいいわ。日にちは、できれば十日。おばあちゃんとおじいちゃんの記念日なのよ。それでどうかしら？」

ジョーダンは黙ったままで返事をしない。

「十日がいやだったら、十五日とか二十日でもいいわ」

「シャーロット……」ジョーダンは握った手に力をこめると、わたしの手を自分の胸に当てた。

どうしたの？　わたしは急に不安になった。まさか……心変わり？

「何かわたしに怒っているの？」

「いいや、そうじゃない」彼はつないだ手を離し、ズボンのポケットにつっこんだ。

そういえば、彼は式のあいだもずっと、ポケットに手を入れて何かをいじっていた。彼の態度がおかしいのは、それが原因？　わたしは勇気をふるって尋ねた。

「そこに大切なものでも入っているの？」

ジョーダンの顔がこわばった。

「電話番号を書いたメモだよ」

「電話番号？」わたしはくりかえすのがやっとだった。彼にはわたしの知らない秘密がまだあるの？

「じつは、これは証人保護プログラムの新しい担当者の電話番号なんだ。ぼくは来週、出発しなくてはいけなくなった」

「出発って……どこへ？」

「ニューヨークだ。裁判の日程がくりあがったらしくてね。しかも、裁判がどれくらいの期間つづくのかは、いまのところ予想がつかないといわれた」

【作り方】

1. 鍋にハーフアンドハーフとヘビー・クリーム、マスカルポーネを入れて、中火にかける。ときどきかきまぜながら、軽く湯気がたつくらいまで温める。
2. ボウルで卵黄、砂糖、バニラを混ぜ、そこに温かい1.をおたまで少しずつ加えながら混ぜる(1.の半分の量まで)。
3. 2.を1.の鍋に入れ、とろりとするまで混ぜる。湯気がたってきたら火を止め、さらに数分かき混ぜる。
4. 3.にブリーを加え、手早くかき混ぜて溶かす。それからナツメグを加える。
5. 4.をボウルに移し、ラップで蓋をして冷蔵庫で冷やす(約2時間)。
6. 5.をアイスクリーム・メーカーに入れて、使用法どおりに操作する。
7. 出来上がり5分まえにブルーベリーを加える。
8. ブルーベリー・ソースをかけて、テーブルへ。

ブリー・ブルーベリー・アイスクリーム

【材料】

ハーフアンドハーフ(牛乳と生クリームが半々) …… 1カップ

ヘビー・クリーム …… 1カップ

マスカルポーネ …… ½カップ

卵黄 …… 3個

砂糖 …… 1カップ

バニラ・エクストラクト …… 小さじ1

ナツメグ …… 少々

ブリーまたはダフィノワ(皮は取り除く) …… 約100グラム

ブルーベリー (新鮮なもの) …… ½カップ

ブルーベリー・ソース

【材料】

ブルーベリー …… ½カップ

レモン・ジュース …… 大さじ1

水 …… 大さじ1

砂糖 …… 大さじ3

【作り方】

1. 鍋にすべての材料を入れて中火にかけ、5分ほど煮る。
2. 冷ましてから冷蔵庫に入れる。温かいソースがお好みなら、もう一度軽く火にかける。

【作り方】

1. 沸騰した湯でブロッコリを1分ほど茹で、その後、冷たい水で洗う。
2. フライパンにオリーヴオイルを入れ、中火でにんにくと松の実を炒める。
3. 2.をいったん火からおろし、水気をきったブロッコリを入れて、ふたたび1分ほど炒める。
4. ゴーダ・チーズの半量を削ってパイ・シェルに散らし、その上に3.を入れる。
5. チキン・クリームスープとミルクと卵、ブーケガルニと塩・胡椒を混ぜて、4.の上に加える。残りのチーズを散らす。
6. 160℃のオーヴンで、軽く焼き色がつくまで焼く(35〜40分)。

ブロッコリと松の実と
ゴーダ・チーズのキッシュ

【材料】

パイ・シェル …… 1つ

(手づくりまたは冷凍。焼いていないもの)

ブロッコリ …… ¾カップ(切って茹でたもの)

オリーヴオイル …… 小さじ2

にんにく …… 小さじ½(刻んだもの)

松の実 …… 大さじ2

チキン・クリームスープ …… ¼カップ

ミルク …… ¾カップ

卵 …… 4個

ブーケガルニ(ドライ) …… 小さじ½

塩 …… 小さじ½

胡椒(粉) …… 小さじ¼

ゴーダ・チーズ …… 100グラム(お好みで、もっと多くても)

【作り方】

1. オーヴンを230℃に予熱する。
2. ポップオーバー型にベジタブルオイル(分量外)をたっぷり塗る。
3. グルテン・フリーの粉類とホエー粉、塩をボウルで混ぜる。
4. ブレンダー（ミキサー)に、まずハーフアンドハーフを入れ、そこに卵、次に3.の粉類を入れ（かならずこの順番で入れてください)、高速で30秒ほど混ぜる。ブレンダーの内側についたものをこそいで、さらに15秒（やわらかめのパンケーキ生地のようになる)。
5. 予熱したオーヴンにポップオーバー型を3分間入れておく。火傷に注意して型をとりだし、それぞれ半分から3分の2くらいまで、4.を入れていく。
6. 型をオーヴンに入れ、15～20分焼く。
7. 温度を150℃に下げ、さらに5～7分焼く。きつね色になったら取り出し、テーブルへ。

ポップオーバー型の代わりに、小さなカップケーキ型でつくったことがあります。個数は倍になり、焼く時間も（合計で）15分の短縮。時間の節約になりますよ！

グルテン・フリーのポップオーバー

【材料】

タピオカ粉 …… 3/4カップ

じゃがいも粉 …… 1/4カップ

もち米粉 …… 1/4カップ

ホエー粉 …… 小さじ1

塩 …… 小さじ1/2

ハーフアンドハーフ …… 1カップ

卵(大きめ)…………… 2個(室温)

【作り方】

1. パンは片面にバターを、裏面にクリームチーズを塗る。
2. ベーコンをかりかりに焼き、ペーパータオルの上に置いて、余分な油をとる。
3. ベーコンが冷めたら、小さめにカットする（このレシピの考案者であるデリラによれば、ベーコンをペーパータオルにのせて電子レンジにかけると手間がはぶけるとのこと。3～4分でかりかりになる）。
4. たまねぎを刻んで、オリーヴオイルで3～5分ほど炒める。軽く色がついたら冷ます。
5. ぶどうを、瓶詰めの"スライス・オリーヴ"くらいの厚みにスライスする。
6. ベーコン、たまねぎ、ぶどう、胡椒、パプリカを混ぜる。
7. グリルパンを火にかけて、熱くなってきたらパンを、バター面を下にして置き、そこにチーズをのせる（ドゥ・ド・モンターニュでなくても、お好みのソフトチーズでOK）。
8. さらにその上に6.をのせ、もう1枚のパンをかぶせる（チーズ面を下に、バター面を上に）。
9. 弱火から中火で4～5分焼き、ひっくり返してさらに4～5分。パンがきつね色になり、チーズがとろりとしみ出てきたら出来上がり。熱々のうちにいただきましょう！（グルテン・フリーのパンでもおいしいですよ）

ぶどうとたまねぎと
ベーコンの焼きチーズ・サンド

【材料】

パン …… 4枚

バター …… 大さじ4

クリームチーズ …… 大さじ4

ドゥ・ド・モンターニュ（またはフロマジェ・ダフィノワ）

…… 4オンス(約110グラム)

ぶどう(種なし) …… 6～8個

たまねぎ(みじん切り) …… ½個

オリーヴオイル …… 小さじ2

ベーコン …… 4枚

胡椒 …… 小さじ1

パプリカ …… 少々

【作り方】

1. オーヴンを200℃に予熱する。
2. 平らな焼き型かクッキングシートに、オリーヴオイルを半量塗る。
3. きのこはきれいに洗い、“かさ”の内側のよぶんなものをそぎおとす。ペーパータオルで水切りする。
4. リコッタ・チーズと砕いたシリアル、パセリ、ローズマリー、塩・胡椒、ウスターソースをボウルに入れて混ぜる。
5. 残りのオリーヴオイルをきのこに塗り、4.をかさの内側に、大さじ1杯強くらい詰める。
6. 焼き型に5.を並べ、15分ほど焼く。
7. 焼けたらオーヴンからとりだし、パプリカをふりかけて、パセリの茎を刺す。葉菜を飾りつけたお皿に盛って、温かいうちにテーブルへ（オーヴンから出してすぐ食べるときは、口のなかを火傷しないように要注意！）。

きのこのリコッタ詰め

【材料】

きのこ ・・・・・・ 6個

リコッタ・チーズ ・・・・・・ 大さじ4

ライスシリアル(砕いたもの) ・・・・・・ 大さじ2

生のパセリ(刻んだもの) ・・・・・・ 小さじ1

生のローズマリー（刻んだもの）・・・・・・ 小さじ1

塩 ・・・・・・ 小さじ1/2

胡椒(粉) ・・・・・・ 小さじ1/2

ウスターソース ・・・・・・ 少々（3滴ほど）

オリーヴオイル ・・・・・・ 大さじ2

レタスやサラダ菜などの葉物野菜

パプリカ

茎のあるパセリ

訳者あとがき

チーズ専門店シリーズも本書で四作目を迎えます。

第一作で恋愛関係が発覚したメレディスとマシューが、この四作目にしてめでたく華燭《かしょく》の典を挙げることになりました。シャーロットは大親友といとこから披露宴料理を一任され、日々、オリジナル・レシピの試作に余念がありません。


そんななか、アイスクリーム・パーラーの冷蔵室で、男性の死体が発見されました。殺されたのは地元プロヴィデンスの住民ではなく〝よそ者〟です。ところが、一見身元不明のその男性は、じつはジャッキー――シャーロットの婚約者ジョーダンの妹――の夫であることが判明しました。ジャッキーは暴力をふるう夫から逃れて名前を変え、プロヴィデンスを安住の地にしたかったのですが、どうやら夫は彼女の居所をつきとめて追ってきたらしいのです。そして到着後まもなく、アイスクリームの容器で撲殺されてしまった……。

しかもその後、暴力夫の弟までもが、他殺体で発見されました。場所はおなじく冷蔵室です。

小さな町で連続殺人事件が起きたことから、憶測が飛び交います。そもそも、暴力夫にジャッキーの居場所を教えたのはだれなのか？　殺害現場はなぜ冷蔵室だったのか？　真相解明の手がかりは、結婚式のためにつくって冷凍しておいた、冷たい冷たいブリー・ブルーベリー・アイスクリームでした――。

本書の原題 “*To Brie or Not to Brie*” は、作中でプロヴィデンス劇場が上演する《ハムレット》の有名な台詞 “To be or not to be（生きるべきか死ぬべきか）” にブリー（Brie）チーズをひっかけたものです。

ブリー・チーズは牛乳を原料とする白かびタイプ（表面に白かびを繁殖させて熟成させる）で、八世紀にフランスのブリー地方で誕生したといわれています。軟らかく濃厚な味わいのわりに癖がないことから、チーズ通はもとよりチーズの初心者にも愛されて、〝ロワ・デ・フロマージュ（チーズの王様）〟と呼ばれるようになりました。その後、十八世紀にこのブリーの製法に基づいてつくられたのが、〝チーズの女王〟カマンベールです。いまでは牛乳以外のミルクを原料にしたものやハーブを使ったもの、スモークしたものなど、世界各地に多彩な〝ブリー〟があります（本国フランスでＡＯＣ認定されているのはブリー・ド・モーとブリー・ド・ムランのみ）。

チーズ専門店シリーズの楽しみは、なんといってもさまざまなチーズに出合えることでしょう。今回もブリーをはじめ、ゴーダ・チーズやマオン、トム・ド・ボルドーなど、産地もタイプも異なるチーズが、アイデア・レシピとともに登場します。また、ワインとのペアリングを教えてくれるのもうれしいところ。

　作者のエイヴリー・エイムズは、チーズとワインの資料調べはもちろんのこと、各地の専門店をみずから取材しては、そのときの〝生の声〟を作品にとりいれているようです。


　さて、プロヴィデンスに話をもどすと、事件の解決はともあれ、メレディスとマシューはみんなに祝福されて幸せいっぱいの結婚式を挙げました。そこでシャーロットは、自分とジョーダンの式の日どりもそろそろ決めなくてはと思うのですが、なぜかジョーダンは歯切れが悪い。

　本書でジャッキーが『真夏の夜の夢』から引用したように、「まことの愛の道は、平坦であったためしがない」のでしょうか？

コージーブックス

チーズ専門店《せんもんてん》④
ブルーベリー・チーズは大誤算《だいごさん》

著者　エイヴリー・エイムズ
訳者　赤尾秀子《あかおひでこ》

2014年　7月20日　初版第1刷発行

発行人　　　成瀬雅人
発行所　　　株式会社　原書房
〒160-0022 東京都新宿区新宿1-25-13
電話・代表　03-3354-0685
振替・00150-6-151594
http://www.harashobo.co.jp
ブックデザイン　川村哲司（atmosphere ltd.）
印刷所　　　中央精版印刷株式会社

落丁・乱丁本はお取り替えいたします。
定価は、カバーに表示してあります。
 ISBN978-4-562-06029-0 Printed in Japan